# LES OMBRES DU ROCHER

Elisabeth Roska

ISBN : 9781077165045

## REMERCIEMENTS

À mon mari qui par son regard avisé et ses bons conseils m'a permis d'enrichir cet ouvrage.

À ma sœur aînée pour son soutien et son aide dans la recherche de mes souvenirs.

À mon petit frère et ma fille Marge pour leur précieuse participation.

À Jean-Charles Jauffret et Bernard Monfalcon pour leurs pertinentes remarques.

À toute ma famille et mes amis qui ont été les acteurs de ce livre.

Car le Garlaban
valait bien un
roman —
À Gérard avec toute
ma sympathie
E. Rozka

# CHAPITRE 1

*Janvier 1960*

- Dina, je vais me coucher dit Lisie toute tremblante à sa gouvernante qui s'affairait dans la cuisine.

- Déjà ? lui demanda Dina, mais tu n'as pas mangé, il est encore tôt !

- J'ai pas faim, j'ai sommeil !

- Tu te sens pas bien Lisie, tu n'es pas malade au moins ?

- Non ! répondit l'enfant impatiente de regagner sa chambre et de se cacher dans son lit.

Elle aurait voulu remonter le temps, effacer l'instant où maladroitement elle renversa le flacon contenant le liquide bleu sur le beau canapé du salon. Ce geste la condamnait, il allait tout changer dans son existence pensait-elle. Maintenant, elle ne savait comment éviter le drame qui allait s'ensuivre. Elle avait peur, se sentait perdue. Elle voulait disparaître, quitter ce monde, n'avoir jamais existé.

Dina n'insista pas, elle avait bien trop à faire pour s'apercevoir du désarroi de la petite fille.

- Bon soit ! Vas te coucher ma fille, je préviendrai tes parents quand ils rentreront ! acquiesça Dina un peu étonnée malgré tout par l'attitude de la petite fille.

La fillette de six ans se dirigea lentement vers son lit comme elle se dirigerait vers l'échafaud. Que va dire Charles, son père, quand il rentrera et s'apercevra des dégats.

Lisie avait très peur de son père, un homme colérique et très violent. Seule dans son grand lit froid, elle ne parvint pas à trouver le sommeil, guettant avec crainte le retour de ses parents. Elle se disait pour se rassurer que, peut-être, d'ici demain, sa colère tant redoutée se serait atténuée. Une heure plus tard, elle entendit le bruit de la voiture dont les pneus crissaient sur le gravier de l'allée bordée d'arbustes. Le mistral soufflait très fort ce soir-là, les arbres agités exprimaient leur souffrance par un gémissement long et douloureux.

Lisie et sa famille habitaient le Sud-Est de la France. Ses parents avaient quitté Marseille pour s'installer dans la campagne aubagnaise où ils avaient acheté un grand et vieux cabanon situé sous le rocher du Garlaban. Celui-ci allait devenir le terrain de jeux de la petite fille et de ses frères et sœurs.

L'oreille aux aguets, Lisie, à son grand étonnement, n'entendit aucun éclat de voix la concernant. Seuls quelques grincements de portes et quelques chuchotements résonnaient dans le logis. Elle finit alors par s'endormir, à moitié rassurée.

- Bonsoir Dina dit Delphine en entrant. Tout s'est bien passé ?

- Pour sûr ! répondit cette dernière. Y'a que Lisie, elle est partie se coucher, elle avait sommeil, qu'elle m'a dit.

- Ah bon ? s'étonna Delphine. Elle n'était pas malade au moins ?

- Elle m'a dit que non, mais je l'ai trouvée pas comme à son ordinaire, renchérit la gouvernante. Elle était toute bizarre !

La jeune femme n'insista pas laissant Dina continuer de parler.

- Paul a mangé mais pas Aline.

- J'ai faim moi aussi ! Je vais me changer et ensuite nous passerons à table ! renchérit Charles en se dirigeant vers sa chambre suivi par Delphine. Au passage, la jeune femme aperçut la grosse tache d'encre qui imbibait le canapé.

- Oh mon Dieu ! s'exclama t-elle.

- Quoi, qu'y a t-il chérie ? questionna Charles en se retournant. Devant la mine catastrophée de sa femme, il présagea un malheur au menu. Apercevant enfin la tache qui, comme un tissu de mauvais goût, venait décorer l'assise du meuble, son visage se tendit sous l'effet d'une forte crispation.

- Je comprends maintenant l'absence de Lisie dit Delphine d'un air inquiet.

Charles silencieux inspecta la tache qui se répandait sur un quart du divan et coulait en goutelettes sur le sol.

- Il faut toujours qu'elle fasse des bêtises celle-là !

Delphine prit une éponge et commença à frotter le sol pour que l'encre ne s'infiltre pas dans les mallons.

Le lendemain matin, la fillette n'osait pas sortir de sa chambre bien que tout semblait calme dans la maison. Prenant malgré tout son courage à deux mains, elle finit par entrouvrir tout doucement la porte et se glissa discrètement sur la pointe des pieds dans la salle à manger. Il y régnait un silence inhabituel. La petite fille chercha sa maman qui se trouvait encore dans son lit et alla se réfugier dans ses bras. Silencieuse, elle attendit que la jeune femme parle la première. Alors n'y tenant plus, tiraillée par la peur, elle prononça timidement, tout doucement, les yeux remplis de larmes...

- Maman, qu'est-ce qu'il a dit papa hier parce que j'ai renversé l'encrier ?... Tu lui diras que j'ai pas fait exprès ?

- Lisie, on ne dit pas “qu'est-ce qu'il a dit papa ” mais “ qu'a dit papa ” et on ne dit pas non plus “ que j'ai pas fait exprès ” mais “ que je ne l'ai pas fait exprès ”, tu as compris ma chérie ?

- Oui maman, mais qu'a t-il dit ? insista la fillette qui voulait sa réponse.

- Tu as de la chance Lisie, hier ton père n'était pas dans ses mauvais jours. Il n'était pas content bien sûr, mais quand il a compris pourquoi tu avais disparu, cela l'a fait sourire. Il ne s'est pas mis en colère. De toute manière, il voulait changer le tissu qui ne lui plaisait plus ! dit la maman de Lisie se voulant rassurante. En tous les cas, tu as quand même bien fait de disparaître !

L'enfant sentit à nouveau le sang circuler dans ses veines, comme si elle revenait à la vie. Son cœur se remit à battre et aussitôt un énorme poids se dégagea de sa poitrine.

La maman de Lisie était une femme discrète, soumise, mais qui possédait en elle une force insoupçonnée se réveillant dans les moments importants de l'existence. Catholique, elle pratiquait sa religion avec un dévouement exemplaire envers sa famille et les autres. Elle faisait totale abstraction de sa propre personne et son sacerdoce était ce qui lui permettait de faire face aux violences de sa vie. Son mari était un homme bon, très généreux, travailleur, cultivé et plein d'humour. Mais il ne savait contenir ses colères. Favorisées par l'alcool, il était souvent assailli de crises de violence démoniaques.

Ce samedi-là, et comme tous les samedis et dimanches, Charles travaillait à restaurer le cabanon. Il se levait tôt avant le soleil et, la journée durant, effectuait ses durs travaux avec une volonté et une force physique hors du commun.

Bien qu'il n'y ait pas de danger apparent, la petite fille rasait les murs et évitait de se retrouver à proximité de son père, le temps de se faire oublier.

Lisie était la cinquième d'une lignée de six enfants. Marie l'aînée, avait neuf ans de plus que la fillette puis venaient Jean, Alex et Aline. Après Lisie, il y avait le petit frère Paul seulement âgé d'un an.

Les trois plus grands suivaient leur scolarité dans un pensionnat religieux de la Drôme à Châteauneuf-de-Galaure où travaillait la sœur de Charles comme secrétaire de Marthe Robin. Ils y étudièrent jusqu'à l'obtention de leur bac et s'y plurent beaucoup. Ils rentraient à Aubagne seulement pendant les vacances scolaires, une fois par trimestre et étaient très satisfaits de cet arrangement. Les rapports entre les aînés et les cadets étaient souvent difficiles.

Les deux plus jeunes étaient scolarisées à l'école publique d'Aubagne. Lisie n'aimait pas l'école, d'autant plus qu'il fallait faire trois kilomètres à pied dans le froid, parfois sous la neige pour s'y rendre. Rita, une jeune fille au pair était chargée d'accompagner les enfants durant tout le trajet.

L'atmosphère de la maisonnée pouvait donner l'impression d'une vie familiale paisible tant qu'aucun événement ne venait contrarier Charles. Lisie fuyait son père dont les grosses mains vigoureuses la terrorisaient. Très grand et de large carrure, l'homme en imposait. Avare de paroles et sauvage, il était peu sociable. Il n'avait pas de temps à consacrer à ses enfants et toute communication entre eux passait par l'intermédiaire de Delphine. Seul son regard pénétrant et glaçant trahissait l'état d'humeur dans lequel il se trouvait. En sa présence, à la maison, régnait un silence de mort.

Malgré ses humeurs changeantes, Charles aimait ses enfants et voulait pour eux ce qu'il y avait de mieux. Il s'échinait au travail chez lui et n'hésitait pas non plus à passer, lorsque cela s'imposait, des nuits entières au bureau sans dormir. Il avait un sens du devoir très prononcé.

À l'approche de Charles, Lisie était envahie de crises de panique se traduisant par des troubles physiques incontrôlés. Son corps lui devenait étranger et exprimait de lui-même ses émotions. Le cœur sans vie, le front baigné de sueur, elle sentait instantanément une chaleur humide qui coulait lentement le long de ses jambes fragiles. Elle ne savait jamais quand et comment l'orage allait éclater.

# CHAPITRE 2

En ce temps-là, la campagne était en grande partie déserte. Seules quelques habitations éparses venaient interrompre la quiétude du paysage. Le cabanon de Charles et sa famille était entouré de champs et pinèdes. Au nord, s'étendaient les abruptes collines de calcaire qui précédaient le Garlaban.

En hiver, au matin, on pouvait prévoir si la journée serait bonne ou mauvaise rien qu'en observant le sommet de la montagne. Par temps de pluie, cette dernière revêtait son sombre chapeau de nuages noirs qui lui donnait un air mystérieux et inquiétant. Par beau temps au contraire, elle se dressait majestueusement au-dessus de la plaine, laissant découvrir ses magnifiques roches blanches parsemées d'une rare végétation.

Les parents de Lisie n'étaient pas fortunés. Charles, le père était cadre dans une compagnie maritime à Marseille. Quant à Delphine, la mère, elle n'avait pas d'activité professionnelle. D'une santé très fragile depuis ses six grossesses, Delphine manquait d'énergie et s'évanouissait souvent.

Depuis qu'ils s'étaient installés à la campagne, la famille ne partait plus en vacances. Charles consacrait tout l'argent à la construction de la maison. Des économies drastiques s'imposaient, particulièrement pour la nourriture et les vêtements. Les repas, surtout en fin de mois, se composaient souvent d'un morceau de pain et de lard cuit à la poêle et les vêtements se passaient des plus grands aux plus petits, ce qui n'était pas toujours du meilleur effet.

Lors d'un de ces repas où la tablée faisait grise mine devant sa maigre pitance, Delphine se torturait l'esprit, se demandant comment elle allait pouvoir présenter la chose à son époux, sans que cela ne finisse par un drame.

- Charles, il faudrait un nouveau manteau pour Aline.

Devant le silence prolongé de son mari, la jeune femme, l'estomac noué, réitéra sa requête.

- Charles, tu m'entends ? prononça t-elle encore d'une voix non assurée.

- J'ai bien entendu, rétorqua l'homme une fois sa bouchée de pain déglutie.

- Alors... réponds-moi...

Delphine attendait la suite, les yeux rivés sur son assiette.

- Elle n'en a pas déjà un ?

- Oui mais maintenant il est beaucoup trop petit. Elle a tellement grandi cette année !

- Marie n'a pas un vieux manteau à lui donner ?

- Enfin chéri... elles ne font pas la même taille !... Et puis Marie en a besoin à Châteauneuf, il y fait encore plus froid qu'ici !

Après un nouveau silence, l'homme reprit :

- Il faudra alors attendre le début du mois... pour l'instant ce n'est pas possible... elle continuera avec ce qu'elle a !

Delphine ne rajouta rien, la discussion était close.

- Tu lui en feras faire un par une couturière... ce sera toujours moins cher, finit-il par rajouter.

*

En sortant de l'immeuble d'où elle venait de récupérer le manteau d'Aline, fabriqué par une couturière de Marseille, Delphine ne put résister au désir de faire une halte dans un salon de thé.

L'air était froid en ce mois de février et la jeune femme se disait qu'elle avait encore un peu de temps devant elle avant de reprendre la route pour Aubagne. Les occasions étant si rares, il ne fallait pas les laisser passer !

Elle se dirigea alors vers le Vieux-Port et, arrivée en bas de la Canebière, pénétra dans une salle sombre et bruyante dont l'odeur de caramel, de chocolat, de ganache, de crème au beurre, envahissait la pièce truffée de monde.

Assise à une table près de la fenêtre, la jeune femme savourait son plaisir le regard tourné vers l'extérieur.

En repartant, elle crut reconnaître deux silhouettes qu'elle avait déjà aperçues dans Aubagne. Une jeune femme d'une trentaine d'années, aux cheveux roux, était assise face à un monsieur distingué, beaucoup plus âgé, qui aurait pu être son père. L'homme devait avoir dépassé la soixantaine. Il paraissait triste, son regard sombre révélait une grande souffrance. La jeune femme le regardait discrètement, silencieuse aussi, tout en sirotant son thé sur lequel elle soufflait délicatement avant de le porter à ses lèvres.

Delphine les observa un moment en passant devant eux, intriguée par le côté mystérieux qui se dégageait de leur personne. Puis la jeune femme quitta la boutique et remonta lentement la Canebière.

# CHAPITRE 3

*Avril 1960*

Le printemps montra enfin le bout de son nez. Arbres et plantes revêtaient leurs magnifiques parures embaumant l'air de leur parfum intense. Les oiseaux célébraient l'arrivée des beaux jours de leurs chants mélodieux, égayant toute la campagne.

Au petit matin, les premiers rayons du soleil laissaient apparaître une lumière diffuse qui s'étendait timidement sur les champs fertiles avoisinants. Au loin, les aboiements de quelques chiens perturbaient la quiétude matinale.

C'était la période de Pâques, les garçons étaient rentrés de pension mais Marie avait préféré rester chez sa grand-mère à Marseille. Lisie et sa sœur Aline, jouaient avec Miriame, une petite voisine qui habitait au bout du jardin et venait passer les vacances à Aubagne. Le temps était magnifique et on dressa la table sur la terrasse, comme chaque fois qu'il faisait beau. Après le repas, Jean et Alex étaient tenus de cacher les œufs dans le jardin pour leurs petites sœurs qui se transformaient, à ce moment-là, en de véritables chercheuses d'or. Miriame avait été invitée aussi à partager cette chasse aux trésors.

À l'ombre du grand platane qui s'élevait devant la maison,

Delphine observait les enfants tout en repensant à ces deux inconnus qu'elle avait entrevus il y a deux mois dans le salon de thé. Elle fut soudain tirée de sa rêverie par la venue inattendue d'Odile Roubaud, la voisine et maman de Miriame.

- Bonjour Delphine, je ne vous dérange pas au moins ?

- Mais pas du tout Odile, cela me fait très plaisir, vous avez bien fait de passer. Je ne faisais rien de bien particulier.

- J'avais envie de venir vous faire un petit coucou.

- Vous avez eu entièrement raison, tenez asseyez-vous ! lui dit Delphine en lui présentant une chaise longue.

- Je vous sers quelque chose à boire, un café, un jus de fruit ?

- Non non, rien du tout, je vous remercie. Je viens déjà de boire un café, cela me ferait trop. Je n'ai pas soif non plus, merci encore !

- Alors, cette chasse aux œufs se passe bien ? ajouta t-elle.

- Cela en a l'air, je les entends rire d'ici !

- Bien... tant mieux !... c'est le principal alors ! conclut Odile. Puis poursuivant :

- Dites-moi Delphine, vous avez lu le journal ce matin ?

- Non, pour quelle raison ?

- Il paraît qu'il y a du nouveau dans l'affaire du cadavre du Garlaban. La police a rouvert le dossier.

- Quelle affaire ? Je ne suis pas au courant !

- Je ne connais pas les détails de l'histoire mais j'en ai eu vent une fois, il y a longtemps. À l'époque, elle avait fait beaucoup de bruit. Tout le monde ne parlait que de cela dans le village. Mon mari et moi n'étions pas encore à Aubagne.

- Il est vrai que nous sommes tout nouveaux ici et que nous n'avons pas trop eu le temps de faire de connaissances, répondit Delphine.

- Il y a une cinquantaine d'années environ, on aurait trouvé un homme mort dans les collines. Je ne connais pas son nom. La police a conclu à un accident mais certaines personnes pensaient que c'était un meurtre. Il y a toujours eu un doute mais pas de preuves.

- Un meurtre ?

- Il paraît.

- C'est impensable ! s'exclama Delphine.

- Oui, on ne s'attendrait jamais à une telle chose ! Un crime dans nos collines ? C'est tellement calme ici !

- Il n'y a que des paysans aux alentours... pourquoi s'entretueraient-ils ?

- Probablement des affaires de famille... c'est souvent comme ça dans les campagnes.

- Mais pourquoi la police rouvre-t-elle le dossier ?

- Je ne sais pas encore. Toujours d'après ce qu'il se dit, il y a un nouveau commissaire... et celui-ci reprendrait tous les anciens dossiers.

- Il ne doit rien avoir à faire d'autre alors !

- Vous savez Delphine qu'Henri va tous les matins chercher le journal et le pain en ville... Et il ne peut s'empêcher d'aller boire son petit café au bar de l'horloge parce que c'est là que s'échangent tous les potins du village.

- Oui, c'est un très bon moyen de savoir ce que les journaux ne nous disent pas.

- Enfin... j'en saurai plus demain. Bon... je vais rentrer maintenant sinon Henri va se demander ce que je fais. Je suis vraiment une pipelette !

Delphine sourit devant cette franchise qu'elle ne contestait pas.

- À bientôt Delphine, je vous tiendrai au courant dès que j'aurai du nouveau. Vous donnerez le bonjour à Charles de ma part !

- Je n'y manquerai pas. Vous de même à Henri, répondit cette dernière.

- Ça sera fait !

Odile s'en retourna par l'allée de lauriers roses et disparut derrière les fleurs, laissant Delphine songeuse sur les révélations qu'elle venait d'entendre.

# CHAPITRE 4

Quand le commissaire Louis Lambert pénétra dans son bar coutumier pour y boire son café avant de prendre son service, il fut étonné d'y voir déjà Pierrot de si bonne heure, accoudé au comptoir et discutant avec le gérant.

Louis Lambert, bientôt la quarantaine, de taille moyenne et de large corpulence, dirigeait le commissariat de police de la ville d'Aubagne. Homme réservé et bourru, il n'en était pas moins généreux et aimable. Il était très respecté dans sa brigade.

- Bonjour tout le monde ! dit Lambert en franchissant le pas de la porte.

- Bonjour commissaire ! répondit le patron. Un serré comme d'habitude ?

- Oui, vous serez bien aimable ! rétorqua le commissaire en se saisissant du journal posé devant lui sur le comptoir.

- Je vous l'apporte commissaire, installez-vous !

- Alors Pierrot, tu es bien matinal aujourd'hui, tu m'as l'air assez nerveux, je me trompe ? Tu veux un café ? Gérard, un café supplémentaire, vous mettrez ça sur mon compte ! ordonna Lambert au patron.

- Viens t'asseoir avec moi, tu me raconteras ça tranquillement, poursuivit-il en s'adressant à Pierrot.

Les deux hommes se dirigèrent vers une table dressée contre la façade vitrée qui faisait face à l'horloge centrale située sur le rond-point.

Pierrot, la vingtaine passée avait l'âge mental d'un adolescent. Familier également du bistrot de l'horloge, il était connu et apprécié dans le quartier. Il vivait seul avec sa mère dans une vieille ferme sur la route des Solans. Curieux de tout et aimant la nature, il passait ses loisirs à explorer les collines et leurs mystères. Il ramenait chez lui toutes sortes de trouvailles qu'il supposait digne d'intérêt.

- Alors Pierrot, qu'est-ce que tu deviens ? Ça fait un moment qu'on ne t'a plus vu ! questionna le commissaire.

Pierrot très agité se tortillait sur sa chaise en balançant sa jambe d'avant en arrière. Visiblement quelque chose le préoccupait.

- Qu'est-ce qui te tarabuste comme ça mon garçon ?

Pierrot gêné mit du temps à se décider de répondre, puis se jetant à l'eau :

- Je suis amoureux ! avoua t-il mal à l'aise.

- Mais c'est merveilleux ça mon Pierrot ! s'exclama le commissaire ravi pour le jeune homme. Et qui est-ce qui fait battre ton cœur comme ça ? continua t-il.

- C'est la Fernande, la fille à Emile le boucher. Je l'aime bien la Fernande !

- Et tu le lui as dit ? questionna encore le commissaire.

- Pas encore, mais j'ai un cadeau pour elle, dit-il en sortant un magnifique couteau de sa poche.

- Tu es sûr qu'elle aime les couteaux ? dit le commissaire surpris par le choix du cadeau.

- Je sais pas mais il est très beau ! Je l'ai poncé, nettoyé et fait reluire, maintenant il brille comme un bijou !

- Oui tu as peut-être raison ! acquiesça Lambert en examinant de plus près le couteau. Il brille comme un bijou ! Puis soudain une évidence lui sauta aux yeux.

- D'où tu le sors ton couteau Pierrot ? insista t-il.

- Je l'ai trouvé l'autre jour dans la colline.

Louis Lambert scruta attentivement le manche, quelque chose le dérangeait. Collectionneur lui-même, il s'était intéressé, il y a quelques années, aux couteaux et celui-ci n'était plus de la première jeunesse. C'était un modèle ancien qu'on ne fabriquait plus. Il tournait et retournait l'objet dans ses mains cherchant un indice qui satisferait sa mémoire. Il lui semblait l'avoir déjà vu quelque part, il n'y a pas si longtemps. Deux hiéroglyphes indéchiffrables ornaient le manche. Insatisfait, il rendit malgré tout le couteau à Pierrot en lui disant :

- Oui c'est un très beau cadeau ça Pierrot ! Dis-moi mon grand, tu peux venir au commissariat ce matin, je voudrais le prendre en photo ton cadeau, ça ne t'ennuie pas ?

- Non, répondit Pierrot étonné. Je viendrai !

La salle se remplissait de monde petit à petit. Des bruits de vaisselle mélangés à ceux des clients résonnaient en fond sonore dans toute la salle. L'air s'assombrissait de fumée de cigarettes et de vapeur d'eau émanant de la machine à café qui turbinait sans interruption.

Le commissaire se leva, salua tout le monde et sortit.

- À tout à l'heure Pierrot, je compte sur toi !

Perdu dans ses réflexions, il traversa la grand-place et rejoignit son commissariat situé près de la gare.

# CHAPITRE 5

Aux beaux jours, la vie devint plus facile au cabanon. La famille profitait du jardin ce qui optimisait l'espace vital.

Lisie aimait bien tenir compagnie à Dina sa gouvernante. C'était une dame d'un certain âge, petite, trapue, qui avait été orpheline à l'aube de ses onze ans. Elle avait été placée, à cette époque, chez des gens pour lesquels elle travaillait comme bonne à tout faire et la pauvre enfant n'avait que cet horizon comme avenir. Les parents de Lisie l'avaient prise à leur service lorsque Delphine était enceinte de Paul. Ils étaient encore à ce moment-là à Marseille. Dina habitait et vivait avec la famille, les enfants l'adoraient et la considéraient comme leur propre grand-mère. Charles lui avait aménagé une chambre avec salle-de-bain privée dans une grande pièce du rez-de-chaussée, sous les escaliers. Elle l'occupa plusieurs années et par la suite, pour qu'elle ait son indépendance et plus de place, il lui restaura le petit cabanon, derrière la maison.

Aline et Lisie partageaient la même chambre au rez-de-chaussée également. C'était leur lieu de retranchement quand l'ambiance familiale devenait orageuse. Elles y échangeaient leurs confidences et leurs fous-rires en toute liberté.

La pièce était vaste et lumineuse. Collé au mur, face à une

immense armoire ancienne, un grand lit double occupait le centre. Sur la droite, deux petites tables encadraient une large fenêtre s'ouvrant sur les champs de blé. Dans un coin, quelques peluches qui avaient fait leur temps, reposaient sur une vieille commode.

La maison ne bénéficiait encore pas de salle de bain et les toilettes se faisaient dans l'évier de la cuisine.

Depuis que Lisie et sa famille étaient venues habiter le cabanon, la fillette avait développé des crises de somnambulisme et d'importantes crises de terreur nocturne. Elle était également réveillée par d'horribles cauchemars, toujours les mêmes qui se répétaient. Dans certains, elle voyait des hommes se battrent, dans d'autres, des femmes qui hurlaient, mais ce qui lui revenait le plus souvent était l'image de deux adolescents effrayés qui se cachaient. Autour d'eux, de nombreux papillons virevoltaient.

Attablée une fois de plus dans la grande pièce centrale, la famille dînait ce soir-là, comme la plupart des soirs, dans le plus grand silence. Puis Delphine, soucieuse des nuits agitées de Lisie, se tourna vers la fillette au moment où celle-ci s'emparait d'une banane.

- Lisie, tu sais très bien qu'il ne faut pas manger de banane le soir avant d'aller se coucher. C'est lourd à digérer et tu vas encore faire des cauchemars.

L'enfant reposa le fruit et s'empara d'une grosse poignée de cerises à la place.

Marie qui avait attendu le moment où elle pourrait parler en profita pour ajouter :

- Avant-hier, j'ai vu Lisie assise par terre dans le salon, en train de dessiner.

- Pourquoi, ne m'en as-tu pas parlé ? s'étonna Delphine.

- Je n'y ai plus pensé ! répondit l'adolescente.

- Lisie qu'as-tu fait de tes dessins ?

Lisie ouvrit des yeux de merlan frit. Elle ne se souvenait de rien. De quoi lui parlait-on ?

- C'est moi qui les ai ! avoua Marie. J'ai aussi écrit ses élucubrations pendant qu'elle déambulait dans la maison. C'était trop drôle ! Elle disait vraiment n'importe quoi !

- Que disait-elle ? demanda Delphine inquiète.

- Je ne m'en souviens plus mais elle était terrorisée comme d'habitude !

- Et tu trouves ça drôle ? intervint Charles irrité.

Les cauchemars de Lisie l'inquiétaient aussi. Il n'aimait pas qu'on en parle avec légèreté.

- Montre-moi les dessins, dit Delphine à Marie.

L'adolescente se leva, grimpa à l'étage et revint quelques minutes plus tard avec les feuillets de Lisie.

Delphine examina les dessins et, au fur et à mesure qu'elle faisait défiler les images sous ses yeux, son visage se figea devant leur morbidité.

Lisie ne connaissait pas les personnages qui hantaient ses nuits. Elle voyait de vagues silhouettes et à peine quelques détails. Tels des flashs, ces visages venaient aussi l'envahir dans la journée. Ces peurs maladives avaient développé chez l'enfant une sensibilité extrême presque empreinte de surnaturel. Un peu comme un don de clairvoyance.

Delphine était très inquiète des agitations nocturnes de sa fille. Elle l'emmena consulter le médecin de la ville qui, malgré ses bons conseils et un traitement apaisant, ne guérit pas l'enfant.

Le cabanon avait-il des ondes malveillantes ?

# CHAPITRE 6

Lorsque Pierrot arriva au commissariat peu avant midi, il fut surpris par le silence qu'il y régnait. L'endroit était désert. Il resta là un moment, silencieux, ne sachant que faire quand le bruit calfeutré d'une machine à écrire résonna dans une pièce voisine et le tira de son embarras. Le jeune homme s'avança vers le lieu d'où venait le cliquetis des touches poussives et aperçut un agent de police occupé à taper un rapport. À son approche l'homme releva la tête et demanda :

- Oui, c'est pourquoi ?

Pierrot intimidé, bafouilla et prononça :

- Euuh ! C'est pour le commissaire.

- À quel sujet ? lui demanda l'homme.

- Il m'a dit de passer avec mon couteau.

L'agent de police, après quelques hésitations, lui indiqua d'un signe de tête la direction à suivre.

Pierrot prit le couloir à droite et se retrouva devant une porte fermée sur laquelle était inscrit le nom “ Commissaire Lambert ”. Il tapa et attendit qu'on l'invite à entrer. Le jeune homme ouvrit la porte lentement et aperçut aussitôt le commissaire qui l'attendait.

Louis Lambert était penché sur un vieux dossier qu'il avait sorti des archives. La pièce austère possédait des tas de casiers métalliques recouvrant des murs insalubres. Un vieux fauteuil et une vieille table occupaient le centre du minuscule bureau.

- Ah ! Pierrot te voilà enfin ! Merci d'être venu !

Pierrot lui sourit et attendit.

- Tiens assied-toi mon garçon ! lui dit-il en lui présentant la chaise qui lui faisait face.

Pierrot s'assit et attendit à nouveau.

- Tu as ton couteau ?

Le jeune homme sortit l'objet de sa poche et le tendit docilement au commissaire. Louis se leva, s'empara de son polaroïd et mitrailla le canif à plusieurs reprises et sous tous les angles. Après cette explosion de flashs, il regarda le jeune garçon et lui avoua :

- Ça m'ennuie de te demander ça Pierrot mais j'aimerais bien que tu ne l'offres pas tout de suite ton couteau, je risque d'en avoir encore besoin, tu comprends. Je suis obligé de le garder quelques temps pour une affaire, je te le rendrai plus tard. Pourquoi tu ne lui offrirais pas des fleurs ou un parfum, les filles adorent ça ! Tiens c'est moi qui paie d'ailleurs ! continua t-il en lui tendant un billet.

Pierrot surpris par la proposition semblait embarrassé. Il fallait qu'il réfléchisse , cela chamboulait tous ses plans.

- Et puis, tu comprends Pierrot, tu nous aiderais peut-être à résoudre une affaire. Grâce à toi nous pourrions avancer, insinua Lambert qui ne voulait pas brusquer le jeune homme.

Pierrot désemparé, se rangea finalement à l'idée du commissaire. Il prit le billet et s'en alla sans rien y comprendre. Il devait maintenant se procurer un bouquet de fleurs ou un parfum et ne savait comment s'y prendre.

Le jeune homme travaillait comme apprenti dans la boucherie

d'Emile Coste située rue Rastègue. C'était une petite boucherie familiale tenue par Emile, sa femme et sa fille Fernande. Cette dernière était la seule enfant du couple qu'ils avaient eue à un âge avancé et qui avait une santé fragile. Surprotégée par ses parents, elle ne quittait que très rarement la boucherie et avait peu l'occasion de rencontrer de prétendants. Aussi quand Pierrot intégra la boutique, une amitié secrète s'installa progressivement entre les deux jeunes gens.

# CHAPITRE 7

Lisie s'ennuyait au cabanon durant la semaine. Sa nouvelle petite amie Miriame ne venait que le week-end et les vacances scolaires. Ses parents appréciaient particulièrement ces moments privilégiés passés dans leur maison de campagne.

Assis confortablement à l'ombre des pins, Odile et Henri Roubaud observaient avec ravissement les fillettes qui jouaient un peu plus loin dans le jardin.

- C'est bien pour Miriame d'avoir des petites amies, elle est heureuse, ça fait plaisir à voir ! constata Odile.

- Nous pourrions les emmener un peu à la plage, elles seraient contentes, proposa Henri.

- Oui, elles seraient folles de joie !

- Dis-moi chéri, on en sait un peu plus sur l'histoire du mort du Garlaban ? renchérit Odile quelques minutes plus tard. Cette affaire la passionnait. Un cadavre inconnu retrouvé quelques décennies plus tôt dans un ravin du Garlaban. Accident ou meurtre ? Elle voulait en savoir davantage.

- Je ne sais pas. Je vais aller voir Honoré, il m'en dira plus, répondit Henri à sa femme qui était suspendue à ses lèvres.

Honoré était le jardinier des Roubaud. D'une quarantaine d'années, de taille moyenne et tout maigrichon, l'homme était habité d'une énergie sans réserve. Le teint mat, de petits yeux enfoncés, le nez pointu et les lèvres fines, il avait un débit de paroles sans limite dont le timbre de voix chantait l'accent du midi. Il ramenait toujours du village des tas d'anecdotes qu'il prenait plaisir à enjoliver de manière à les rendre plus croustillantes. Henri l'écoutait chaque fois avec plaisir et Honoré était heureux de l'intérêt qu'il suscitait.

- Té vé, je vous le dis moi... monsieur Roubaud... cette histoire, hè bè, elle sent *pàs* bon ! Dans le village ça cause *coucarin* !

- Ah ? Et ça dit quoi ? questionna Henri qui s'était rapproché du jardinier, affairé un peu plus loin dans le parc.

- Ça dit que l'homme était du coin, près de chez vous d'ailleurs et qu'il aurait été tué par vengeance à la chasse.

- Il habitait la Louve ? questionna Henri étonné.

- Vouais ! c'est ce que j'ai entendu ! s'exclama le jardinier. Ça cause aussi de terres, de vignes. Mais personne connaît bien la vérité !

- On connaît son nom ?

- Fichtre, je sais pas ! La police doit le connaître mais vous savez monsieur Roubaud, comment est la police, elle ne dira rien ! M'est avis que son nom doit être inscrit sur le rapport de police de l'époque, vé.

- Mais pourquoi cette affaire ressurgit maintenant ? Y aurait-il du nouveau ? insista encore Henri. Il fallait qu'il ait de quoi satisfaire la curiosité de sa femme.

- Peut-être ben que oui ! Je vais vous dire moi monsieur Roubaud, si c'est un crime, ils ne sont pas près de trouver l'assassin. Depuis le temps ! Il faudrait de nouveaux éléments ou un miracle. Si ça se trouve, le meurtrier est peut-être mort lui aussi et tous les témoins, s'il y en avait, pareil !

- Etrange affaire quand même ! conclut Henri en s'éloignant et laissant Honoré reprendre sa besogne.

- Ah ! Au fait Honoré ! J'allais oublier ! Vous ne connaîtriez pas quelqu'un de sérieux qui ferait quelques gâches de temps en temps ? C'est pour mon voisin, monsieur Rollin. Il cherche un peu d'aide.

- Faut voir ! J'en causerai ! répondit Honoré.

Le jardinier cracha dans ses mains, les frotta l'une contre l'autre et reprit son manche de pioche dont il abattit la partie tranchante dans la terre argileuse.

# CHAPITRE 8

L'aménagement du cabanon avançait doucement. Charles passait tout son temps libre à le restaurer, ce qui le fatiguait beaucoup. En cet été 1960, il pensait qu'il était de la plus grande urgence d'y installer le téléphone, bien qu'à cette époque, son usage n'était pas encore très répandu. Seuls les gens de la ville bénéficiaient de ce privilège mais ceux de la campagne devaient l'installer à leurs frais et par leurs propres moyens. Accompagné d'un voisin qui résidait à quelques kilomètres, Charles et ce dernier posèrent eux-même les poteaux et les firent relier à ceux de la ville. Ce chantier, qui s'étendait sur une distance de quatre kilomètres environ, leur demanda de longues journées d'un travail épuisant, accompli sous un soleil de plomb. Les enfants y voyaient là une nouvelle distraction et, se tenant à distance à plat ventre sur l'herbe de l'autre côté de la route, observaient les deux hommes qui piochaient, plantaient et redressaient des poteaux au moyen de grosses cordes de chanvre.

Quelques semaines plus tard, le téléphone retentit au cabanon et c'était à celui qui décrocherait le premier.

Le logis jouissait maintenant du téléphone mais n'était pas encore relié au réseau d'eau potable. Tous les trois jours environ, il fallait faire l'approvisionnement pour toute la famille. Marie, l'aînée, lorsqu'elle venait au cabanon, était le plus souvent sollicitée pour cette besogne ce qui la mettait de fort mauvaise humeur. Quant à Jean, il se débrouillait toujours pour éviter les corvées. Quelquefois les plus jeunes accompagnés de Rita, la jeune fille au pair, prenaient le relais. Munis chacun de grands arrosoirs, ils s'en allaient sur les chemins en direction d'une ferme voisine qui bénéficiait d'un puits accessible à tous. Au bout du jardin du cabanon, après la maison de Miriame, ils empruntaient à droite, la petite route goudronnée qui menait à Aubagne. Cinquante mètres plus loin, au bas d'une descente, ils devaient quitter la route et couper à travers champs avant de se retrouver dans une basse-cour au milieu d'oies agressives. Le point d'eau se situait quelques mètres plus bas à proximité du hangar à cochons d'où émanait une forte odeur d'œuf pourri et d'amoniaque. Les enfants prenaient leur mission très à cœur. Tous accoudés au bords du puits, ils surveillaient avec curiosité, le bon déroulement des opérations. Les plus grands remontaient les récipients pleins avec précaution et, aussitôt les plus jeunes rejetaient les vides au fond du trou. Les pieds dans la gadoue, ils opéraient avec vigilance.

Une fois leur travail accompli, les bras chargés, ils retraversaient, inquiets, la basse-cour aux oies, qui les attendaient, prêtes à bondir. Ils marchaient ensuite d'un pas lent, prenant soin de ne perdre aucune goutte d'eau.

Quand personne ne pouvait s'acquitter de cette tâche, c'était Delphine qui s'en chargeait. Elle entassait dans sa vieille voiture des récipients métalliques, hermétiques et un seau puis rejoignait la ferme par la route principale qui contournait les champs. L'opération était épuisante pour la jeune femme.

# CHAPITRE 9

*Juillet 1960*

Enfin, le jour de son anniversaire arriva et Lisie ne tenait plus en place. Elle sauta du lit, enfila sa robe en coton et ses sandales, courut dans la chambre de ses parents, embrassa sa maman, et demanda si elle pouvait avoir son cadeau maintenant. Elle avait demandé une jolie poupée repérée quelques temps plus tôt sur un catalogue. Delphine alla chercher le jouet qui attendait sagement dans le placard de la chambre et le lui tendit.

- Joyeux anniversaire ma chérie ! lui dit-elle en l'embrassant.

- Merci maman, répondit Lisie en arrachant le paquet cadeau. Quelle est belle ! s'exclama t-elle encore en serrant Catherine contre son cœur.

N'y tenant plus, elle quitta la pièce et courut à toute vitesse en bas du jardin, chez Miriame pour lui montrer Catherine.

Miriame était en train de prendre son petit déjeuner sur la table de la salle-à-manger, quand Lisie entra en trombe dans la maison en s'exclamant toute fière.

- Miriame, tu veux voir ma poupée que j'ai eu pour mon anniversaire ?

Miriame qui venait tout juste de se lever et n'était pas encore bien réveillée, n'apprécia pas du tout cette intrusion soudaine de Lisie au saut du lit et le lui fit comprendre.

- Elle n'est pas belle ! lui dit-elle, contrariée et un peu jalouse en engouffrant sa tartine de confiture dans la bouche.

Lisie en eut le souffle coupé. Retenant les larmes qui commençaient à l'envahir, l'enfant jeta un regard de haine à sa petite amie et, écrasée par le chagrin, s'enfuit à toutes jambes en claquant la porte derrière elle.

Miriame lui avait gâché son anniversaire. Elle n'avait plus le cœur à rien. *Avec qui allait-elle maintenant partager son gâteau et souffler ses sept bougies ?* Un énorme gâteau aux galettes que Delphine devait lui préparer et qui était le gâteau traditionnel de la famille dans les grandes occasions.

Lorsque Lisie revint toute penaude de chez Miriame, elle aperçut au loin, près du potager, son père en compagnie d'un monsieur qu'elle ne connaissait pas. Les deux hommes se tenaient debout à proximité de la bétonnière et la regardaient tourner sous un vacarme assourdissant. Curieuse, sans faire de bruit, la fillette s'avança comme une petite souris vers eux qui ne l'entendirent pas approcher. Lisie dévisagea l'inconnu avec insistance.

L'homme était grand, maigre et paraissait ne pas avoir d'âge. Un visage anguleux recouvert d'une petite barbe de trois jours, des cheveux fournis et ébouriffés, le tout lui donnait à cette heure précoce de la matinée, l'air de quelqu'un qui ne s'était pas couché. Sous cette apparence négligée, il affichait de grands yeux noirs pénétrants, trahissant une douce candeur qui détonnait avec son physique.

La petite fille, le cœur gros, des larmes plein les yeux, resta là debout à côté des deux hommes, sa poupée dans les bras. Au bout de quelques minutes elle manifesta sa présence par quelques mouvements discrets qui attirèrent l'attention de son père. Charles la regarda en souriant. Attendri par sa petite bouille triste il la présenta à l'inconnu.

- Voici Lisie, ma plus jeune fille, la cinquième. Lisie, je te présente Pierrot, il va venir travailler avec moi de temps en temps et il mange avec nous à midi. Nous avons un invité pour ton anniversaire. Tu es contente ?

Lisie ne sut comment exprimer la joie qu'elle ressentit à cet instant précis. Elle fixa Pierrot qui lui sourit et la petite fille sentit tout de suite qu'elle l'aimait déjà. Il allait devenir son grand ami.

Elle ne pouvait pas rêver mieux pour son anniversaire.

# CHAPITRE 10

Le commissaire Louis Lambert travaillait sans relâche à lire et relire le rapport de police de l'époque sur l'affaire du Garlaban. Pour lui, ce dossier manquait d'éléments. L'enquête avait été baclée. Cette histoire de couteau l'intriguait. Il y avait bien des photos de l'objet en question mais il n'y avait pas d'objet. Le couteau était le grand absent de l'affaire. Il avait disparu. Les photos correspondaient bien à l'opinel que lui avait donné Pierrot mais alors pourquoi celui-ci avait-il atterri dans la poche du jeune homme. Il aurait dû être répertorié dans les pièces à conviction. C'était bien le même couteau avec les mêmes hiéroglyphes mais la victime, après examen approfondi n'avait pas reçu de coups de couteau. *" Où Pierrot a t-il trouvé le canif ? Dans quel endroit précisément de la colline l'a t-il ramassé ?* se demandait Lambert. *Il faut que j'éclaircisse ce point !*

Il se rendit aussitôt dans la boucherie qui était à cette heure-ci pleine de monde et trouva Pierrot affairé à ligoter un rôti. À son entrée, le jeune homme pâlit se demandant ce qui pouvait bien conduire le commissaire jusqu'ici. Fernande surprise aussi, tourna son regard vers Pierrot d'un air interrogateur et devant la mine décontenancée de ce dernier, la jeune fille présagea le pire.

- Ô... bonjour commissaire ! dit Emile d'un ton affable.

- Bonjour Emile lui répondit Lambert en saluant par la même occasion sa femme et sa fille.

- Qu'est-ce qui vous amène à cette heure-ci ? interrogea le boucher.

- Excusez-moi Emile, je viens juste voir Pierrot cinq minutes.

- Ôh bonne mère, il a fait quelque chose de mal ? s'inquiéta le commerçant.

- Pas du tout ! C'est en ami que je viens ! s'exclama le commissaire.

- Ah ! Alors vous êtes le bienvenu !

Lambert s'approcha de Pierrot qui s'inquiétait et lui demanda à voix basse de le suivre dans la rue. Les deux hommes sortirent de la boutique et Lambert parla le premier.

- Dis-moi Pierrot, à quel endroit précis de la colline tu as trouvé le couteau ?

- Je sais pas comment vous dire commissaire, c'est difficile, expliqua le jeune homme.

- Tu saurais le reconnaître si on y allait ensemble ? proposa Lambert.

- Oui, je crois.

- C'est quand ton jour de congé ? demanda Lambert.

- Jeudi, répondit le garçon.

- Alors c'est bon pour jeudi dix heures au commissariat, ordonna le commissaire.

Il laissa Pierrot abasourdi sur le bord du trottoir et regagna le commissariat en faisant une petite halte au café de l'horloge.

# CHAPITRE 11

La famille devait maintenant s'accoutumer à cette nouvelle vie à la campagne, dans ce nouvel environnement dont l'habitation était encore précaire. Marie et Jean qui n'étaient là que pendant les vacances n'appréciaient pas cet inconfort et surtout cette promiscuité avec les plus jeunes. Forts dans leur position d'aînés, ils s'octroyaient le droit d'imposer leur loi et leur territoire à la manière de véritables dictateurs. Ne se mêlant pas à la vie de famille, ils s'isolaient dans leur fief et s'évadaient dans la lecture. Alex, à l'aube de son adolescence trouvait encore de l'intérêt à jouer avec ses petites sœurs quand Charles lui en laissait le temps. Ne trouvant pas de manœuvre en la personne de Jean, Charles se rabattait sur Alex quand il n'était pas en pension, pour l'aider dans ses travaux. Le pauvre garçon, de caractère docile n'osait pas refuser. Seul Paul pouvait encore jouir d'une certaine tranquillité. Enfant très calme, de nature silencieuse, il poussait la discrétion jusqu'à faire oublier son existence.

- Coucou Pierrot, regarde ! dit l'enfant cet après-midi-là au jeune homme en lui montrant sa tête bandée.

Pierrot, pelle en main prenait du sable dans la brouette et le lançait dans la bétonnière. Puis il y ajoutait de l'eau et du ciment et laissait à la machine le soin d'accomplir le reste.

- Oh peuchère ! Qu'es aco ? lui demanda t-il en ouvrant de grands yeux.

Lisie se mit à rire aux éclats devant la mine déconfite du jeune homme.

- C'est Alex qui m'a fait faire l'avion. Il m'a poussée un peu trop fort et je suis tombée contre la commode. J'avais plein de sang partout. Maman m'a emmenée chez le docteur ce matin.

- Ô ? ... Tu voulais voler comme *les parpalhons* ?

- C'est quoi l*es parpalhons* ?

- Des papillons té !

- Ah ! Tu sais ça m'a fait très mal ! Le docteur m'a attachée de force sur un lit et il m'a fait plein de piqûres.

La fillette s'était assise sur un petit muret en pierre. À ses côtés, debout, Pierrot appuyé sur sa pelle surveillait la consistance du ciment. Tous deux discutaient sous la cadence infernale de la machine. Puis après une pause de silence, Lisie demanda :

- Tu es marié Pierrot ?

- Non.

- T'as pas d'enfants alors ?

- Non.

- Je te marierais bien moi si tu voulais !

- Tu es trop pitchounette papillon ! Je suis trop *viei* pour toi !

- Oui mais après, quand je serai grande...

- Possible, faut voir ! dit le garçon qui ne voulait pas faire de peine à la fillette.

- Tu habites où ? continua l'enfant.

- Pas loin d'ici, près des arbres là-bas.

- Tu m'emmeneras un jour ?

- Oui bien sûr !

- Tu manges avec nous ?

# CHAPITRE 12

*Août 1960*

Ce jeudi comme convenu, Louis Lambert et Pierrot se retrouvèrent au commissariat pour se rendre sur les lieux où le jeune homme avait trouvé le couteau. Ils s'engouffrèrent dans la voiture de police qui les conduisit à travers les petites routes jusqu'à un plateau d'où partaient les premiers sentiers menant au rocher. Ils abandonnèrent le véhicule là sur place et continuèrent à pied. Pierrot hésitait, il ne se souvenait plus exactement de l'endroit précis. Pour le commissaire le lieu ne correspondait pas. Ce n'était pas du tout le périmètre où l'on avait retrouvé le corps. L'affaire se corsait de plus en plus.

- Mais bon sang Pierrot, il faudrait te décider une bonne fois pour toute !

- Je sais commissaire mais je voudrais pas dire de bêtises ! Les pins se ressemblent tous et y en a une *palanquée*. Comment voulez-vous que je le reconnaisse !

- Mais il n'y avait pas autre chose qui t'a marqué ? Je ne sais pas moi, un ravin, un rocher particulier, un sentier... par exemple ?

- Si ! Je les reconnais tous ces sentiers mais je sais plus à côté duquel je l'ai trouvé ! répondit Pierrot mal à l'aise car il tenait absolument à aider la police. Et puis, le commissaire, il l'aimait bien. Il faisait un peu partie de sa famille.

Louis Lambert, après un premier mariage qui dura une dizaine de printemps et se termina par un divorce, se remaria pas longtemps après avec une jeune fille de la région qui était de vingt ans sa cadette. Marie-Louise était une petite cousine lointaine de Pierrot.

De sa première union, le commissaire eut le plaisir de donner naissance à une petite fille du nom d'Edith. Il avait également une sœur qui vivait à Marseille avec son mari et ses enfants mais qu'il ne voyait plus très régulièrement depuis la disparition étrange de Marie-Louise, sa deuxième femme. Suite à cette tragédie, Louis Lambert n'eut de cesse d'enquêter et de retrouver son épouse. Les années passèrent et les recherches n'aboutirent nulle part. Sombrant dans la dépression et l'alcool, il vécut au jour le jour laissant le temps accomplir son effet anesthésiant sur sa douleur. Il subsista en se donnant corps et âme à sa vie professionnelle ne vivant que dans l'instant présent. Il habitait seul dans son trois pièces du centre-ville d'Aubagne et ne trouvait de bonheur qu'en s'évadant sur les routes à très grande vitesse sur sa moto.

- Je vois pas commissaire... Il y avait bien un rocher blanc et plat sur lequel je me suis assis et...

- Eh ben voilà ! Nous y sommes ! Et t'as vu quoi sur ton rocher Pierrot ?

- Ben j'étais là à regarder la vue et...

- Quelle vue Pierrot ? Rappelle toi, c'est important ! s'exclama le commissaire enthousiaste en lui coupant une fois de plus la parole.

- On avance ! On avance ! poursuivit-il satisfait de la tournure que prenait enfin la reconstitution.

- Le Garlaban ! Je regardais le Garlaban ! J'étais tourné vers le Garlaban quand mes yeux ont été attirés par quelque chose qui brillait légèrement au sol. Alors je me suis approché pour voir et j'ai vu, enfoui dans la terre, le couteau. Y avait qu'un morceau de la lame qui dépassait, le manche, il était dans la terre. Il a fallu que je gratte un peu pour le sortir.

- Donc si tu étais tourné vers le Garlaban, c'est que tu montais. Et le Garlaban tu le voyais de face ou de côté ?

- Comme maintenant.

Les deux hommes continuèrent à avancer dans ce dédale de chemins caillouteux sous la chaleur de midi. Le commissaire, essouflé, s'essuyait régulièrement le front, s'arrêtant souvent quand Pierrot tout à coup s'écria.

- C'est là commissaire, c'est là que je me suis assis !

*" Merde alors ! Ça n'a rien à voir ! Qu'est-ce que ce con de couteau foutait là ? "* se disait le commissaire.

Le policier devait reprendre l'affaire à zéro. Un canif photographié à proximité d'un cadavre à un moment, puis retrouvé des décennies plus tard, enfoui dans la terre à un autre endroit. Louis Lambert devait se rendre à l'évidence qu'il ne s'était pas déplacé tout seul ce couteau. Obligatoirement quelqu'un l'avait aidé. *Mais Qui ? Quand ? Pourquoi ?*

# CHAPITRE 13

En ce mois d'août Charles avait pris ses congés. Toujours affairé à ses travaux de rénovation, la famille ne le voyait pas beaucoup sauf au moment des repas. La chaleur étant trop accablante, le déjeuner se prenait rapidement dans la cuisine puis Charles se retirait dans sa chambre pour faire sa sieste.

- Chéri, j'aimerais bien que nous fassions clôturer le jardin le plus tôt possible. Je me sentirai plus en sécurité lorsque tu n'es pas là ! demanda Delphine à son mari.

- Tu as peur de quoi ? lui répondit celui-ci.

- N'importe qui peut entrer ! C'est ouvert de tous les côtés !

- Qu'est-ce que tu veux qu'il t'arrive ? Tu ne crains rien !

- Je ne sais pas ! C'est comme ça ! Je me sentirai mieux ! Et puis, on ne sait jamais, un enfant peut s'éloigner. Surtout Paul qui marche maintenant.

- J'y penserai ! répondit son mari mettant un terme au sujet.

Charles n'était pas particulièrement de bonne humeur ce jour-là. Il était fatigué et n'avait qu'une hâte, aller se reposer. Il voulait que le repas se termine rapidement.

- Où est Lisie ? dit-il impatient. Cela fait trois fois que je l'appelle !

- Lisie à table ! cria t-il rouge de colère.

Lisie se précipita dans la cuisine où l'attendait déjà tout le monde, confortablement installé autour de la table. La fillette aperçut la chaise vide qui lui était destinée, à côté de son père. Automatiquement, comme elle avait coutume de le faire chaque fois qu'elle pénétrait dans un lieu, elle leva les yeux au plafond, inspecta les moindres recoins de la cuisine, et aperçut, juste au-dessus de sa place, un énorme faucheux qui avait l'air de lui dire : " Eh oui, cette fois-ci, t'es coincée ma petite ! " Voyant qu'elle ne pouvait plus reculer, devant le regard menaçant de son père, elle se dirigea, le cœur serré, angoissée, vers la chaise que lui présentait Charles. Coincée entre son père et l'araignée, elle tremblait de tout son être, l'estomac noué, ne pouvant avaler une seule bouchée de ce maigre repas.

Les yeux rivés sur son assiette, l'enfant ne pensait plus qu'à l'insecte suspendu au-dessus de sa tête. Elle attendait, horrifiée, le moment où l'animal se jetterait sur elle quand elle reçut, venant de sa gauche, une gifle cuisante qui la déséquilibra de sa chaise.

- File dans ta chambre, tu en sortiras quand je te le dirai !

Sans attendre davantage, la fillette se releva précipitamment, courut dans sa chambre et se jeta sur son lit en sanglot.

Le repas se termina dans un silence absolu où seules les larmes de Lisie comme des perles d'eau suspendues dans l'atmosphère, résonnaient dans tous les cœurs.

*

Delphine en quittant sa chambre ce jour-là, se rendit compte qu'il régnait dans la maison un calme surprenant. Les enfants étaient affairés à leurs occupations et se réjouissant de cet état de grâce, elle se dit qu'elle allait en profiter pour s'octroyer un moment de détente. Elle s'installa en ce début d'après-midi d'été une chaise longue sous le gros platane et munie de son livre, se laissa glisser confortablement dans le creux du tissu étendant ses jambes minces sur un repose pied. Plongée dans son roman, elle quitta pour un court instant cette vie tumultueuse.

- Maaaman... maaaman... !

Au son des cris, Delphine souffla profondément, les yeux tournés vers le ciel et réprimanda le Seigneur de ne pas lui laisser cinq minutes de répit.

- Quoi, qu'y a-t-il encore ?

- C'est Paul, il est tout bizarre ! hurla Lisie en accourant dans le jardin.

Delphine bondit, comprenant tout de suite la gravité de la situation. Elle suivit Lisie dans la cuisine et aperçut Paul dans un coin de la pièce, le regard terrifié. L'enfant avait le visage violacé, boursouflé et la respiration coupée. La jeune femme se précipita sur le petit garçon, lui mit les doigts dans la bouche et lui retira petit à petit, la plaquette de beurre qu'il avait engloutie. Aussitôt, l'enfant reprit une couleur normale, toussa, cracha et sourit.

Paul, qu'on avait tendance à oublier de part sa discrétion prenait plaisir à tenir compagnie au réfrigérateur quand il n'y avait plus personne dans la cuisine. Du haut de ses petits 82 centimètres, il scrutait avec envie le contenu des uniques étagères qu'il pouvait atteindre. Tendant sa petite main potelée vers la première denrée à sa portée, il se saisissait de tout et n'importe quoi. Puis avec un grand sourire de satisfaction, il mastiquait goulûment sa nourriture.

Après ce court incident Delphine s'en retourna sur la terrasse avec Lisie et le petit Paul dans les bras. Elle regardait jouer ses enfants quand deux individus sortirent du champ de blé qui jouxtait le jardin et l'interpellèrent. Delphine sursauta, serra ses enfants contre elle et regarda les deux hommes d'un air inquiet.

- C'est-y bien ici qu'habitait le père François ? vociféra l'un des deux intrus sans même dire bonjour.

- Oui, répondit la jeune femme d'un ton méfiant.

- Ça fait longtemps que vous êtes là ? continua t-il toujours aussi curieux et désagréable.

Delphine hésitait à lui répondre pensant bien que cela ne le regardait pas mais redoutant encore plus d'agressivité de leur part, elle dit sans rentrer dans les détails.

- Non pas très longtemps.

L'homme parut contrarié par cette froideur puis après un court silence il reprit.

- C'est un beau terrain que vous avez là ! insista t-il en promenant son regard un peu partout.

- Oui en effet ! répondit Delphine évasive.

- Y a personne dans cette maison ? dit-il en désignant la maison des Roubaud en bas du jardin. De la route, on la voit souvent fermée.

- Excusez-moi, il faut que je rentre changer mon fils maintenant, mentit Delphine pour pouvoir mettre un terme à cette conversation qui la mettait mal à l'aise.

- Vous habitez seule ? continua l'homme sans se démonter.

Delphine ne répondit pas. Faisant mine de s'en aller elle lui tourna le dos.

- Allez vient Albert, on s'en va maintenant ! dit l'autre homme en lui attrapant le bras.

- Vouais ! On s'en va !

Les deux hommes finirent par rebrousser chemin laissant la jeune femme apeurée.

# CHAPITRE 14

*Septembre 1960*

- Encore ! s'exclama Pierrot en voyant arriver Lisie un après-midi, la tête à nouveau bandée.

- Oui ! Cette fois-ci on m'a pas fait voler, on m'a juste brûlée ! Y'avait pas de sang mais ça faisait très mal !

- Qu'est-ce qui s'est passé ? demanda le jeune homme en posant ses outils.

- C'est maman qui m'a versé de l'eau bouillante sur la tête !

- Heiiiin ? fit Pierrot se redressant précipitamment.

- Elle l'a pas fait exprès ! se crut obligée de préciser Lisie devant la mine hébétée que faisait encore son ami. Elle s'est juste trompée de casserole.

- Qu'est-ce qu'elle voulait faire avec ces casseroles ?

- Me les mettre sur la tête.

- Je ne comprends toujours pas.

- C'est facile... elle voulait me verser l'eau sur la tête.

- Pourquoi faire ?

- Parce que j'avais des poux ! Et, sans le faire exprès, elle m'a ébouillantée. Elle a oublié d'ajouter de l'eau froide dans la casserole.

- Ah ! dit encore Pierrot qui trouvait toujours l'histoire étrange.

- Tu fais quoi Pierrot ?

- Regarde ! Le chef m'a demandé de construire un petit mur de pierre pour retenir la terre.

- C'est qui le chef ? demanda l'enfant.

- Ton père ! *Parpalhon* ! répondit Pierrot qui avait pris l'habitude de surnommer Lisie de cette façon.

- Il commande et j'exécute !

- Tu l'aimes bien le chef ?

- Ah ! Pour ça oui ! Il est très gentil !

- Il te frappe pas quand il commande ?

- Non, quelle drôle de question !

- Il t'a commandé la clôture ?

- Non ! Quelle clôture ?

- Maman voulait qu'il mette une clôture autour du jardin parce qu'elle a peur.

- Elle a peur de quoi ?

- Des méchants monsieurs.

- Il y a pas de méchants monsieurs ici !

- Si, il y en a ! L'autre jour y en a deux qui sont venus et j'ai eu très peur et maman aussi !

- Qu'est-ce qu'ils voulaient ?

- On aurait dit qu'ils voulaient nous prendre la maison. Ils la trouvaient très belle ! Ils nous ont demandé si c'était la maison du père François. Maman leur a dit oui et ils ont posé beaucoup d'autres questions. Y'en a qu'un qui posait des questions, c'était Albert. L'autre il ne parlait pas. Il avait l'air plus gentil !

- L'autre, il s'appelait comment ?

- Je ne sais pas, ils ne l'ont pas dit !

- Et après qu'est-ce qu'ils ont fait ?

- Rien, ils sont partis. Maman ne voulait plus leur parler.

Pierrot trouvait cette histoire bien surprenante aussi. Il connaissait bien un Albert, Albert Pichu, un garçon de son âge un peu voyou. Mais des Albert il y en a beaucoup.

# CHAPITRE 15

*Décembre 1960*

La période de Noël arriva enfin. Les enfants étaient en effervescence. Les aînés allaient revenir de pension et la maison serait bientôt en fête. Aline, Delphine et Dina commençaient déjà à organiser les préparatifs pour cet heureux évènement. Delphine et les fillettes partirent sur les chemins de campagne à la recherche des plus belles plaques de mousse, des plus verdoyantes feuilles de gui, de houx et surtout quelques jolies pignes de pin pour la garniture de la table et la décoration de la crèche. Charles et Alex s'occupèrent de dénicher dans la pinède avoisinante un magnifique pin qui égaierait le salon. Les fillettes s'amusèrent à peindre de couleur or quelques feuilles et objets afin d'accentuer le côté festif de l'évènement. Elles s'adonnaient ensuite à la décoration de l'arbre avec un soin particulier.

Rien n'était plus comme avant. Le cabanon connaissait tout à coup une atmosphère plus légère. La rigueur, la discipline avaient fait place à une ambiance non coutumière. Chacun avait son rôle. Seul le petit Paul avait du mal à trouver sa place.

Ravie mais inquiète, Lisie espérait que ce bonheur durerait toujours. Elle contemplait avec ravissement cette métamorphose magique quand une pensée inquiétante vint lui gâcher sa joie. Le cabanon ne possédait pas de cheminée. Tous ces préparatifs ne servaient à rien si le Père Noël ne pouvait pas entrer. Il fallait à tout prix trouver une ouverture pour le Roi de la fête. Elle fit part de ses préoccupations à sa maman qui lui promit de laisser la porte ouverte cette nuit-là.

Enfin, le jour tant attendu arriva. La table était revêtue de sa magnifique nappe blanche sur laquelle étaient disposées de part et d'autre des feuilles de houx dont les épines signifiaient pour la religion catholique, la couronne de Jésus et leurs petites boules rouges, le sang du christ. Delphine avait sorti pour l'occasion le beau service familial en vieille porcelaine ainsi que les couverts en argent. La famille, agrandie par la présence de la maman de Delphine, partagea dans la joie la plus totale, ce simple mais succulent repas cuisiné par les bons soins de Dina.

Après ce festin, l'assemblée rejoignit l'église de la ville afin d'assister à la messe de Noël. Une somptueuse crèche vivante occupait une large partie de la nef gauche de la paroisse. Les santons animés, vêtus de superbes habits provençaux, se mouvaient gracieusement dans un riche décor campagnard. Des moulins tournaient dans une rivière argentée, des cascades déversaient leur épais filet d'eau d'une falaise abrupte, des ouvriers s'activaient dans leur vieil atelier sombre et des paysans s'affairaient à leur lourde besogne. Aline et Lisie étaient fascinées par la réalité de la scène, des personnages et par la finesse de ces miniatures d'argile. L'église illuminée par de grands cierges, embrumée par la fumée de l'encens, magnifiée par la présence et les chants des fidèles, resplendissait sous la magie de Noël.

De retour au cabanon, les enfants ouvrirent leurs cadeaux que le Père Noël venait d'apporter pendant leur absence. Sous l'imposant mais discret sapin, de jolis paquets attendaient patiemment leur moment de gloire. Ce n'était pas une abondance de paquets comme on peut le voir de nos jours. Il n'y avait qu'un cadeau par enfant et il était scrupuleusement choisi sur le seul catalogue existant de l'époque. Lisie qui par hasard, un jour, l'avait aperçu trainant dans un coin, eut ses premiers soupçons sur la provenance des jouets.

Les trois petits se jetèrent sur leur paquet et moins d'une seconde plus tard, ces derniers se trouvèrent déshabillés de tout leur emballage. La fillette fut émerveillée à la vue de cette belle poussette rose destinée à sa nouvelle poupée. Aussitôt, elle s'empara de Catherine, la glissa dedans et la promena partout dans la maison tout en se demandant comment le Père Noël avait pu lui offrir la même poussette que celle du catalogue. Elle fut encore plus étonnée quand elle reconnut le train électrique de son frère Alex. Ce fut pour la fillette un réel sujet de réflexion. L'homme rouge n'existait peut-être pas ! Elle passa le restant de la nuit dans le doute puis finalement, peu importait, après tout ce qui comptait, c'était d'avoir son jouet, à quoi bon se poser des questions.

La tradition voulait qu'à minuit, on partage un délicieux chocolat chaud recouvert de chantilly et accompagné de la légendaire pompe à l'huile. En Provence, ce gâteau sec composé de farine, d'huile d'olive, de sucre et de fleur d'oranger, fait partie des treize desserts. Luttant contre le sommeil qui la gagnait, la petite fille épuisée alla se coucher le cœur rempli de bonheur.

Le lendemain matin, en ouvrant les yeux, la fillette était encore sous le charme de la nuit précédente. La fête n'était pas finie. Le sapin était toujours là et la crèche aussi. Au sol traînaient encore des restes d'emballage, le camion de pompier de Paul gisait sur le tapis les quatre roues en l'air, le train électrique étendait son réseau ferroviaire sous tous les meubles du salon, les livres de Jean empilés sur le guéridon patientaient sagement, attendant que leur lecteur vienne percer leur mystère. Rien n'avait bougé. Seule la table avait été nettoyée et décorée une nouvelle fois pour ce repas du 25 décembre.

Le nez collé à la vitre, Lisie admirait la nature. La matinée était sombre, le jour avait du mal à s'imposer à travers l'épaisseur cotonneuse des nuages. La rosée recouvrait de sa nappe blanche la triste végétation hivernale sur laquelle se tenait une pie venue se reposer entre deux vols. Les champs de vigne dépouillés de toute verdure étendaient leurs cépages sur une terre tristement gelée. Les rares fleurs miraculées essayaient de sauver leur restant de pétales, les arbres pleuraient sous le poids de leur feuillage de verre, les oliviers luttaient de leur vieux et robuste tronc pour ne pas mourir.

# CHAPITRE 16

*Avril 1961*

Une heure s'écoula environ et la fillette était toujours-là, seule devant le grand portail fermé. Face au silence du lieu, son anxiété, jusque-là latente, commençait à la submerger. Elle avait peur. Les larmes noyaient ses yeux terrorisés. Une sensation d'abandon naquit dans son esprit fragile. Dominée par l'angoisse, la fillette traversa le terre-plein caillouteux devant elle et se retrouva quelques minutes plus tard à proximité de la grand-route. Elle posa son cartable au sol et, anéantie, se laissa tomber contre un muret. Ici le lieu était plus vivant. Il y avait davantage de monde et la petite fille se sentait plus en sécurité.

- Que fais-tu là toute seule ? lui demanda une passante en s'accroupissant au niveau de la fillette.

- L'école veut pas ouvrir, dit l'enfant en pleurs.

- Mais ce n'est pas aujourd'hui la rentrée, c'est demain ! Comment t'appelles-tu ma petite ? demanda la dame réconfortante.

- Lisie, répondit la petite fille qui pensait bien que cette question ne changerait rien à sa situation.

- Où est ta maman ? questionna encore la dame.

- Elle est partie, dit Lisie suffoquant et reniflant.

- Mais tu habites où ?

- Là-bas. Lisie montra la direction en tendant son petit doigt.

La dame embarrassée ne savait que faire de l'enfant. Après réflexion, elles retournèrent toutes les deux vers l'école. La dame sonna à l'entrée en espérant qu'il y ait quelqu'un et attendit quelques minutes, tenant toujours Lisie par la main. Aucune âme qui vive. L'école était désespérément fermée. À court de solutions, la passante accompagna Lisie au commissariat de police. À l'instant où elles entraient dans le bâtiment, elles tombèrent sur le commissaire qui revenait de Marseille.

- Ahhh... Bonjour commissaire... Vous tombez bien !

- Bonjour madame Boniface... Qu'est-ce qui vous amène de si bonne heure chez nous ?

- C'est cette petite, je ne sais pas quoi en faire. Elle était toute seule en larmes dans la rue, attendant l'ouverture de l'école. Sa maman s'est trompée de jour, alors je vous l'ai amenée !

- On se demande vraiment à quoi pensent les femmes ! répondit le commissaire sur le ton de la plaisanterie.

- Vous avez bien fait, on va s'en occuper !

Lambert regarda la fillette et ajouta :

- Si mademoiselle le veut bien, évidemment !

Lisie fut ravie de cet égard à son encontre. Elle trouva l'homme sympathique. C'était bien la première fois que quelqu'un pensait à lui demander son avis. Elle fit un signe de tête affirmatif et suivit le commissaire.

- Bon ! Eh bien je vous laisse alors ! La petite est en de bonnes mains je peux m'en aller tranquille ! Au-revoir commissaire, au-revoir Lisie !

- Au-revoir madame Boniface et merci encore !

La jeune femme tourna les talons et disparut en direction de la place du marché.

- Tiens Michaud, occupe-toi de trouver l'adresse de la petite et vois s'il y a un numéro de téléphone, ordonna Lambert à son subordonné.

À ce moment-là, Pierrot fit irruption dans le commissariat les bras chargés d'un paquet pour le commissaire. Il venait livrer la commande de Lambert qu'il lui avait soigneusement préparée et emballée.

Le commissaire avait pris l'habitude de s'approvisionner chez Emile le boucher qui lui préparait ses repas. Lorsqu'il ne mangeait pas à l'extérieur, l'homme ne voulait pas s'embarrasser avec des préparations culinaires. Il commandait donc le matin et Pierrot le livrait ensuite.

- Pierroooot... ! s'exclama Lisie en se jetant dans ses bras.

Le jeune homme qui n'avait pas encore aperçu la petite fille fut surpris par cette explosion de joie et faillit en perdre ses paquets. Surpris également, le commissaire afficha un air étonné. Le regard fixe et pénétrant en direction de Pierrot, il attendait, placide, des explications.

- Ben Pierrot, tu ne m'as pas tout dit, il me semble ! C'est qui cette petite ? Tu tombes bien, tu vas pouvoir nous aider !

Pierrot embarrassé ne voulait pas avouer au commissaire qu'il faisait des gâches non déclarées.

- C'est Lisie !

- Oui ça je le sais ! Mais Lisie comment ? C'est quoi son nom de famille ?

- Lisie Rollin.

- Et elle habite où cette Lisie Rollin ? s'impatienta Lambert qui était obligé de sortir les vers du nez de Pierrot.

- Sur le chemin de la Louve.

- Et c'est pas la peine que je te demande comment tu la

connais ? dit-il d'un air narquois.

Devant la gêne de Pierrot, le commissaire n'insista pas. Il avait les renseignements qu'il désirait, ça lui suffisait.

- Michaud ! Laisse tomber! Ce n'est plus la peine !

Lorsque Delphine pénétra dans le commissariat, elle trouva Lisie et Pierrot tranquillement assis dans l'entrée qui l'attendaient.

- Mamaaan ! cria la fillette en se précipitant vers la jeune femme.

- Ma chérie... Tu vas bien ?

- Oui. Tu as vu, il y a Pierrot !

- Je vois ! puis se tournant vers le jeune l'homme.

- Bonjour Pierrot, lui dit-elle en lui tendant la main avec un grand sourire. Il fit de même et attendit.

- Je vous remercie, c'est très gentil à vous d'avoir tenu compagnie à Lisie. Vous voulez que je vous raccompagne quelque part ?

À ce moment-là, le commissaire s'approcha et se présenta.

- Bonjour madame ! Commissaire Lambert !

- Bonjour commissaire ! Delphine Rollin, répondit-elle aimablement.

L'homme ne put résister au charme de la jeune femme. Il la dévisageait discrètement et voyait une femme de taille moyenne, très mince et élégante. Des joues creusées par la fatigue, un petit nez pointu et de fines lèvres se dessinaient sur un visage anguleux. Son regard tendre se posait sur les êtres sans vraiment s'y attarder. Une grande douceur accompagnée d'une certaine réserve se dégageaient de sa personne.

- Je vous prie de bien vouloir m'excuser commissaire et vous remercie de votre attention à l'égard de ma fille, dit-elle avec aisance.

Lambert n'imaginait pas ce matin-là en se levant que la journée serait aussi riche en surprises. Tout en écoutant Delphine se confondre en excuses il se disait qu'il n'avait jamais entendu autant de politesse dans toute son existence ! *" D'où ils sortent ces gens-là ? Et cette petite qui me tombe sur les bras, comme ça, sans prévenir ? Et Pierrot qui a l'air de les connaitre depuis toujours ? "*

- Mais je vous en prie madame Rollin, c'est mon travail ! s'exclama l'homme. Comment se fait-il que nous ne nous connaissions pas ?... Aubagne est une petite ville pourtant !

- Cela ne fait qu'un an et demi que nous nous sommes installés à Aubagne. C'est assez récent !

- Ah ! Et vous venez d'où ?

- De Marseille. Mon mari a toujours préféré la campagne à la ville. Alors quand cette opportunité s'est présentée, nous n'avons pas hésité.

- De quelle opportunité parlez-vous madame Rollin ?

- De ce cabanon que nous avons pu acheter. Il appartenait à un vieux monsieur qui est décédé il y a trois ans maintenant. Il s'appelait... François... François... François Foulon je crois ! dit Delphine qui n'arrivait plus à se souvenir du nom de famille. On l'appelait le père François d'ailleurs.

- Foulon ?... Oui ! Je vois... je vois très bien ! s'exclama l'homme de police décontenancé. Il ne voulait rien laisser paraître de sa surprise.

- Dites-moi commissaire, je souhaiterais remercier la dame qui s'est si gentiment occupée de Lisie. Pourrai-je avoir son adresse ?

- Cela serait très aimable à vous madame Rollin. Je vais la faire prévenir pour avoir son autorisation et nous vous contacterons. Nous ne communiquons pas les adresses des gens !

- Bien sûr commissaire, je comprends très bien ! Puis se

tournant vers Lisie et Pierrot, elle s'aperçut que le jeune homme avait disparu. Il redoutait les questions  de Louis.

# CHAPITRE 17

*Juillet 1961*

En ce mois de Juillet, Charles en congé avait entrepris l'aménagement du grenier et le logis résonnait sous les coups de masse.

En fin de matinée, Il descendit des combles, s'approcha discrètement de Delphine et, à l'écart des enfants lui fit signe de le suivre. La jeune femme intriguée par tant de mystère lui emboîta le pas jusque dans leur chambre. L'homme tenait dans sa main une boîte en métal toute rouillée et pleine de poussière.

- Regarde ce que je viens de trouver caché dans un mur derrière une pierre. J'ai l'impression qu'elle est là depuis un bon moment vu son état !

- Que peut-elle contenir à ton avis ? Tu crois que nous pouvons l'ouvrir ? questionna Delphine.

- Maintenant que le père François est mort, elle n'appartient à plus personne, nous ne savons même pas s'il avait de la famille !

- Si, aux Pichu qui nous ont vendu la maison... C'est à eux qu'il faudrait la remettre !

- Je n'ai pas beaucoup aimé ces gens-là... Je ne sais pas si on doit la leur remettre.

- Oui moi non plus ! Ils ne m'ont pas fait bonne impression !... Ouvrons-la alors, nous verrons bien après ! répondit Delphine poussée par la curiosité.

Charles passa son avant-bras sur la boîte pour la dépoussiérer et avec ses deux mains tira sur le couvercle qui résistait fortement en raison de la rouille dont il était recouvert.

- J'ai du mal, il me faudrait un tournevis, dit-il en quittant la pièce. Il revint deux minutes plus tard avec l'outil et recommença l'opération. Le couvercle résista encore quelques instants puis céda enfin sous la pression du levier.

Des papiers, des photos, des clés en garnissaient l'intérieur. Ils s'intéressèrent en premier lieu aux photos dont les personnages inconnus avivaient leur curiosité. Deux hommes debout, armés d'un fusil de chasse portaient un faisan à bout de bras. Des paysannes assises devant le perron du cabanon tenaient des enfants sur les genoux. Des clichés de vignobles avec en arrière plan le Garlaban étaient jaunis par l'effet du temps. Charles aperçut un acte de propriété au nom de Gaston Foulon. Il regarda sa femme et dit :

- C'est curieux tout ça ! Pourquoi cette boîte était-elle cachée ?

Delphine acquiesça d'un signe de tête et rangea les photos dans la boîte.

- Qu'allons nous en faire ? dit-elle.

- Je ne sais pas ! Je ne suis même pas sûr que le pauvre père François en ait jamais connu l'existence, répondit Charles.

- Je crois que nous devrions la remettre à la police. Elle ne nous appartient pas ! proposa Delphine.

- Cela m'ennuie ! Maintenant que nous l'avons ouverte, nous passerions pour qui ? déclara Charles.

- Tu sais, je connais un peu le commissaire, je t'en avais parlé la fois où j'avais laissé Lisie un jour trop tôt devant l'école. C'est un homme très gentil et très compréhensif. Je ne pense pas qu'il nous tienne rigueur de cette curiosité.

- Gardons-la pour le moment, nous verrons bien plus tard ! conclut Charles en se levant.

Ils rangèrent la boîte avec celle de leurs propres photos sur l'étagère au-dessus de la porte des toilettes. Oubliée par la suite, elle y resta trois ans environ avant qu'on ne s'en souvienne. Charles et Delphine s'en retournèrent ensuite, le plus naturellement possible au salon devant la mine hébétée de Marie qui s'étonnait de leur comportement. De loin, assise sur un fauteuil dans le noir, la jeune fille avait assisté à leur curieux manège.

# CHAPITRE 18

*Août 1961*

Ce dimanche, la famille attendait les cousins de Marseille pour le repas. Il faisait trop chaud pour déjeuner dans le jardin et les cigales chantaient si fort qu'il était impossible de s'entendre. Delphine et Dina avaient donc dressé le couvert sur la grande table de la salle à manger. Le frère de Delphine, Maurice, sa femme Mathilde et les deux grands cousins, Anne et Marcel, venaient rarement à Aubagne. Maurice et Charles ne s'appréciaient que modérément.

Ça y est, ils arrivent ! dit Jean qui faisait le guet avec impatience.

En effet, la voiture passait lentement, à cet instant précis, le grand portail rouillé qui précédait l'allée de lauriers roses. Maurice se gara sur le côté droit de la maison, quelques mètres plus haut à proximité de l'immense champ de blé. Les enfants en descendirent, tout excités par cette magnifique journée d'août qui s'annonçait. Les cousins ne s'étaient pas vus depuis longtemps et avaient plein de choses à se raconter.

Aline et Lisie qui étaient beaucoup plus jeunes, restaient en retrait, intimidées par ces grands cousins.

Les civilités terminées, Charles et Delphine montrèrent les changements apportés au cabanon. Charles et Maurice firent le tour de la propriété pendant que Delphine et Mathilde se mirent au frais à l'intérieur. Les adolescents continuaient leurs bavardages, assis à l'ombre du platane, attendant le moment de passer à table.

Anne et Jean qui avaient le même âge avaient l'habitude de s'échanger beaucoup de confidences. Ils continuaient à discuter de leur vie pendant qu'Alex et Marcel partageaient leurs connaissances en matière de motos et de musique. Marie avait rejoint Mathilde et Delphine à l'intérieur. Après un bref apéritif, tout le monde passa à table.

Les enfants d'un côté, les adultes de l'autre, le repas put commencer. Dina servit son magnifique soufflé au fromage dont elle était la spécialiste. L'humeur était joviale et les conversations animées. Les enfants qui n'avaient pas le droit de parler à table en temps ordinaire, en profitèrent aisément ce jour-là. Soudain l'ambiance changea, le ton monta entre Maurice et Charles qui avaient parfois des rapports conflictuels. L'alcool aidant, les deux hommes s'affrontaient verbalement, quand tout à coup, Charles se dressa, prit la table à deux mains, la souleva et la renversa violemment sur le sol. Un silence de mort régna aussitôt dans la pièce. Puis les plus petits se mirent à hurler et les aînés avaient pris la fuite dans le jardin pour se mettre à l'abri. Le repas tourna au drame. Delphine et Mathilde, les larmes aux yeux, essayèrent de calmer les deux hommes qui étaient prêts à en venir aux mains.

La salle à manger n'était plus qu'un champ de bataille sur lequel gisait un amas de victuailles éparpillées aux quatre coins de la pièce. Le soufflé, collé au carrelage, avait perdu de sa splendeur. Le vin répandu au sol, formait une mare rougeâtre dans laquelle baignaient quelques morceaux de pain échoués là.

Les jeunes femmes, encore toutes retournées, essayèrent malgré tout, de sauver ce qui pouvait être encore récupérable. Affamée par les longues privations de nourriture, Delphine ne voulait rien perdre de cette délicieuse cuisine.

Le repas en resta là, les cousins rentrèrent à Marseille et personne ne les vit plus d'un moment.

Delphine était furieuse contre son mari. Il lui avait gâché sa journée. Charles était parti se coucher pour se calmer.

La fin de la journée se déroula en silence, chacun encore trop ému pour manifester la moindre envie de parler, si ce n'est à voix basse.

# CHAPITRE 19

*Septembre 1961*

Les préparatifs de la nouvelle rentrée scolaire s'imposaient. Il y avait du changement cette année-là. Les fillettes devaient changer d'école et Paul faisait sa première année chez les tous petits.

Lorsque Delphine, ce matin-là, revint d'Aubagne après avoir déposé les enfants à l'école, elle aperçut Dina dans le champ de blé à côté, en grande conversation avec un vieux paysan.

- Du temps de son père, François était heureux. Même qu'il avait perdu sa mère à sa naissance, c'était un gosse qui aimait la vie. On s'est bien connu tous les deux ! Minots, on jouait ensemble et on était aussi dans la même classe, expliqua le vieil homme à Dina et Delphine qui les avait rejoints.

- Il a vécu seul avec son père. Sa grand-tante s'est beaucoup occupée de lui aussi. Elle habitait avec son mari, le cousin de Gaston, la grande ferme qui est par là-bas, au-dessus des Grisone, rajouta t-il.

- C'était qui Gaston ? demanda Dina.

- C'était le père de François, parbleu ! Puis quand Gaston a eu son accident, qu'il a passé l'arme à gauche, le pauvre gosse s'est retrouvé orphelin. Il avait seize ans. Il s'est replié complètement sur lui-même. Il n'a plus causé !

- M'est avis que c'était pas un accident qui lui est arrivé au *viei* ! continua t-il doucement, comme s'il se parlait à lui-même.

- Comment ça, pas un accident ? Que voulez-vous dire ? rétorqua Dina étonnée.

- Oui, avant la mort de son père, François était soucieux. Il m'en causait un peu. Il me disait que son père était tracassé depuis quelque temps et il ne savait pas pourquoi.

- Ah, émit Dina qui cherchait une explication à ce changement d'attitude.

- Vouai... même son grand-oncle Gustave avait lui aussi changé d'humeur, rajouta le paysan. Il était de plus en plus colérique.

- En effet... tous ces changements au même moment c'est étrange... il s'est certainement passé quelque chose d'important ! conclut Delphine.

- J'en sais rien ! rétorqua le paysan, puis ajoutant :

- Comme François il était pas majeur, son grand-oncle et sa grand-tante l'ont gardé chez eux jusqu'à ce qu'il ait vingt-et-un ans. Après il est venu s'installer au cabanon et il causait plus à personne, même pas à moi. C'était plus pareil !

- Et de quoi vivait-il ? s'enquit Delphine.

- Il travaillait dans les champs au père Fabre, pas loin d'ici... ça lui suffisait.

- Il ne s'est jamais marié ? questionna Delphine.

- Pas que je sache... non. À une certaine époque, des mauvaises langues avaient prétendu qu'il courait après une femme mariée... mais c'étaient des racontars. Les gens aiment bien inventer des histoires par ici ! Mais ça plaisait pas à François.

- *Pauvre garçon !* pensa Dina qui voyait là une similitude avec sa propre existence.

Il y eut un silence recueilli puis le paysan reprit :

- Bon c'est pas tout mais j'ai du travail à faire moi !... Bien à vous mesdames ! dit l'homme en les quittant.

Delphine et Dina regardèrent l'homme s'éloigner puis redescendirent la butte et regagnèrent le cabanon où la présence de Gaston et François Foulon semblait planer encore.

# CHAPITRE 20

*Octobre 1961*

En se dirigeant vers le parking où elle avait garé sa vieille 2CV, Delphine, accompagnée de Lisie aperçut le commissaire Lambert sur la place centrale en grande conversation avec deux jeunes femmes d'une quarantaine d'années qui tenaient chacune à bout de bras un vélo dont le porte-bagage était rempli de provisions. Elles étaient habillées de larges pantalons de couleur terne, tenus à la cheville par des pinces. Le commissaire paraissait soucieux. Vêtu d'une légère gabardine et d'un chapeau de toile aux larges rebords, il affichait un intérêt tout particulier aux propos des deux cyclistes. Quand il aperçut Delphine et Lisie, il eut un moment d'hésitation. Le temps d'un cours instant il resta sans réaction puis se ressaisissant il adressa un bref signe de tête à la jeune femme qui lui tendait déjà la main pour le saluer.

- Bonjour commissaire, dit Delphine d'un ton discret et aimable.

- Euh... ! Bonjouuuur madaaame... ? répondit le commissaire essayant de se remémorer le nom de la jeune femme.

- Rollin commissaire !

- Ah oui ! Rollin ! Excusez-moi ! Comment allez-vous chère

madame ?

- Très bien, je vous remercie commissaire ! Et vous ?

- Egalement. Permettez-moi de vous présenter ces deux dames : Alice et Eléonore Grisone. Je crois que vous êtes voisines d'ailleurs ! dit-il avec une pointe de malice.

Le policier aimait à lancer de petits pièges dans les conversations les plus anodines afin d'en récolter la moindre information, le moindre indice.

Louis Lambert avait trois affaires sur les bras et aucune n'aboutissait. Espérant toujours résoudre le mystère de la disparition de sa femme il y a de cela maintenant neuf ans, il avait aussi l'affaire du cadavre du Garlaban et ces réglements de compte entre bandes rivales pour des questions de drogues entre Aubagne et Marseille. Ces histoires de grand banditisme lui prenaient tout son temps.

Delphine se tourna vers les deux dames et leurs sourit pendant que le commissaire regardait Lisie.

- Eh bien ! Jeune fille, tu n'es pas à l'école aujourd'hui ? Tu m'as l'air bien triste !... Tu as pleuré ?

- On vient de lui faire un vaccin, précisa Delphine.

- Ah je vois ... Et tu n'as pas aimé... c'est ça ? Je te comprends !

La fillette secoua la tête et adressa un léger sourire au commissaire. Puis tournant distraitement son regard au loin, son visage changea brusquement d'expression. Se cachant derrière sa mère elle tira sur sa jupe et lui dit apeurée :

- Regarde maman, ce sont les deux hommes qui sont venus à la maison une fois.

- Où ? Je ne vois rien chérie !

- Là-bas, regarde ! s'exclama Lisie en tendant le bras toute tremblante.

- Mais enfin Lisie, on ne montre pas du doigt comme ça !

Les sœurs Grisone et le commissaire se tournèrent également dans la direction qu'indiquait la petite fille et une des jeunes femmes s'exclama.

- Ah ! Tu parles des frères Pichu ? dit-elle à la petite fille.

- Qui sont les frères Pichu ? questionna le commissaire.

- Oh ! Deux pauvres bougres pas très fréquentables. Ils habitent au-dessus de chez nous.

- Ils sont venus vous rendre visite madame Rollin ? ajouta le commissaire.

- Oui l'année dernière. Je dois avouer qu'ils m'ont fait assez peur ! Je ne les ai pas entendus venir !

- Que voulaient-ils ?

- Rien de bien précis. Ils posaient beaucoup de questions au sujet de notre maison et celle de nos voisins les Roubaud.

- Il me semble qu'ils ont un lien de parenté avec le père François ! dit l'une des sœurs.

Aussitôt, les sens aiguisés du commissaire se réveillèrent.

- Vous parlez bien de François Foulon madame Grisone ?

- Tout à fait !

Louis paraissait satisfait. En quelques minutes il avait obtenu une information capitale qui allait lui permettre d'étendre ses recherches.

- Je vais voir ça de plus près ! conclut-il en prenant congé.

Delphine était inquiète. *Pourquoi des parents de l'ancien propriétaire du cabanon sont-ils venus chez elle ? Qu'espéraient-ils ?* Après avoir salué les sœurs Grisone, la jeune femme et Lisie s'en retournèrent vers le parking du centre ville.

- Tiens Pignon, vois un peu si on a quelque chose sur deux lascars du nom de Pichu ! dit Louis Lambert lorsqu'il eut regagné le commissariat.

# CHAPITRE 21

*Juillet 1962*

La pinède qui bordait le cabanon était déserte, jamais personne n'y venait. Le cerveau en effervescence, la petite fille marchait entre les arbres dont les branches se pliaient sous les fortes rafales de vent. Il lui fallait s'abreuver d'aventures pour alimenter son esprit fertile. Elle s'imaginait à l'époque des westerns qu'elle regardait en noir et blanc sur le vieux poste de télé. Assise sur un tronc d'arbre qui n'avait pas résisté à l'assaut du mistral, munie d'un faux pistolet à la ceinture, vêtue d'un pantalon de toile, faute de cuir, de grandes bottes en caoutchouc coincées dans des étriers fictifs, un chapeau de cowboy sur la tête, elle chevauchait sur place au milieu des grands espaces.

À la recherche de hors-la-loi qu'elle devait remettre au shérif contre une prime élevée, elle suivait leur piste, à l'affût du moindre indice. Elle descendait de cheval, s'accroupissait sur ses talons et cherchait d'éventuelles empreintes. La fillette se glissait dans la peau de son héros télévisé, Josh Randall et sa célèbre winchester. Face au Garlaban, elle se promettait plus tard de conquérir cette montagne à cheval. Elle ne croyait pas si bien dire !

Soudain elle fut tirée de sa rêverie par des chuchotements qui venaient du fond de la pinède. Curieuse, elle s'avança doucement et aperçut deux hommes qui se tenaient près du grillage des Roubaud. Avec le vent, ils ne l'entendirent pas approcher et la petite fille crut reconnaître les deux individus qui s'étaient introduits chez elle auparavant. Prise de panique elle s'enfuit à toutes jambes et regagna rapidement le cabanon.

En rentrant du travail ce soir-là, Charles passant devant la villa des Roubaud, remarqua que celle-ci avait la porte d'entrée grand ouverte. Il pensa dans un premier temps qu'Henri et Odile étaient là mais ne voyant pas leur voiture il fut très étonné. Il roula jusqu'au cabanon et se gara sur le côté. Delphine qui se trouvait dans le jardin le vit venir vers elle, l'air très sérieux.

- Tu as vu Odile aujourd'hui ? lui demanda t-il.

- Non pourquoi ?

- C'est curieux, leur maison est ouverte !

- Mon Dieu ! Serai-ce encore un cambriolage ? répondit-elle aussitôt.

- C'est fort probable ! Tu n'as rien entendu ni remarqué ? ajouta t-il.

- Non, avec le Mistral je ne pouvais rien entendre !

- Je vais aller voir !

- Ce n'est pas prudent chéri, si les cambrioleurs sont encore à l'intérieur cela pourrait être dangereux pour toi ! Appelons la police plutôt !

Charles ne répondit rien et se dirigea d'un pas ferme vers la maison des Roubaud. En bas du jardin, il ouvrit le petit portail de bois qui séparait les deux terrains, contourna la maison et s'avança vers la porte béante. Quand il pénétra dans le logis, il trouva le mobilier renversé, le contenu des tiroirs éparpillé un peu partout sur le sol, les placards et armoires sens dessus dessous mais il n'y avait plus personne. Il remarqua que la télévision avait disparu ainsi que le four et autres appareils de cuisine. En quittant les lieux il se dit que les voleurs cherchaient certainement des bijoux et de l'argent.

Il retourna au cabanon et appela Henri et la police. Lorsque la police débarqua, les Roubaud n'étaient pas encore arrivés de Marseille. Charles accueillit les policiers sur le perron, Delphine à ses côtés.

Après une rapide inspection, le commissaire déclara :

- Visiblement, ils sont passés par le toit, par la cheminée plus exactement et ont ouvert la porte ensuite !

Charles avait remarqué aussi les traces de pas et de suie sur le carrelage.

Les Roubaud arrivèrent peu après. Charles présenta Odile et Henri au commissaire qui les salua brièvement.

- Bonjour Charles, je vous remercie de votre aide une fois encore ! Je ne sais plus comment faire avec ces cambriolages à répétitions, dit Henri effondré.

- Je vous conseillerai cher monsieur de faire installer une alarme, vous serez bien plus tranquille ! Elles sont de plus en plus performantes de nos jours ! avança le commissaire.

- Vous avez raison, je vais m'en occuper rapidement !

- Bien, très bien ! Vous savez votre maison est repérable depuis la route et si vous ne venez qu'occasionnellement, les gens mal intentionnés se rendent vite compte en voyant les volets fermés qu'elle est inhabitée !

- Oui, et nous, de chez nous, nous ne voyons rien ! Ils peuvent faire ça aussi bien dans la journée que dans la nuit, personne ne viendra les inquiéter... si toutefois ils étaient inquiets ! renchérit Charles.

Le commissaire fit une grimace puis changea de sujet.

- Donc vous habitez derrière la maison des Roubaud, la maison de François Foulon ? C'est bien ça ?

- C'est bien ça commissaire ! répondit Delphine, puis ajoutant :

- Comme vous pouvez le constater, nous sommes très isolés ici ! Tout le monde peut venir sans s'annoncer. D'ailleurs, je vous en avais parlé lorsque nous nous sommes rencontrés en ville la dernière fois. Il y a quelques temps de cela, j'avais eu la visite des frères Pichu. Vous vous en souvenez commissaire ?

- Parfaitement madame Rollin ! D'ailleurs, j'ai fait faire des recherches à leur sujet mais ils n'ont aucun casier judiciaire.

- Cela n'en est pas pour autant plus rassurant ! renchérit la jeune femme.

- Ce n'était pas comme ça il y a quelques années lorsque nous sommes arrivés ici. Nous n'avions jamais été cambriolés et maintenant c'est tous les ans ! constata Odile qui se lamentait.

- Bon ! Eh bien... soyez vigilants !... Et n'oubliez pas monsieur Roubaud, mettez une alarme, c'est un conseil ! Au revoir messieurs, dames.

Louis Lambert regagna sa voiture de police avec Merlin qui le suivait de près et les deux hommes descendirent la côte de la route goudronnée devant la ferme aux oies. Henri, Odile, Delphine et Charles restèrent encore un moment sur place à discuter puis se séparèrent. Les Roubaud regagnèrent Marseille tard dans la soirée et revinrent quelques jours plus tard avec un agent de leur compagnie d'assurance.

# CHAPITRE 22

Quand Lisie se rendit chez les Roubaud en ce début d'après-midi, deux ouvriers s'activaient dans la maison à l'installation d'une alarme. Henri n'avait pas attendu. Ce dernier cambriolage les avait fortement affligés sa femme et lui. La petite fille trouva Miriame et ses parents au salon en grande conversation avec les deux hommes.

- Avec une alarme comme celle-ci, vous avez plus rien à craindre ! Elle en découragera plus d'un !

- J'espère que vous dites vrai... sinon je ne sais pas ce que nous pourrions faire de plus ! murmura Odile.

- Quand elle se déclenchera, ils vont vite décamper ! Je vous le dis moi ! continua l'homme.

- Oui mais du coup on ne pourra pas les coincer. On ne saura jamais qui c'était ? appuya Henri.

- Moi je sais qui c'est ! déclara Lisie qui écoutait la conversation.

- Quoi ? Que veux-tu dire ? poursuivit Henri.

- Je les ai vus l'autre jour !

- Qui ? Tu as vu qui ? De quoi parles-tu ? insista Henri.

- Ben... ceux qui ont cambriolé !

- Mais tu les as vus où ? questionna Odile.

- Dehors, à côté du grillage.

- À quel endroit du grillage ?

- Dans la pinède, là ! dit-elle en sortant dans le jardin et désignant de son doigt l'endroit où se tenaient les deux individus quelques jours auparavant.

- Tu pourrais les reconnaître ?

- Oui c'étaient les deux monsieurs qui sont venus une fois à la maison et qui nous ont fait très peur !

Henri et Odile se regardèrent sidérés. Ils n'en croyaient pas leurs oreilles.

- C'est bien Lisie... Tu nous aides beaucoup ! déclara Odile. Puis s'adressant à son mari :

- Eh bien voilà ! Nous l'avons notre explication ! Il ne nous reste plus qu'à en informer le commissaire !

- Je m'en occupe ! décréta Henri.

# CHAPITRE 23

Ce jour-là, Charles rentra du travail un peu plus tôt avec dans le coffre de sa vieille 4L, six transats qu'il avait récupérés de son entreprise. La compagnie maritime changeait le mobilier de ses paquebots et Charles avait racheté pour un prix dérisoire quelques chaises longues du pont des navires. Il déballa ses achats sous le regard dubitatif de Delphine.

- Tu n'aimes pas ?

La jeune femme hésita à répondre.

- Pourquoi veux-tu transformer la terrasse en un pont de navire ? demanda t-elle inquiète.

Comme à son habitude, Charles laissait toujours les questions sans réponses. Silencieux, tout occupé à disposer les transats le plus harmonieusement possible, il se décida enfin à parler. Mais sa réponse n'était pas du goût de Delphine.

- Demain j'amène les canots de sauvetage ! dit-il d'un air malicieux. Qui plus est, cela fera de beaux fauteuils très originaux.

Delphine un peu vexée par cette ironie, finit par se ranger à sa fantaisie.

- Je pense qu'en changeant le tissu cela sera beaucoup plus joli ! avança t-elle.

- C'est prévu chérie ! Samedi nous les porterons à Marseille pour les faire recouvrir ! ajouta t-il.

*

Quand Marcel Roussel pénétra dans sa boutique d'articles de pêche et loisirs maritimes, Quai-de-Rive-Neuve à Marseille, il se heurta à un homme étrange qui se tenait à l'écart au fond du magasin. L'individu avait un comportement suspect. Le comportement d'un homme qui se cache.

- Oh ! Pardon ! Excusez-moi, je ne vous avais pas vu ! dit Marcel embarrassé.

L'homme ne répondit rien et détournant rapidement le visage se concentra à nouveau sur les articles qui l'intéressaient. Marcel Roussel eut l'impression d'avoir déjà vu cet homme. Il n'avait pu oublier ce regard de bête féroce. Cette rencontre lui laissa un goût amer qui ne le quitta pas de la journée.

La boutique était remplie de monde ce samedi matin. Les clients faisaient la queue pour être servi. Lucien et sa femme Adélaïde couraient dans tous les sens afin de satisfaire leur clientèle.

Charles et Delphine attendaient leur tour dans la file qui s'allongeait au cours des minutes. Delphine fut surprise de découvrir la jeune femme du salon de thé de l'autre côté du comptoir. Elle la dévisageait ouvertement jusqu'à ce que celle-ci se tourne vers eux, pour leur demander ce qu'ils désiraient.

- Ce sera pourquoi ? dit t-elle très aimablement.

- Bonjour madame ! Nous désirerions voir vos toiles d'extérieur, ce serait pour recouvrir ces six transats que vous voyez là ! dit Charles poliment.

- Oui je vois ! Suivez-moi, s'il-vous-plait ! Elles sont toutes exposées dans la pièce du fond !

Charles et Delphine accompagnèrent la jeune femme jusqu'à la salle voisine et remarquèrent en passant, la présence singulière de l' individu qui s'éternisait maintenant dans le rayon coutellerie. Après un choix minutieux et difficile, l'homme passa à la caisse, tête baissée, lunettes de soleil sur le nez. Il demanda ce qu'il devait pour son article et lorsqu'il releva la tête par inadvertance, Marcel Roussel n'avait plus aucun doute. Malgré ses lunettes, c'était bien l'homme qu'il avait vu il y a quelques années dans cette même boutique.

Pendant le trajet du retour Delphine était envahie par différents sentiments. Cette rencontre fortuite avec cette dame qui apparaissait à nouveau dans sa vie au moment où elle s'y attendait le moins et la vision déplaisante de cet homme qui la glaçait profondément.

Elle hésitait à en parler à Charles. Il ne comprendrait pas et se moquerait probablement d'elle. De toute manière, il était bien trop heureux par ses achats pour s'embêter avec des bagatelles.

# CHAPITRE 24

L'immense jardin ombragé, était parsemé de magnifiques massifs de fleurs de toutes les couleurs. Un énorme chêne abritait au fond du parc un joli bassin en pierre dans lequel s'étendait un tapis de nénuphars à la surface de l'eau.

- Non, passe par là c'est mieux ! cria Martine à Lisie qui cherchait désespérément à se frayer un chemin à travers la végétation.

Lisie avait une admiration pour Martine Masset sa petite copine de classe chez qui elle était invitée ce jour-là. Elle la trouvait très jolie avec ses longs cheveux blonds, sa bouche bien dessinée, dont la lèvre supérieure remontait légèrement à droite et qui, quand elle parlait lui donnait un air respectable. Mais ce qui lui plaisait par-dessus tout, était cette petite tache de naissance sur la paupière supérieure droite, esquissant un trait d'eye-liner, tel un maquillage.

Martine, debout devant le vieil hangar faisait de grands signes à Lisie pour la guider jusqu'à elle. Confiante, la fillette suivit les conseils de son idole tout en se demandant bien pourquoi cette dernière insistait pour qu'elle prenne ce passage. À côté d'elle sur sa gauche, un terre-plein parfaitement praticable et sans embûches, faisait très bien l'affaire. Arrivée aux trois quarts du parcours, la fillette aperçut sur ses jambes, de grosses grappes de petites bêtes noires qui lui pompaient le sang. Elle avait violé la terre sainte des vampires, qui affamés se jetèrent sur elle. Aussitôt la fillette se mit à gesticuler dans tous les sens en hurlant devant la mine réjouie de Martine qui riait à gorge déployée.

- AH AH AH AH AH !, OH ! OH ! OH !, HI ! HI ! HI !

- *Sale petite peste, tu perds rien pour attendre !* se dit Lisie qui avait trouvé encore plus chipie qu'elle. Elle essayait désespérément de se débarrasser de ces bestioles malfaisantes qui semblaient se plaire sur sa peau tendre.

En colère et terriblement déçue, la fillette rentra chez elle sans attendre que Delphine vienne la récupérer.

Sur le chemin du retour, elle croisa Eliane, une des grandes sœurs de Martine, accompagnée d'un homme. Tous deux revenaient d'une fête et semblaient bien gais. En reconnaissant Hector Pichu, l'individu qui était venu chez elle et qui se trouvait dans la pinède des Roubaud deux jours avant le cambriolage, Lisie fut saisie d'une grande frayeur. Elle regarda autour d'elle, cherchant une cachette où se dissimuler mais elle était coincée, prise au piège. Elle continua d'avancer, le cœur s'accélérant au fur et à mesure que la distance entre les deux jeunes gens et elle diminuait. Arrivée à leur niveau, Eliane l'interpella :

- Eh Lisie ! Qu'est-ce que tu fais là toute seule ?

La fillette ne répondit pas, figée sur place, regardant avec effroi l'homme qui se tenait devant elle et qui la fixait froidement.

- Vouais, qu'est-ce tu fais là fillette? C'est dangereux de se promener toute seule à ton âge, surtout jolie comme tu es ! Il pourrait t'arriver des bricoles... de mauvaises rencontres par exemple ! lui dit le voyou d'un air glaçant.

- Arrête Hector, tu ne vois pas que tu lui fais peur ! dit Eliane en riant.

Eliane Masset, vingt ans, était la fille aînée de José Masset, homme d'affaire dans l'import-export.

Sa réussite professionnelle n'était plus à prouver. Père de trois enfants, ce dernier après un veuvage de plusieurs années se remaria avec Irène Masset, née Joubert et mère célibataire. Quand Irène rencontra José il y a six ans, la petite Martine avait à peine plus de quatre ans. Très vite ils se marièrent et Irène emménagea à Aubagne avec sa fille. Ces nouvelles venues ne furent pas du goût des autres enfants qui en voulurent à leur père. La famille se déchira et les enfants délaissèrent le foyer familial.

Lisie continua son chemin jusqu'au cabanon, toujours effrayée par cette rencontre inattendue.

- Mais que fais-tu là ?... Pourquoi n'es-tu pas chez Martine ? Tu devais attendre que je vienne te chercher, dit Delphine surprise de voir revenir sa fille si tôt et les yeux remplis de larmes.

Lisie ne supportait plus que tout le monde aujourd'hui lui demande ce qu'elle faisait là.

- Nous nous sommes disputées !

- Que s'est-il passé ?

- Elle s'est moquée de moi.

- À quel propos ?

- Elle a voulu que je traverse un endroit où il y avait de grandes herbes avec pleins de tiques qui m'ont sucé le sang.

- Montre-moi tes jambes.

Delphine se pencha sur les jambes de sa fille et constata que la fillette n'avait plus rien.

- Je les ai faites toutes partir ! dit l'enfant.

- Je vais quand même te nettoyer ça !

- Maman en revenant j'ai rencontré sur la route le monsieur qui était venu à la maison.

Delphine sursauta.

- Quel monsieur ?

- Ceux qui nous avaient fait peur !

- Et alors... Que t-a-t-il dit ?

- Que je ne devrais pas me promener toute seule sur la route... Que je pourrais faire de mauvaises rencontres... Il me regardait avec un air très méchant.

- Il était seul ?

- Non, il était avec la sœur de Martine !

- Denise... l'amie d'Aline ?

- Non ! Eliane !

Delphine était inquiète, elle se demandait ce qu' Eliane pouvait bien faire avec un individu pareil. S'il côtoyait les Masset, elle s'inquiétait pour Aline et Lisie.

- Lisie, c'est dangereux, je ne veux plus que tu te promènes comme ça toute seule sur les routes et puis je préfère que tu n'ailles plus chez Martine !

- J'ai plus envie d'y aller de toute manière !

# CHAPITRE 25

*Août 1962*

Non loin du cabanon, à quelques kilomètres à vol d'oiseaux, Victor Maurin attendait sa fille et son petit fils pour leur visite hebdomadaire. L'homme d'une soixantaine d'années passée vivait seul depuis la mort de sa femme il y a trois ans. Debout devant la baie vitrée qui donnait sur le jardin, il restait là, pensif, guettant la Simca 1000 de sa fille tout en observant Honoré de loin. Puis, tiré de sa léthargie par une nécessité soudaine, il sortit et se dirigea vers le jardinier.

- Honoré, je souhaiterais que vous vous occupiez de débroussailler un peu cette partie du terrain là-bas. Celle qui jouxte les vignes des Pichu. Vous comprenez, je ne veux pas d'histoire avec ces gens-là ! dit Victor.

- Vouai, je comprends monsieur Maurin. Je m'en occupe !

- Je vous en remercie Honoré.

- Mieux vaut éviter de les avoir sur le dos ! Ce vaurien de Maurice, toujours alcoolisé du matin au soir et ses fils c'est pas mieux ! Toujours à chercher des embrouilles ces deux-là ! D'ailleurs d'après Pierrot, ils seraient allés voir madame Rollin y'a quelques temps de ça et ils lui auraient fichu une sacrée frousse.

C'est la petite Lisie, la fille aux Rollin qui l'a raconté à Pierrot, qui me l'a ensuite raconté. Il paraît que madame Rollin s'en était plainte aussi au commissaire. Vous savez le commissaire Lambert, c'est lui qui a repris l'affaire du cadavre du Garlaban, c'était dans le journal il y a deux ans ! Vous vous en souvenez ? expliqua t-il.

À l'annonce du nom du commissaire et de l'affaire du cadavre, Victor sentit une douleur atroce dans sa poitrine qui le paralysa un instant.

- Vous ne vous sentez pas bien monsieur Maurin ? Vous êtes aussi blanc qu'un macchabée ! demanda Honoré remarquant le malaise du vieil homme.

- Pas très bien non !

- Vous voulez que je vous raccompagne chez vous ?

- Merci non ! Ce ne sera pas la peine, je vais y arriver, ça va mieux déjà ! Une petite fatigue passagère. Ma fille ne va pas tarder maintenant. Au-revoir Honoré !

L'homme s'en retourna lentement d'un pas traînant jusqu'à la maison. Au même instant la voiture d'Adélaïde pénétra dans la propriété faisant crisser les graviers de l'allée centrale. Victor s'avança vers le véhicule, attendit que sa fille coupe le moteur et lui ouvrit la portière.

- Bonjour papa, dit la jeune femme en s'approchant de son père. Comment te sens-tu ce matin ? dit-elle en prenant le petit Jacques dans ses bras.

- Bien ! Tout va bien ma chérie ! Et toi ?

- Nous aussi ! Jacques avait hâte de te voir, il était tout excité dans la voiture !

- Alors mon bonhomme, c'est vrai ce que dit ta maman ? demanda le vieil homme en embrassant son petit fils de quatre ans.

- Oui papi, répondit l'enfant en lui passant les bras autour du cou.

- Rentrez, ne restez pas là ! Il fait beaucoup trop chaud. Albertine va vous servir une boisson fraîche !

Albertine, la cinquantaine s'occupait de la maison et de la cuisine depuis le décès de la mère d'Adélaïde. Elle venait tous les matins mettre de l'ordre dans le logis et préparer les repas de Victor.

- Tiens papa, ton journal et tes éclairs au café, dit Adélaïde en déballant son sac.

- Merci ma chérie, tu es bien gentille !

Adélaïde était la fille unique de Victor. Elle s'était mariée avec un riche commerçant de Marseille qui tenait boutique sur le Vieux-Port, face à la mairie.

- Alors, comment vont les affaires au magasin ?

- Oh très très bien papa ! Hier nous avons eu un monde fou ! La boutique ne désemplissait pas !

- Tant mieux ! Tant mieux !

- Tiens à ce propos, Marcel, mon beau-père a eu la certitude de reconnaître un homme qui était venu il y a quelques années dans la boutique. Marcel s'en souvient très bien car l'homme avait eu un comportement bizarre. Il n'était pas à l'aise ! À l'époque il cherchait une grande bâche pour recouvrir son bateau. Un homme pas du tout sympathique avec un regard de fauve ! Quelques temps plus tard, sa photo était dans le journal. Arrêté pour trafic de drogue. Apparemment il est sorti !

Ils discutèrent encore un moment des nouvelles de la semaine puis Albertine annonça que le repas était servi. Ils déjeunèrent en silence, Victor s'étant retranché dans son mutisme habituel. Il repensait à sa conversation avec Honoré quelques heures plus tôt. Seule la présence du petit Jacques rompait de temps en temps cette absence de vie. Après le café, Victor emmena le petit garçon dans la colline pendant qu'Adelaïde aida Albertine à débarrasser le couvert.

# CHAPITRE 26

Les jours passaient et les vacances d'été défilaient à toute vitesse. Tout le monde était bien occupé, surtout Charles qui mettait les bouchées doubles pendant son mois de congé. Des amis de leur paroisse de Marseille venaient de temps en temps lui donner un coup de main, accompagnés de toute leur famille. Il y avait plein d'enfants de tous les âges et les petites filles étaient aux anges. Les femmes s'occupaient des repas, les hommes des travaux. Ça tournait comme ça, les uns chez les autres et les maisons se construisaient au fil du temps dans la bonne humeur.

Aline et Lisie adoraient Gustave le peintre qui du haut de son échelle, le pinceau et le rouleau à la main, étalait la peinture tout en chantant des airs d'opéra. Il racontait également des histoires burlesques et s'adonnait à des tours de prestidigitation sous le regard émerveillé des fillettes. Il y avait aussi Pierre, préposé aux travaux de maçonnerie qui jouait beaucoup avec les enfants. C'étaient des journées conviviales riches en partage. L'entraide était la sève de ces rencontres.

Ce jour-là, tous à l'intérieur pour bénéficier de la fraîcheur, attablés sous l'escalier de la salle-à-manger, les enfants d'un côté et les adultes de l'autre comme de coutume, les convives étaient joyeux et volubiles. Dans la pénombre, les grandes baies vitrées fermées et protégées par des volets mi-clos, on entendait s'élever les rires et les exclamations de chacun. Les plats défilaient sur la table, les alcools aussi. Tout le monde était gai sauf Delphine qui commençait à sinquiéter lorsqu'elle réalisa que le ton montait et la conversation portait maintenant sur la politique. Les opinions divergeaient, chacun y allait de ses convictions par des phrases de plus en plus agressives. Le point de vue des uns était violemment critiqué par les autres sans respect ni tolérance. C'était la lutte des classes.

- Mais ce sont des conneries tout ça ! dit Pierre à Charles qui depuis un moment essayait de se contenir.

- Ça suffit maintenant ! répondit celui-ci. Je ne me suis jamais permis chez toi de t'insulter et d'abord, comment peux-tu penser que le monde irait mieux s'il n'y avait pas de riches. Ce sont eux qui font tourner l'économie et sans eux, il n'y aurait pas de travail !

- Au diable les riches, ils affament le peuple ! Il faudrait que les richesses soient mieux réparties ! Heureusement qu'on a les syndicats, sans eux nous serions bouffés ! continua Pierre emporté par ses convictions.

Charles, serrant les dents et les lèvres, les yeux rivés sur son assiette, faisait des efforts surhumains pour se maîtriser. Il ne voulait pas gâcher cette journée pour Delphine et surtout rompre cette belle amitié depuis si longtemps établie. Il fut sauvé par Gustave qui mit un terme à cette discussion.

- Calmons-nous et parlons d'autre chose ! On est pas là pour s'engueuler ! Pierre arrête maintenant s'il te plaît !

- Tu as raison Gustave !... Passons au dessert maintenant ! proposa Delphine sautant sur l'occasion et ravie de cette intervention inattendue.

Aussitôt, les trois jeunes femmes se levèrent pour débarrasser dans un grand silence qui pesait maintenant.

Les enfants étaient partis dans le jardin et les trois hommes restés à table, ne savaient plus que se dire.

- Excuse-moi Charles, je me suis comporté comme un couillon ! reprit Pierre.

Charles, mal à l'aise, sourit légèrement puis dit :

- Ce n'est rien, moi aussi je me suis emporté, oublions ça !

Gustave se mit à chantonner puis à raconter des histoires marseillaises qui firent rire tout le monde. Les enfants adoraient ces histoires qui souvent comportaient des gros mots, lesquels ces jours-là étaient acceptés. Aline et Lisie voyaient lors de ces occasions, leur père rire ce qui pour elles était étrange.

Le dessert et le café furent servis sur la terrasse suivis d'une bonne digestion avant de reprendre les travaux.

# CHAPITRE 27

Aubagne était animée le matin avec ses nombreux commerces et son marché qui attiraient une population locale et avoisinante. Une grande place s'étendait au centre vers de nombreux cafés, cinémas, boutiques élégantes : parfumerie, pâtisserie, mercerie, quincaillerie, épicerie, pharmacie, etc. De petites ruelles grimpaient de part et d'autre à l'est, menant dans la vieille ville en direction de la mairie et de la grande église qui surplombait la commune et dans laquelle Lisie se mariera quelques années plus tard. Derrière la place centrale, au nord, se dressait la gare. À l'ouest en direction de Marseille, une autre place avec sa foire aux santons tournait le dos au Prisunic et faisait face à l'école de Lisie.

Ce jour-là, Lisie avait accompagné Delphine en ville dans l'intention de faire quelques courses. La jeune femme et l'enfant pénétraient dans les boutiques, regardaient avec envie les comptoirs mais ne prenaient que l'indispensable, le nécessaire, l'utile. Delphine devait toujours calculer au plus juste avec le peu de monnaie que lui laissait Charles avant de partir le matin. La petite fille était toujours gênée lorsqu'elle entendait sa maman demander une ristourne pour famille nombreuse. Elle avait l'impression d'être dans l'unique famille qui manquait d'argent et que le sort en avait voulu ainsi.

En pénétrant dans la pâtisserie, Delphine reconnut la dame du salon de thé et du magasin d'articles de pêche de Marseille qui se tenait là, accompagnée d'un petit garçon de quatre ans environ.

- Deux éclairs au café, comme d'habitude madame Roussel ?

- Oui s'il vous plait.

- Comment va votre papa en ce moment ? demanda la pâtissière.

- Pas très bien, c'est pour cela que je lui amène Jacques de temps en temps. Avec lui, j'ai l'impression qu'il s'anime un peu. Il l'emmène marcher dans la colline et lui fait découvrir la nature. Jacques connaît maintenant presque tous les noms des oiseaux et des plantes. C'est très bien pour tous les deux !

- C'est triste quand même, ça ne devait pas être drôle tous les jours pour votre maman !

- Elle ne s'en plaignait pas, elle l'a connu comme ça et elle s'en accomodait ! avoua la jeune femme.

- Votre grand-mère n'a jamais pu savoir ce qui lui était arrivé ?

- Non, il n'a jamais rien dit !

- Si c'est pas malheureux ça ! s'exclama la pâtissière.

- J'ai même l'impression que depuis que le dossier du cadavre du Garlaban a été rouvert, il s'est encore plus renfermé. C'est sûrement qu'une impression, mais l'autre jour lorsque je lui ai apporté le journal, il s'est comme pétrifié sur place en le lisant, expliqua la jeune femme.

- Ah bon ? s'étonna la pâtissière, puis marquant un temps de pause, elle reprit :

- Enfin heureusement qu'il vous a ! Ce n'est pas commode pour vous de venir de Marseille ! Ça fait une trotte !

- Oh vous savez, pas tant que ça ! En voiture cela va assez vite !

- Oui c'est juste ! Et comment va monsieur Roussel, les affaires marchent bien ?

- Oui, nous n'avons pas à nous plaindre. Avec les beaux jours que nous avons, les gens veulent tous se servir de leur bateau. Nous vendons donc beaucoup d'équipement !

- J'en suis ravie ! dit la pâtissière en lui tendant les gâteaux.

- Et ça c'est pour ce beau petit garçon ! ajouta t-elle en offrant une sucette à Jacques.

- Oh c'est gentil, mais il ne fallait pas ! répondit madame Roussel. Tu dis merci Jacques ?

- Merci madame, marmonna l'enfant.

- Ça me fait plaisir... Allez ! ajouta la commerçante.

- Dans ce cas merci et au revoir madame Olivier.

- Au revoir madame Roussel, bien le bonjour à votre papa.

- Je n'y manquerai pas !

La jeune femme sortit, tirant le petit garçon par la main et sourit au passage à Delphine qui se tenait derrière elle. Quand Lisie aperçut le petit garçon qui maintenant lui faisait face, aussitôt elle se figea, envahie soudain par un sentiment effrayant. Elle venait de reconnaître l'enfant qui hantait ses cauchemars.

La boutique se remplissait de monde au fur et à mesure de la discussion. Delphine était tout à la conversation essayant de comprendre de quoi il s'agissait.

Quand la dame fut dehors, Delphine passa sa commande et s'en alla à son tour, l'esprit aiguisé par la curiosité. Elles continuèrent leurs courses, piétinant les pavés des petites ruelles, à l'ombre des murs frais qui les bordaient. Lisie ne pouvait chasser l'image de ce petit garçon qui l'obsédait. Accrochée aux pas de sa maman, telle une poupée mécanique, elle avançait indifférente au monde qui l'entourait.

# CHAPITRE 28

*Novembre 1962*

Peu après la rentrée scolaire, une nouvelle élève arriva dans la classe. La maîtresse fit les présentations à tout le monde et dit particulièrement à Lisie.

- Lisie, Adèle habite près de chez toi. Tu seras gentille de lui passer tous les devoirs qu'elle a manqués, dit l'institutrice à la fillette toute ravie de l'intérêt qu'elle lui accordait à ce moment-là.

La fillette était loin d'imaginer l'importance qu'allait avoir Adèle dans sa vie. Elles allaient devenir les meilleures amies du monde et ne plus se quitter.

La famille d'Adèle avait quitté également Marseille pour s'installer à la campagne. Son papa qui aimait beaucoup les chevaux, venait d'acheter une grande propriété à Aubagne, sous le Garlaban dans laquelle il pouvait s'adonner à sa passion.

Le soir même, Lisie et sa maman, allèrent comme convenu, apporter les devoirs à Adèle et faire la connaissance de ses parents. Le papa d'Adèle était un homme très avenant, qui parlait avec un accent étranger. Il remercia avec insistance Delphine de s' être dérangée jusque chez eux. La maman était plus réservée mais très aimable. Les fillettes s'observaient attentivement pendant que les adultes discutaient de choses et d'autres. Puis Lisie et Delphine prirent congé et s'en retournèrent à pied, satisfaites de leur visite. Tout le long du parcours, la fillette avait le cerveau en effervescence. Elle était heureuse d'avoir une nouvelle petite amie qui était dans sa classe et qui plus est, habitait à côté de chez elle. La distance entre les deux propriétés n'était que de cinq cents mètres environ et dorénavant Lisie allait les parcourir souvent.

*

Pour une fois, Lisie avait hâte de se rendre à l'école. Elle s'était réveillée avant l'heure et était déjà prête, manteau sur le dos et cartable à la main, quand elle entra dans la cuisine où se tenait sa mère qui préparait le petit-déjeuner. Aline qui était déjà à table, en pyjama, la tête à moitié dans le bol, se redressa instantanément, les yeux hagards et la bouche grande ouverte en voyant ainsi sa sœur déjà toute prête à cette heure-ci.

- Tu es déjà habillée Lisie ? s'étonna Delphine.

- Oui... Vite !!! On va être en retard ! répondit Lisie.

- Mais non, tu as le temps, l'école n'ouvre que dans une heure et demie. Mais que t'arrive t-il ce matin ? questionna Delphine d'un ton las.

- Rien maman, j'ai juste envie d'aller à l'école, maintenant, tout de suite !

Delphine qui ne s'étonnait plus de rien, n'avait pas la force de poser la moindre question. Elle continua machinalement en silence, à préparer le petit déjeuner des enfants.

- Tiens, assieds-toi à côté de ta sœur et bois ton chocolat, finit elle par prononcer en tendant son bol à Lisie.

- Je n'ai pas faim, je veux juste aller à l'école maintenant, c'est simple ! insista la petite fille entêtée.

Aline, toujours la bouche ouverte, se demandait si c'était bien sa sœur qui avait prononcé ces mots.

- Mais puisque tu as le temps enfin, ton père ne va pas partir tout de suite, il n'est pas encore prêt ! Pourquoi es-tu si pressée ce matin Lisie ?

- Parce qu'il y a Adèle, voilà, et que je veux vite la voir, répondit-elle très contrariée d'avoir eu besoin de se justifier.

- Mais Adèle, ne va pas venir si tôt, et puis tu as tout le temps de la voir dans la journée... Delphine n'eut pas le temps de finir sa phrase, que Charles entra dans la cuisine, regarda autour de lui et demanda ce qu'il se passait.

- Rien, répondit Delphine à son mari. C'est juste Lisie qui est pressée d'aller en classe.

Charles, loin d'imaginer une telle éventualité, souleva son gros sourcil noir, tourna lentement la tête vers Lisie et posa sur la petite fille des yeux interrogateurs qui attendaient une réponse qui ne vint pas. Devant le silence général, il poursuivit :

- Pourquoi y en a-t-il une en manteau et l'autre en pyjama ? Elles ne vont pas au même endroit ce matin ? Puis continuant :

- Dépêche-toi Aline... ! Aline ! Réveille-toi ! Je te parle !... Va t'habiller, on va partir ! insista t-il.

Aline qui n'avait toujours pas refermé la bouche se leva en sursaut et partit s'habiller dans sa chambre. Quelques minutes plus tard, elle revint, emmitouflée elle aussi, et alla rejoindre Lisie qui s'impatientait dans la voiture. Toutes deux attendirent leur père qui devait les déposer au passage. Il faudrait donc patienter encore une heure avant qu'Adèle n'arrive.

# CHAPITRE 29

C'était une fois de plus une splendide journée de juillet. La chaleur régnait à l'extérieur, l'air étouffant de midi pesait sur le jardin. La lumière crue et éblouissante enveloppait la végétation brûlée par les cuisants rayons du soleil. Seuls les fruits du potager bénéficiaient de cette canicule. Les cerises brillaient comme des guirlandes, les abricots parfumés et gorgés de soleil se teintaient d'une magnifique couleur dorée. Les figuiers abritaient leurs fruits naissants sous leurs larges feuilles lobées attendant la récolte de septembre.

Assis autour de la table de la salle à manger, Charles, Delphine, Aline, Lisie et le petit Paul déjeunaient au frais. La famille était restreinte ce jour-là, Alex étant chez son nouvel ami Jean-Paul. Charles de bonne humeur proposa une balade au Luc-en-Provence dans le Var pour rendre visite à Joséphine, la mère de Delphine.

- Oh oui ! s'écrièrent les fillettes ravies.

- Volontiers ! répondit Delphine qui n'avait plus vu sa mère depuis longtemps.

- Cela va lui faire plaisir, je vais l'appeler pour la prévenir ! ajouta t-elle.

- On pourra mettre nos nouveaux pantalons ? dit Aline.

- Quels nouveaux pantalons ? questionna Charles.

- Eh bien, ceux que nous a fait la couturière ! expliqua Aline.

- Si vous voulez ! répondit Charles.

Aline et Lisie montèrent enfiler leur pantalon et redescendirent quelques instants plus tard, rejoindre leurs parents qui étaient toujours attablés. Elles arrivèrent très fières dans leur nouvelle tenue, tournèrent sur elles-mêmes pour présenter toutes les faces du vêtement sous le regard silencieux de Charles. L'homme avait soudainement changé d'expression. Il devint rouge, le regard sombre, la bouche crispée. Les pantalons très larges et flottants, fabriqués dans des tissus bariolés et voyants étaient beaucoup trop excentriques pour cet homme de goût simple et discret. Charles y voyait là un gaspillage d'argent évident. Delphine et les fillettes ne comprirent pas ce changement brutal mais ce qu'elles savaient, c'était qu'elles n'iraient pas au Luc ce jour-là. Enfin Charles se leva brusquement, renversa sa chaise au passage et sans un mot partit dans sa chambre. Aline et Lisie, la mine déconfite se mirent à pleurer tandis que Delphine oppressée prenait le téléphone pour prévenir Joséphine qu'ils ne viendraient pas.

Une fois de plus, il fallait avoir un plan B pour occuper ce nouvel après-midi. Lisie se rendit chez Miriame qu'elle trouva en pleurs. La petite fille venait de perdre sa grand-mère et n'arrivait pas à se consoler.

- Tu tombes bien Lisie, tu vas pouvoir la réconforter ! dit Odile, les yeux rougis par le chagrin elle aussi.

Lisie fut saisie à son arrivée par l'ambiance funèbre du lieu. Jamais, elle n'avait vu cette demeure sous cet aspect. La maison du bonheur revêtait le voile du deuil. Accablée elle aussi par l'humeur de son père, elle n'avait pas la force de soutenir qui que ce soit. Elle venait prendre du réconfort et voilà qu'au contraire, on lui en demandait. Elle se mit à pleurer aussi et s'enfuit à toutes jambes chez Adèle.

À son arrivée, la fillette ne trouva personne dans le jardin. Elle se dirigea alors vers les écuries mais là aussi l'endroit était désert. Même les chevaux avaient quitté le domaine. Elle fit alors demi-tour en direction du mas, prit l'entrée ouest en face de la pinède, traversa un grand vestibule et emprunta l'immense escalier de marbre jusqu'au premier étage. Elle ouvrit la porte vitrée en face d'elle qui donnait sur un immense salon au fond duquel trônait une vaste cheminée. Après un rapide coup d'oeil, elle constata que l'endroit était délaissé lui aussi. Attirée par le son mélodieux d'un piano, elle ouvrit la porte de la salle de musique qui se trouvait sur sa droite et aperçut, les yeux rivés sur les touches en ivoire, Clotilde la sœur cadette d'Adèle. La petite fille leva la tête, interrompit ses gammes et sourit à Lisie.

Lisie s'approcha d'elle, l'embrassa et lui demanda si elle n'avait pas vu Adèle.

- Non ! répondit l'enfant. Elle est peut-être dans la cuisine avec maman ou là-haut dans sa chambre.

- Ah ! Merci !

Lisie referma la porte derrière elle et traversa le salon, la salle à manger avant d'atteindre la cuisine accompagnée par les notes de “ La lettre à Elise ”. À son entrée dans la pièce, la fillette constata que la table était encore encombrée des restes du déjeuner. Mais il n'y avait personne là non plus ! Lisie jeta ensuite un rapide coup d'oeil sur la terrasse puis gagna les chambres au second étage.

- Ah enfin, te voilà ! Qu'est-ce que tu fais là ? demanda Lisie.

- Je ne sais pas encore ! Je cherche !

- Tu cherches quoi ?

- Ce que je fais là, je viens de te le dire !

Lisie laissa tomber, ce n'était pas le jour !

- Le temps que tu trouves, on pourrait aller jouer dehors ? Tu veux bien ?

Les fillettes prirent la direction de la pinède.

# CHAPITRE 30

*Juillet 1964*

À droite du cabanon, s'étendait une petite forêt de pins qui était surplombée d'une vieille bâtisse abandonnée dont les murs lézardés étaient habillés de lierre et entourés de ronces. Au loin, à perte de vue, des plantations d'oliviers et d'arbres fruitiers exposaient leurs fruits au soleil. La lavande et les genêts fleurissaient aux alentours. Les enfants aimaient s'aventurer dans ces immenses espaces. Leur audace les mena sur un petit chemin de terre qui serpentait au travers des champs et qui terminait sa course sur un magnifique jardin peuplé de quelques gigantesques platanes.

À l'abri du soleil, sous les grands arbres, des jeunes femmes se prélassaient, allongées sur des transats, une citronnade à la main, pendant que leurs maris faisaient la sieste à l'intérieur. À côté d'elles, de grands enfants s'agitaient et jouaient dans un immense bassin à l'eau verdie par les algues. Prolongeant ce splendide décor, des étendues de garrigue et de roche ouvraient la voie des sentiers menant au Garlaban.

À leur arrivée, les conversations s'arrêtèrent et tous les regards se portèrent sur les nouveaux venus. Très gênés de leur intrusion, les promeneurs n'osaient plus avancer, lorsqu'ils furent invités à venir les rejoindre. Poussés par la curiosité, les autres enfants sortirent du bassin et s'approchèrent vers les nouveaux arrivants.

- Bonjour, dit Marie timidement. Nous sommes désolés d'avoir pénétré chez vous, nous nous promenions et nous ne savions pas que c'était habité, continua-t-elle poliment.

- Ce n'est pas grave les enfants, vous avez bien fait, d'où venez vous ? questionna Alice Grisone.

- Nous habitons au bout des champs, juste en dessous de la maison abandonnée, précisa Marie.

- Je vois très bien ! C'était le cabanon du père François qui est mort il y a un peu plus de sept ans, c'est ça ? Cet homme a eu beaucoup de malheurs dans sa vie, le pauvre ! Enfin, que Dieu ait son âme ! dit-elle d'un air compatissant.

- Oui c'est ça ! répondit Marie. Que Dieu ait son âme !

- Tu l'as connu, toi maman ? demanda Alice Grisone, en s'adressant à sa mère, qui se tenait un peu plus loin à l'écart, près des rosiers.

La sexagénaire faisait mine de ne pas entendre.

- Tu l'avais connu toi maman... hein ? réitéra la jeune femme en montant la voix.

Devant l'insistance de sa fille et les regards inquisiteurs tournés vers elle, la vieille dame finit par répondre :

- Pas beaucoup ! Enfants, nous avons quelquefois joué ensemble et c'est tout ! coupa court la vieille dame en se remettant à la taille de ses rosiers.

Alice voyait bien le trouble de sa mère et sentait qu'elle lui cachait quelque chose. Elle n'insista pas.

Un silence gênant s'installa qu'Eléonore Grisone rompit en changeant de sujet.

- Comment vous appelez-vous ? demanda t-elle en s'adressant aux enfants.

Marie fit les présentations en nommant par ordre de grandeur ses frères et sœurs.

- Lui, c'est Jean, qui vient juste après moi. Là, c'est Alex, puis Aline et Lisie. Moi c'est Marie, je suis l'aînée. On a encore un petit frère à la maison qui s'appelle Paul, débita Marie, fière de son rôle de grande sœur.

- Mais... Nous nous connaissons ! dirent les dames en apercevant Lisie. Nous nous sommes vu dans Aubagne avec le commissaire Lambert il y a deux ans environ !

- Oui, répondit la fillette en souriant.

- Vous êtes donc tous les enfants de Delphine Rollin ?

- Non pas tous, répondit Marie... là c'est Hugo, Amélie et Gabriel. Ils habitent Gémenos.

Les deux sœurs Grisone sourirent à tout ce petit monde et Eléonore invita ses enfants et neveux à se présenter également.

Un peu gênés par cette situation inattendue, les adolescents riaient bêtement, en se regardant pour savoir qui allait prendre la parole. Ce fut Adrienne, l'aînée aussi, qui présenta son frère, sa sœur et ses cousins. Il y avait Marie-France, Raymond, Claude, Milène et Elodie, tous avaient entre neuf et dix sept ans.

- Adrienne veux-tu servir quelque chose à boire à tes nouveaux amis ?... Ils ont l'air totalement déshydratés avec cette chaleur !... proposa Alice à sa fille.

- Si vous désirez vous baigner n'hésitez pas ! renchérit Eléonore.

Pendant que les enfants faisaient connaissance en buvant une citronnade, Alice Grisone s'approcha discrètement de sa mère et continua son interrogatoire sur ses relations avec François Foulon. Sa curiosité la taraudait.

La mère et la fille étaient très proches. Elles avaient l'habitude de se confier l'une à l'autre, mais cette fois-ci, la vieille dame n'avait pas l'intention de confesser son passé.

- Alors maman que s'est-il passé ?... Continue ! Je vois bien que tu as du mal à en parler.

- Je ne vois pas ce que tu veux dire Alice. Je n'ai rien à ajouter.

- Tu ne m'enlèveras pas de l'esprit qu'il s'est passé quelque chose !

- Dans ce cas ton esprit te joue des tours !

- Tu l'aimais c'est ça ?

À ces mots Arlette Escariot sursauta et se piqua le doigt à une épine de roses.

- Tu vois bien que mon esprit ne me joue pas des tours... tu es toute retournée !

Arlette se lécha le doigt d'où le sang coulait abondamment. Elle posa un regard dur sur sa fille.

- Oui je l'ai aimé... Nous étions adolescents à ce moment-là et... il m'aimait aussi ! Nous faisions des projets d'avenir.

- Que s'est t-il passé ensuite ?

- Je suis tombée enceinte et j'ai perdu l'enfant.

- Et après ?

- C'est là que le père de François est mort. Cela l'a énormément affligé. Il avait seize ans presque dix-sept et n'était donc pas encore majeur. En attendant ses vingt-et-un ans, il dormait la nuit chez son grand-oncle Gustave Pichu qu'il n'aimait pas. Pas plus qu'il n'aimait son cousin Maurice. Seule sa grand-tante Josette était gentille avec lui. Elle s'en était occupée lorsqu'il était enfant quand sa mère est morte. Dès lors, il est devenu sombre... s'est renfermé sur lui-même. Nos relations et notre amitié s'en sont ressenties. Lorsqu'il coupait par chez nous pour se rendre au cabanon dans la journée, il ne s'attardait plus comme avant. Il était très malheureux... ça se voyait ! On aurait dit que plus rien ne l'intéressait. J'en ai beaucoup souffert ! Tu vois Alice... j'ai été une jeune fille moi aussi, avec des rêves plein la tête.

- Et alors, vous ne vous êtes plus jamais revus ensuite ?

- Si, mais de moins en moins, puis j'ai rencontré ton père.

- Tu l'as aimé papa ou tu pensais toujours à François ? Maintenant que papa est mort tu peux tout me dire !

- Bien sûr que je l'ai aimé ton père... peut-être pas d'un amour aussi fort mais je l'ai aimé.

Alice était tout émue par ces révélations. Jamais elle ne s'était posé de questions sur la vie amoureuse de ses parents.

Arlette Escariot n'était pas allée jusqu'au bout de ses aveux. Il y a des choses qu'on ne dit pas à ses enfants. La vieille dame n'avait pu confesser qu'elle avait revu quelquefois François après son mariage et que bien qu'il soit mort, elle l'aimait toujours.

# CHAPITRE 31

Aline, Lisie et Adèle étaient maintenant des préadolescentes à l'imagination très fertile. Leur grand rêve était de devenir des héroïnes et d'avoir leur photo dans le journal. Pour cela, il suffisait de trouver l'événement de taille qui les propulserait sur le devant de la scène.

Après délibération, les fillettes décidèrent donc d'aller se perdre dans la colline. Chargées de provisions elles partirent le lendemain sur le chemin de la pinède entourant la maison d'Adèle. Elles marchèrent le plus loin possible sans se retourner, empruntant tous les petits sentiers qui leur paraissaient les plus isolés et arrivèrent enfin sur les hauteurs d'une colline qu'elles ne connaissaient pas. Face à l'immensité du paysage qui les entourait, elles imaginèrent tous les plans de recherche qui allaient s'organiser et se voyaient déjà à la une des journaux.

- Qu'est-ce que tu crois qu'il va se passer maintenant ? demanda Lisie à Aline qui avait l'air de tout savoir.

- On ne va pas s'apercevoir de notre absence avant ce soir. expliqua Aline d'un ton assuré.

- Ah... prononça Lisie avec une certaine fatalité. Quelques minutes plus tard une soudaine réalité vint envahir son esprit inquiet.

- Pas avant ce soir ? Mais alors ça veut dire que le temps que la police nous trouve, on devra dormir ici toutes seules au milieu des bêtes ?

- Eh bien oui... T'avais qu'à pas venir si tu as peur !

- Je n'ai pas peur figure-toi !

Aline regarda sa sœur avec un air moqueur. L'ambiance entre les petites filles devenait électrique.

- Qu'est-ce qu'on va faire en attendant ? demanda Adèle inquiète. Elle n'envisageait pas elle non plus de passer tout l'après-midi dans ce coin perdu en plein soleil.

- Je ne sais pas ! répondit Aline qui sentait le poids de la responsabilité sur ses épaules.

- On a qu'à goûter, ajouta t-elle satisfaite d'avoir trouvé une occupation passagère qui calmerait les tensions.

- Mais on vient de manger ! rétorqua Adèle. Je n'ai plus faim.

- Je ne sais pas moi alooors... Il faut attendre ! ajouta Aline impatiente.

Un temps de réflexion s'installa. Les fillettes prenaient tout à coup conscience de la réalité de leur folle escapade.

- Et si on nous trouve pas ! insista encore Lisie.

- Tais-toi ! répondirent en cœur Aline et Adèle.

Lisie, vexée, se réfugia dans un profond mutisme. Elle fouillait dans son sac espérant y trouver une bouteille d'eau mais très vite elle déchanta. Elle n'avait pas pensé à l'eau. Le soleil tapait fort maintenant et l'air était irrespirable. Aucun arbre ne pouvait leurs servir d'abri. Que de la roche ! Que des buissons ! Elle avait très soif. Contrariée, elle se rabattit sur le sac d'Aline qui n'en contenait pas davantage.

- T'as pas pris l'eau Aline ?

- Et toi, pourquoi t'en as pas pris ? rétorqua Aline.

- Adèle, t'en as toi ? demanda Lisie à la fillette.

- Non, je n'y ai pas pensé ! répondit Adèle penaude.

- Qu'est-ce qu'on va devenir alors ? s'inquiéta Lisie.

- Tu nous embêtes Lisie ! Les héroïnes n'ont jamais peur !

Aline debout, scrutait les environs. Adèle assise sur une pierre, un bâton à la main, traçait des signes dans la poussière. Lisie accroupie sur ses talons, la tête appuyée dans la paume de ses mains observait le paysage, les yeux fixés au loin. Elle avait l'impression étrange d'être déjà venue ici. Elle connaissait l'endroit, il lui était familier. Puis, apercevant une multitude de papillons à ses côtés, elle réalisa qu'elle avait vu ce décor dans ses cauchemars, qu'elle l'avait même dessiné plusieurs fois. Cette sensation la mit mal à l'aise. Elle ne savait que faire. Elle resta là un moment à réfléchir puis voyant Aline et Adèle, elle revint à la réalité.

- J'ai l'impression que personne nous cherche, je n'entends pas les chiens ! finit-elle par dire en se baissant pour ramasser un bout de métal qu'elle venait d'apercevoir.

- C'est encore trop tôt ! répondit Aline. Il faut du temps !

- Combien de temps encore ? questionna Adèle levant le nez. On s'ennuie !

- Mais je ne sais pas moi... Quelques heures...

- Quelques heures ?... s'impatienta Adèle.

- Regardez ce que je viens de trouver par terre ! dit Lisie en montrant sa découverte.

- On dirait une médaille, répondit Adèle.

- Oui il y a un petit trou pour enfiler une cordelette, constata Aline.

- On dirait qu'elle est gravée là ! poursuivit Lisie.

Effectivement la médaille était ornée grossièrement de deux lettres ciselées dans le métal.

- Ça ressemble à un " G et à un F ", c'est certainement

quelqu'un qui l'a perdue, un homme ou une femme ! renchérit Aline.

- Geneviève.

- Gilberte.

- Gisèle.

- Gustave.

- Gaston.

- Gertrude.

- Georges, débitèrent les fillettes à tour de rôle.

- Ça pourrait être aussi la médaille d'un chien ! dit Lisie. Comment il pourrait s'appeler ?

- Gâteau ! s'exclama Adèle avec un grand sourire.

- Gâteau c'est pas un nom de chien ! rétorqua Aline.

- Ben oui, les chiens on peut les appeler comme on veut et puis ça sonne bien ! Gââââteaaaau... Gââââteaaaau... Viens ici ! Tu vois, ça sonne bien ? insista Adèle.

- Hi hi hi ! " Glace " aussi, ça sonne bien ! Glaaace... Glaaace... Viens ici ! s'exclama Lisie.

- Et le F alors ? Il faut trouver son nom de famille, renchérit Adèle.

- Les animaux n'ont pas de nom de famille ! rétorqua Aline.

- Si ! Les chiens de concours ont des noms de famille ! Même des particules ! Cela pourrait être : " Gâteau de Framboise " ajouta Adèle.

Les trois petites filles éclatèrent de rire et continuèrent à énumérer des noms et prénoms qui leur venaient à l'esprit. Puis redevenant sérieuses :

- Je vais la garder, je la mettrai dans ma boîte à trésors, dit Lisie.

- Vous voulez qu'on rentre ? proposa Aline.

- Si on rentre, on n'aura pas notre photo dans le journal !

renchérit Lisie mais j'aimerais quand même rentrer... on s'ennuie !

- On va tirer à la courte paille alors ! proposa Aline.

Aline s'écarta et ramassa deux petits bâtons de longueur différente et dit :

- Le plus court on rentre, le plus long on reste !

Elles tirèrent à tour de rôle leur bâtonnet et, Aline et Adèle tombèrent sur le plus court. Seule Lisie tira le plus long.

- Alors on rentre ? questionna Lisie.

Un nouveau silence s'installa, les trois petites filles hésitaient à s'y résoudre. Rentrer à la maison et être des poules mouillées ou rester et devenir des héroïnes ; le dilemme était coriace.

Elles plièrent bagage malgré tout et se dirigèrent vers le premier sentier venu.

Lisie était ravie d'avoir tiré le plus long bâton. Cela arrangeait bien sa lâcheté.

- Tu sais par où nous sommes arrivées ? demanda Lisie à sa sœur qui s'engouffrait dans le chemin.

- Je crois que c'est par là ! répondit Aline pas très sûre d'elle.

- Non, moi je pense que c'est plutôt par là ! dit Adèle à son tour en indiquant de son doigt un sentier qui descendait sur la droite.

- Et voilà, nous sommes perdues maintenant et pour de bon ! s'angoissa Lisie qui trouvait cette aventure de moins en moins drôle. Les petites filles tournèrent en rond un long moment. Elles empruntèrent des sentiers au hasard qui ne menaient nulle part, rebroussèrent chemin à plusieurs reprises, grimpèrent sur des rochers afin d'élargir leur angle de vue. Enfin Aline reconnut au loin le toit du pigeonnier situé juste au-dessus des bancaous qui surplombaient à l'ouest la maison d'Adèle. Les trois fillettes, rassurées, se précipitèrent alors en courant dans cette direction.

Elles arrivèrent essoufflées quelques minutes plus tard derrière l'abri à pigeons, prirent le chemin de terre qui contournait les restanques et le suivirent jusqu'aux écuries. Les petites filles se jetèrent alors un regard de satisfaction, sourirent et se dirigèrent vers les escaliers menant sur la terrasse sud du mas. La maman d'Adèle était là, tranquillement assise sur une chaise en paille, épluchant des haricots verts pour le repas du soir, avec à ses côtés les deux petites sœurs de la fillette. Personne n'avait remarqué leur absence. Un peu vexées, les vagabondes regagnèrent la chambre d'Adèle et Aline et Lisie décidèrent de dormir là pour mettre au point de nouvelles aventures.

# CHAPITRE 32

En sortant de sa chambre Lisie aperçut Pierrot devant l'atelier en bas du jardin. Il était tôt dans la matinée et la température était encore supportable. La fillette, ravie de la présence de son grand ami, courut à sa rencontre.

- Coucou parpalhon, dit celui-ci.

Lisie lui sourit et allongeant ses bras à l'horizontale, imita le battement d'ailes de l'insecte.

La fillette resta là à le regarder travailler en silence. Elle aimait bien s'asseoir à ses côtés et l'observer. Quand il eut fini de bêcher, il posa son outil et se tourna vers l'enfant. Il l'observait et remarqua qu'elle avait grandi.

- Tu es bien silencieuse ce matin, tu ne voles plus ? dit Pierrot.

Lisie sourit.

- Tu en as une jolie médaille ! continua t-il.

La fillette baissa la tête vers la médaille qu'elle avait accrochée à son cou avec un cordon. Elle s'en saisit et la fit tourner entre ses doigts.

- Je l'ai trouvée par terre dans la colline.

- Elle est bien belle ! Moi j'avais trouvé un couteau dans la colline.

- Tu me le montres ? demanda l'enfant.

- Je peux pas, je l'ai plus !

- Tu l'as perdu ?

- Non, je l'ai donné au commissaire.

- Pourquoi ?

- Il me l'a demandé, il en avait besoin pour son enquête !

- Quelle enquête ?

- Je sais pas moi !

La petite fille retomba dans son silence, échaffaudant des histoires d'aventure dans lesquelles Pierrot et elle mèneraient des enquêtes criminelles.

À l'heure du déjeuner, Pierrot s'en alla retrouver Fernande à Aubagne. Restée seule, Lisie se dirigea alors vers la maison en direction de la cuisine où elle trouva tout le monde attablé attendant Charles. Celui-ci ne tarda pas à arriver après s'être changé et avoir retiré ses vêtements de travail. Il s'assit à sa place sans un mot comme d'habitude et Delphine put enfin servir le plat.

- Elle vient d'où cette médaille Lisie ? s'exclama Jean.

À cette question subite, Delphine et Charles relevèrent la tête de leur assiette et la tablée tout entière fixa le cou de Lisie. Devant les regards qui se portaient sur elle, la petite fille prit peur. Elle pensa avoir fait une bêtise et regretta sa médaille.

- Je l'ai trouvée !

- Où ? questionna encore Jean.

- Au Garlaban !

- Tu devrais la nettoyer, elle est toute rouillée !

En observant plus attentivement le bijou de Lisie, Delphine pâlit. Il lui semblait avoir déjà vu ce pendentif quelque part. Mais impossible de se souvenir dans quelle circonstance ! À la fin du repas, lorsqu'elle fut seule, la jeune femme tira la boîte métallique de l'étagère des toilettes, oubliée depuis trois ans.

Elle regarda à nouveau les photos avec attention et se rendit rapidement compte que la médaille de Lisie était bien celle que portait l'homme sur l'image.

# CHAPITRE 33

*Août 1964*

Les fillettes passaient toutes leurs vacances, été comme hiver chez Adèle. Elles y faisaient beaucoup d'équitation et étaient, avec le palefrenier de la maison, responsables des bêtes. Elles se levaient aux aurores pour nettoyer les écuries, brosser les chevaux et les préparer pour de futures promenades.

Adèle habitait une immense bâtisse entourée de plusieurs hectares de pinède dans laquelle les petites filles faisaient de longues balades, assises sur leur monture.

Quelquefois, ces promenades tournaient au cauchemar. Les juments n'étant pas très dociles, il était souvent difficile de les maîtriser. Il fallait user de stratagèmes pour qu'elles veuillent bien prendre la route. Les uns devaient distraire les poulains pendant que les autres essayaient de persuader leurs mères qu'une promenade leurs ferait du bien. Les juments avançaient volontiers mais en rond. Les enfants déployaient beaucoup de force pour ne pas se laisser dominer par l'animal qui obstinément se dirigeait vers le chemin inverse de celui qui lui était demandé. Cette pantomime prenait bien vingt minutes. Une fois en route, la promenade se déroulait généralement bien.

Les juments avançaient au pas, côte à côte ou les unes derrière les autres dans les montées, puis prenaient le trot ou le galop sur terrain plat ou dans les pentes. Quelquefois, par temps de mistral, les chevaux devenaient fous. Ils se cabraient, montraient les dents en hennissant et tiraient leurs oreilles en arrière en signe de mécontentement.

Le moment du retour demandait lui aussi beaucoup d'énergie. À l'approche des écuries, les bêtes étaient en alerte. L'appel des poulains étant le plus fort, les juments, fibre maternelle oblige, détalaient sans prévenir jusqu'au bercail, se débarrassant au passage de leur jeune monture par quelques violentes ruades.

Afin d'éviter que les chevaux ne paniquent, la solution était d'emmener tout le monde, même l'âne qui se manifestait en brayant pour être de la promenade. Les juments et leur cavalier prenaient la tête du cortège, suivies de près par leurs poulains et à la traîne, l'âne fermait le convoi.

De temps en temps, Christophen Jansen, le papa d'Adèle, organisait une grande sortie sur le Garlaban. À l'aube, les chevaux propres comme des sous neufs et selle sur le dos grâce aux soins apportés par les fillettes, attendaient patiemment que la troupe se décide à partir.

Enfin prête, la caravane se mettait en route, sous le regard compatissant des paons qui déployaient majestueusement leur magnifique robe chamarrée de bleu et de vert, en signe d'au revoir. Empruntant au départ les larges chemins caillouteux qui serpentaient dans la pinède, le groupe cheminait ensuite sur les sentiers étroits et vertigineux des premières collines situées sous le rocher. À sa tête, Christophen, suivi d'Aline, d'Adèle et enfin, à la traîne, Lisie à moitié endormie sur sa monture. Les quatre chevaux les uns derrière les autres, loin maintenant de leurs rejetons, avançaient prudemment sur les pierres instables des sentiers abrupts. Le jour naissait, les premiers rayons de soleil illuminaient le versant est de la colline. Les papillons virevoltaient autour des buissons de genêts, de thym et de romarin qui, avec la douce brise matinale, embaumaient au passage des cavaliers.

Les jours où les enfants ne partaient pas en promenade, ils chevauchaient dans le manège au milieu des poules, des canards, des paons, des chiens, de l'âne... Les bêtes étaient montées hâtivement à califourchon, souvent sans selle pour permettre quelques acrobaties périlleuses.

# CHAPITRE 34

Ce jeudi matin, Delphine traversait la place centrale d'Aubagne en direction du commissariat. Charles et elle avaient pensé qu'il était de leur devoir, maintenant, de remettre la boîte métallique à la police.

Assise dans le bureau du commissaire, face à lui, elle ne savait comment aborder le sujet.

- Je ne suis pas vraiment sûre que cela ait de l'importance commissaire mais nous tenions mon mari et moi à vous restituer ceci, dit Delphine en lui tendant la boîte.

L'homme intrigué se saisit de la boîte et en inspecta minutieusement le contenu. Après un long silence pendant lequel il observait un à un les objets qu'elle contenait, Delphine ajouta :

- Vous comprenez commissaire, ce qui nous a surpris, c'est cette médaille que ma fille a trouvée sous le Garlaban. Si vous regardez bien dit-elle en indiquant l'une des photos, c'est la même que porte cet homme. Elles semblent identiques !

- En effet, vous avez raison ! C'est curieux !

Le commissaire inspecta davantage la médaille et remarqua les inscriptions GF.

- Vous dites que votre fille l'a trouvée sous le Garlaban ?

- Oui commissaire, c'est ce qu'elle a dit !

- Elle n'aurait pas dit à quel endroit précis par hasard ?

- Vous savez, c'est difficile de désigner un endroit précis dans les collines !... Je crois qu'elle a parlé d'un ravin.

À ce moment-là, le commissaire se redressa brusquement de son fauteuil et regardant la jeune femme dans les yeux lui demanda s'il pouvait interroger Lisie.

- Vous comprenez, c'est très important madame Rollin !

- Je n'ai pas d'objection, je vous l'amènerai.

- Il pourrait y avoir un lien avec une de mes enquêtes. Je dis bien il pourrait ! Mais je ne dois rien laisser au hasard ! Je dois tout vérifier !

- C'est tout à votre honneur commissaire. Je vais voir avec Lisie ! Puis continuant :

- Il y a également cet acte de propriété qui nous a intrigués et cette boîte qui avait l'air d'avoir été dissimulée volontairement dans un mur du grenier de notre maison.

- Etrange en effet ! Je vais enquêter madame Rollin ! Je vous remercie de vous être déplacée. Je compte absolument sur vous pour m'amener Lisie !

- Je vous le promets commissaire. À bientôt ! conclut Delphine en lui serrant la main.

# CHAPITRE 35

- Tu comprends chéri, le commissaire a beaucoup insisté ! dit Delphine à Charles qui se montrait réticent.

- C'est très important pour l'une de ses enquêtes. Il ne m'a rien précisé, il m'a juste avoué qu'il pourrait y avoir un rapport. Je pense que nous devons aider la police !

- Un commissariat n'est pas la place d'une enfant, je regrette !

- Mais enfin Charles, que veux-tu qu'il lui arrive ! De toute façon, je serai avec elle !

- Je redoute juste que cela l'impressionne. Tu sais à quel point elle est craintive !

- Posons-lui la question, nous aviserons ensuite ! Elle a quand même onze ans maintenant !

Delphine quitta la pièce et revint quelques instants plus tard accompagnée de Lisie. Charles prit la parole d'un ton ferme :

- Lisie, ta mère a quelque chose à te dire ! prononça t-il en s'en remettant toujours à sa femme pour aborder les enfants.

Devant le ton froid de son père, la fillette se mit à trembler redoutant une de ses colères.

- N'aie pas peur Lisie, nous n'allons pas te gronder ! Tu n'as rien fait de mal ! Nous voulons juste te poser quelques questions, prononça Delphine.

- Nous aimerions savoir à quel endroit précis tu as trouvé ta médaille. Penses-tu pouvoir reconnaître le lieu ? poursuivit la jeune femme toujours devant le regard attentif de Charles.

La fillette se détendit voyant qu'elle n'était pas en cause. Elle réfléchit un instant essayant de se souvenir du parcours qu'elles avaient fait ensemble Aline, Adèle et elle-même. Puis elle répondit :

- Je ne suis pas bien sûre parce qu'on a beaucoup marché.

- Qui "on" ? questionna Charles.

- Moi, Aline et Adèle.

- Parce qu'il y avait Aline et Adèle avec toi ? Tu ne pouvais pas le dire plus tôt ! Va chercher ta sœur ! s'exclama Charles impatient. Puis rajoutant :

- Attends! Je n'en ai pas fini ! Il faut que tu saches que lorsqu'on énumère des personnes, on ne commence pas par soi. On se nomme toujours en dernier ! Souviens t'en !

La petite fille affolée se précita hors de la pièce à la recherche d'Aline qui se trouvait dans le jardin.

- Papa veut te voir ! lui dit-elle.

Aline posa un regard interrogateur sur sa sœur et la suivit dans la maison.

- Te souviens-tu de l'endroit où vous vous êtes promenées lorsque Lisie a trouvé sa médaille ? demanda Delphine.

- Oui, je crois, un peu, répondit la fillette surprise.

- Pourriez-vous le décrire au commissaire ? insista encore Delphine.

Les fillettes, de plus en plus étonnées se regardèrent et répondirent timidement que peut-être elles le pourraient.

- Au fait, que faisiez-vous toutes les trois seules dans la colline ? s'enquit Charles.

Aline et Lisie embarrassées, n'osèrent pas avouer qu'elles

essayaient de se perdre.

- On cherchait de la lavande, s'empressa de répondre Aline.

C'était tout ce que la fillette avait pu trouver comme excuse.

- C'est bon, vous pouvez y aller maintenant ! ordonna leur père.

Restés seuls, Charles et Delphine perplexes, se posaient maintenant des tas de questions.

- Tu vois bien, inutile d'amener Lisie chez le commissaire, elle ne se souvient pas de l'endroit ! conclut-il.

- Peut-être qu'à toutes les trois elles y arriveraient ! insista la jeune femme. Il faudrait que j'en parle à madame Jansen afin de savoir si elle consentirait à laisser venir Adèle, persista t-elle.

*

Le commissaire ne s'attendait pas ce matin-là à voir défiler dans son bureau madame Rollin accompagnée de trois fillettes. À son arrivée, il se leva, fit apporter quelques chaises supplémentaires et attendit que Delphine prenne la parole.

- Voici commissaire, comme convenu je vous amène Lisie. J'ai pensé qu'il serait opportun de venir aussi avec Aline et Adèle, elles étaient ensemble ce jour-là. Vous aurez plus de détails avec les trois !

- Excellente idée ! Alors jeunes filles, l'une de vous pourrait-elle me donner des informations précises sur l'endroit où vous vous trouviez ?

- Oui, nous sommes parties de chez Adèle, nous avons traversé sa pinède, puis nous avons continué à marcher dans la colline derrière la ferme des Grisone. Là, nous avons encore marché longtemps, puis nous nous sommes arrêtées pour nous reposer, débita Aline.

- Et après, on a pris le sentier qui montait jusqu'au ravin, ajouta Adèle.

- Il était où ce ravin? demanda le commissaire.

- Ben au bout du sentier... je viens de le dire ! répondit Adèle.

Ecoutant les fillettes livrer pêle-mêle leurs souvenirs, le commissaire, perplexe, se disait que ça n'était pas gagné.

- Entre deux maisons, ajouta Lisie toute fière d'apporter cette précision capitale. Je le sais parce que ça ressemble beaucoup au paysage de mes cauchemars !

Aussitôt, le commissaire se décolla de son dossier, visiblement très intéressé par ce nouvel élément. Le site que décrivaient les petites filles ressemblait en tous points à celui où avait été retrouvé le cadavre. Il fallait rapidement s'en assurer !

- Excusez-moi d'insister chère madame mais se pourrait-il que nous vérifions leurs dires sur place ? s'enquit le commissaire.

- Bien entendu ! Cela doit être possible ! Il me faut juste convaincre mon époux, répondit Delphine encore toute retournée par les dernières révélations de Lisie.

- Ce serait très aimable à vous !

- Je vous téléphonerai ! conclut la jeune femme en se levant.

- Merci beaucoup. Au revoir madame Rollin !

- Au revoir commissaire ! Vous venez les enfants ?

- Au revoir jeunes filles et merci pour votre aide ! ajouta Louis Lambert.

- Il n'y a pas de quoi ! répondirent les fillettes en chœur.

# CHAPITRE 36

*Septembre 1964*

Charles et Delphine inscrivirent Aline et Lisie au club de judo de la ville. Ce club était une des rares activités sportives de la commune et se trouvait juste à la sortie de la cité, sur la petite route de Marseille. Situé au-dessus d'un cinéma, il fallait, pour y accéder, gravir un vieil escalier en bois très raide qui donnait sur une porte s'ouvrant directement sur l'immense salle de sport. À l'entrée, un bureau faisait office d'accueil. Au fond, de larges baies vitrées perçaient la façade sur toute sa longueur, ce qui rendait la pièce très lumineuse. À droite et à gauche, deux autres salles servaient de vestiaires. Au sol, un épais tapis en vinyle s'étendait d'un mur à l'autre, séparant en son milieu les adultes des enfants. Une odeur acide et pénétrante planait dans l'atmosphère, saisissant les visiteurs dès leur arrivée. Les parents d'Adèle avaient aussi inscrit la petite fille à cette activité. Au judo, les trois fillettes firent la connaissance de Martin, Gérard et Yvette, tous trois frères et sœurs. Ces derniers habitaient également dans le voisinage des petites filles. Elles se lièrent aussi d'amitié avec Eva, de Gémenos, une petite commune mitoyenne avec Aubagne.

L'été, tout ce petit monde se retrouvait pour jouer. Afin de se réunir, les enfants n'hésitaient pas à parcourir les six kilomètres de distance qui séparaient les deux communes, à vélo ou en patins à roulettes. Les plus âgés qui avaient la chance de posséder une « vespa » ou un « solex », tractaient jusqu'à Gémenos les plus jeunes sur leurs patins. À la queue leu leu, cramponnés à la taille les uns aux autres, ils se laissaient tirer avec bonheur, appréciant ces moments inoubliables de grande vitesse.

Les routes étaient désertes à cette époque. La départementale qui relie Aubagne à Gémenos est une voie plate, entourée, dans les années soixante, d'immenses terres agricoles avec ses nombreuses fermes, vieilles de plusieurs générations. Des champs de blé, de pommes de terre, de haricots s'étendaient à perte de vue. De petits sentiers plats et sinueux égayaient de leurs harmonieuses courbes, cette monotonie champêtre. Des charrettes de foin, tirées par de robustes chevaux de labour, circulaient paisiblement sur cette chaussée bordée de buissons et d'herbes sauvages, ramenant des champs les courageux laboureurs. Quelques rares voitures empruntaient cette voie car la commune de Gémenos n'était qu'un paisible petit village, n'abritant qu'une poignée d'habitants. Au fil des années, Aubagne et Gémenos se sont progressivement développées. Les fermes situées aux alentours de la départementale ont aujourd'hui en partie disparu. Cette route est actuellement une vaste avenue bordée d'une gigantesque zone commerciale qui continue de s'étendre.

Les parents d'Eva s'adonnaient régulièrement et avec passion aux mystères du surnaturel. Ils se livraient des après-midis entiers, avec de proches amis, à faire tourner les tables ou à interroger les esprits.

Réunis autour de la table ronde, les mains collées les unes aux autres, volets clos, la pièce plongée dans l'obscurité totale, les participants tentèrent de rentrer en contact avec le vieil oncle Eugène, décédé quelques années plus tôt.

Eugène avait été, tout au long de sa vie, un chasseur invétéré. Il avait passé la majeure partie de son temps dans les collines à chasser ou poser des pièges avec son ami Victor Maurin.

L'assemblée l'abreuva de questions auxquelles l'esprit du défunt devait répondre par oui ou par non. Puis l'un des participants demanda :

- Le mort du Garlaban, était-ce un accident ou un meurtre ? Un coup pour l'accident, deux coups pour le meurtre.

Un silence pesant s'installa dans la pièce. Tout le monde attendait, impatient, une réaction de la table. Après d'interminables secondes, les convives sentirent une légère agitation du guéridon. Puis soudain ce dernier se mit à taper fortement deux grands coups sur le plancher. L'assemblée se regarda alors, abasourdie, ne sachant que penser de cette réponse. Ils décidèrent de reposer la question différemment.

- La victime a t-elle été assassinée ? Un coup pour oui, deux coups pour non.

Cette fois-ci la table s'arrêta au premier coup.

- Eugène est furieux, hurla Lisie en se levant brusquement.

- Ben... ça ne va pas Lisie ? demanda la maman d'Eva. Qu'est-ce qu'il te prend d'hurler comme ça ?

Lisie se sentit pâlir et se rassit en silence.

- Ah oui ?... Et comment tu sais ça ? lui lança ironiquement Eva.

- Il me l'a dit !

- Tu parles aux esprits maintenant ?

- Non... c'est eux qui me parlent !

- Et qu'est-ce qu'ils te disent ?

- Eugène est furieux qu'on s'intérresse à cette affaire. Il ne veut plus qu'on lui pose de questions.

- Et Pourquoi ?

- Je ne sais pas... il veut qu'on le laisse tranquille !

Léon, le papa d'une amie d'Eva, seul participant sceptique de l'assemblée, se mit à rigoler, n'y croyant pas une seconde.

- Mais c'est n'importe quoi ! Vous n'allez pas prendre ça au sérieux tout de même ? vociféra t-il.

Eugène, déjà perturbé par les questions précédentes, se déchaîna, devint incontrôlable et déplaça en direction de Léon, la desserte que plus personne ne pouvait approcher. Elle le plaqua dans un coin de la pièce, au niveau de l'abdomen, cherchant manifestement à l'étouffer. Inquiets, les participants reprirent aussitôt le contrôle de la situation et neutralisèrent le meuble qui ne voulait plus lâcher Léon. Celui-ci, blême, suffoquant et tremblant de la tête au pied, reprenait petit à petit un visage normal. Il crânait moins !

# CHAPITRE 37

Lors de la reconstitution avec les trois fillettes et leurs mamans, Louis Lambert fut heureux de constater que la médaille, contrairement au couteau de Pierrot, se trouvait bien à proximité du ravin où l'on avait découvert le corps de Gaston Foulon quelques années auparavant. *" Les initiales GF correspondaient bien à ce-dernier mais alors pourquoi le mort ne l'avait-il plus sur lui ? Y aurait-il eu quelqu'un d'autre avec lui ? Y aurait-il eu une bagarre ? " Dans ce cas-là, qui était cette autre personne ?* Il se dit alors qu'il se devait d'enquêter sur la famille et les proches du défunt. Mais cinquante ans plus tard, il n'en restait plus beaucoup à interroger. Il devait donc se pencher davantage sur l'acte de propriété que contenait la boîte métallique et qui faisait mention de nombreux hectares de vigne sous le Garlaban au nom de Gaston Foulon.

Louis Lambert se rendit alors à la mairie d'Aubagne, consulta les registres d'état civil de l'époque dans le but d'une recherche généalogique concernant le défunt. Puis il alla au centre des impôts foncier de Marseille, afin d'éplucher les registres cadastraux.

Sur le registre d'état civil, il remonta jusqu'au père de Gaston, Marius Foulon et découvrit que celui-ci avait une sœur,

Augustine Pichu, née Foulon et un neveu, Gustave Pichu, cousin de Gaston.

Intéressant se dit l'homme, j'ai enfin une piste, un début d'enquête. Merci madame Rollin !

Il se rendit un matin chez Maurice Pichu, fils de Gustave et trouva ce dernier dans sa remise.

- Je ne vous dérange pas ? dit le commissaire en entrant dans le hangar.

Maurice sursauta.

- C'est pourquoi ? dit l'homme contrarié.

- Juste une visite de routine. J'ai quelques questions à vous poser ! renchérit le policier en montrant sa plaque.

- Vouais et alors ? marmmona le paysan d'un ton bourru.

- Vous êtes bien le fils de Gustave et Josette Pichu ?

- Ça se pourrait !

Après un court silence, le commissaire renchérit :

- Vous avez de bien belles terres !

- Vouais !

- Dites-moi, c'est du travail à entretenir tout ça !

L'homme ne répondit pas et le commissaire continuant :

- Elles sont toutes à vous ces vignes ?

- À qui vous voulez qu'elles soient ? Vous êtes venus pour me parler de mes vignes ?

- Non, je dis ça parce que j'ai vu un acte de propriété stipulant que plusieurs parcelles de ces vignes appartiendraient à votre cousin éloigné François.

Maurice se retourna et jeta un regard glacial au commissaire.

- Foutez le camp de chez moi ! s'exclama l'homme en colère.

- Vous ne devriez pas le prendre sur ce ton, monsieur Pichu ! Je peux vous faire arrêter pour outrage à agent.

L'homme se calma et le policier reprit :

- Où sont vos fils monsieur Pichu ?

- Qu'est-ce que vous voulez que j'en sache ? Ils sont jamais là !

- Beaucoup de gens se sont plaints à leur sujet !

- Ça se peut !

- Dites-leurs que j'aimerais bien les voir un de ces jours ! dit-il fermement en quittant les lieux.

Les frères Pichu venaient de sortir de prison suite à une série de cambriolages où ils auraient été vus dans les alentours.

# CHAPITRE 38

Pendant ce temps-là, à Marseille, Francis Poli, attablé sur la terrasse du café du port, n'avait plus qu'une idée en tête, retrouver Irène et surtout l'enfant qu'il lui avait confié. Depuis sa sortie de prison, il avait repris contact avec ses anciens acolytes pour retrouver la jeune femme et la petite fille qui devait bien avoir douze ans maintenant. Il ne voulait pas reprendre la fillette mais seulement la voir, savoir ce qu'elle était devenue. Il était beaucoup trop tard désormais pour envisager de jouer pleinement son rôle de père. D'autant plus, qu'elle ne le connaissait pas. C'est ainsi, que lors de ses recherches, Francis Poli, par l'intermédiaire d'un de ses hommes de main, fit la connaissance d'Albert et Hector Pichu. Par la suite, les deux hommes devinrent les petites mains du truand. Hector Pichu sortait depuis quelques temps avec Eliane Masset, sœur aînée de Martine par alliance.

Francis trouva alors le moyen de reprendre contact avec Irène en l'attendant un soir à la sortie de son travail. La jeune femme, à la vue de cet inconnu qui se tenait debout devant elle, se figea soudain lorsqu'elle le reconnut. Elle n'avait pu oublier ce regard d'animal traqué et constata qu'il avait terriblement vieilli. C'était maintenant un homme affaibli qui avait perdu de sa superbe.

Mais aussitôt qu'il parla, son cœur se remit à battre la chamade comme par le passé. Elle se sentait à nouveau défaillir. Elle l'aimait toujours !

- Bonsoir Irène, dit l'homme d'un ton solennel.

- Bonsoir Francis, répondit la jeune femme toujours bouleversée, puis ajoutant :

- Qu'est-ce que tu fais là ?

- J'avais envie de te revoir !

- Tu vas bien ?

- Oui et toi ?

- Je vais bien aussi !

- Tu es toujours aussi belle !

- Merci, dit la jeune femme gênée.

Tous les deux ne savaient quoi dire après toutes ces années de séparation.

- Tu m'as manqué, je me suis toujours demandée pourquoi tu étais parti précipitamment, sans rien me dire, jusqu'au jour où j'ai vu ta photo dans la presse et l'article mentionnant ta libération. Je n'ai jamais su que tu étais en prison !

- C'était mieux comme ça, je voulais pas que tu m'attendes, que tu gâches ta vie.

- Oui, je t'aurais attendu ! Je serais venue te voir en prison... Je t'aurais amené Martine...

- Comment va-t-elle ?

- Bien, très bien ! C'est une adorable enfant. Elle te ressemble !

À cette déclaration, Francis frémit, il n'avait jamais dit à Irène que la fillette n'était pas sa fille.

- J'aimerais bien la voir, si ça ne t'ennuie pas.

- Je ne voudrais pas la perturber ! Tu sais, sans nouvelles de toi pendant toutes ces années... Je me suis mariée et maintenant Martine a un nouveau foyer. Elle est très bien comme ça !

- Je ne veux pas la déstabiliser moi non plus, ni même la reprendre. Je voudrais juste avoir la possibilité de la voir à son insu de temps en temps ! On pourrait organiser une rencontre dans un café, je me tiendrai à une autre table, on ne se parlera pas mais je pourrais faire sa connaissance de loin. S'il te plait ne me refuse pas ça !

Irène eut pitié de cet homme qui la suppliait, lui qui jadis n'aurait jamais supplié personne.

- C'est entendu, je veux bien...

- Merci Irène.

Nostalgique après cette rencontre émouvante, Francis faisait le triste bilan de son existence. Il lui en restait un goût amer. Une enfance passée dans une cité des quartiers nord de Marseille. Très tôt initié au trafic de drogue, il en avait fait sa religion. De l'argent vite gagné, un train de vie plus que confortable, mais à quel prix ! Des années de prison, la perte de sa femme et sa fille tuées accidentellement dans une fusillade avec la police. Il s'en était sorti mais pas elles. Puis sa rencontre avec Irène, un peu trop rapide malgré lui, ce qui l'avait empêché de l'aimer comme elle l'aurait mérité. Quel gâchis !

# CHAPITRE 39

*Avril 1965*

Le soir venu, lorsqu'elle se retrouva seule dans sa chambre, Irène repensa à ces instants passés avec Francis. Elle l'avait connu dans un bar du port où elle était serveuse à l'époque. Les premières semaines, l'homme venait de temps en temps, puis ses visites se firent plus régulières. Tout de suite, la jeune femme s'était éprise de lui. Il était discret et respectueux envers elle. Après quelques mois d'une relation intense, ils emménagèrent ensemble. Elle ne s'attendait pas à ce que sa vie soit aussi tumultueuse. Francis disparaissait souvent plusieurs jours sans aucune explication, lui laissant la petite Martine en garde. Puis il réaparraissait soudain. Irène savait qu'elle ne devait lui poser aucune question. La seule certitude à laquelle elle pouvait se raccrocher, était cette demande qu'il lui avait faite un jour. Il lui avait fait promettre de garder Martine dans le cas où il lui arriverait quelque chose. Elle avait accepté se doutant bien que ce jour finirait par arriver. Leur vie se passa ainsi, dans l'incertitude du lendemain, jusqu'au jour où Francis ne réapparut plus du tout. Elle ne l'avait plus jamais revu jusqu'à ce fameux soir où il l'avait attendu devant son travail. Quelques temps après cette disparition soudaine de Francis, elle changea d'emploi, trouvant que celui de serveuse n'était pas du tout adapté à sa situation de mère célibataire. Elle obtint alors une place de vendeuse dans un magasin chic pour homme, proche de son domicile. Elle y fit la connaissance de José qui venait régulièrement s'habiller dans la boutique. Ils se rencontrèrent aussi par hasard, à l'heure du déjeuner dans la brasserie voisine du magasin. Puis José l'invita un soir à sortir avec lui. Ils se revirent plusieurs fois dans l'intimité et la jeune femme se sentit comblée lorsqu'il lui demanda de l'épouser.

# CHAPITRE 40

*Juin 1965*

- Arrêtez-vous !... Non Charles, arrête-toi maintenant, ça suffit !... Toi aussi Jean !... criait Delphine à son mari et son fils qui se battaient à coups de poing dans le salon. À côté, Aline, Lisie et Paul hurlaient tandis qu'Alex essayait de séparer les deux hommes.

- Vite, allez chercher monsieur Roubaud, dit Delphine aux fillettes qui hurlaient toujours.

Les fillettes se précipitèrent chez les parents de Miriame, comme elles avaient l'habitude de le faire à chaque fois qu'une nouvelle bagarre éclatait. Dans ces cas-là, seule une personne étrangère à la famille était capable de calmer Charles, lui permettant alors de reprendre le contrôle de ses émotions.

Lorsqu'Henri pénétra dans la pièce, il trouva Alex et Delphine, tentant de séparer les deux hommes en tirant sur leurs vêtements. Henri se précipita, attrapa Charles par les épaules et l'emmena plus loin.

- Charles, je vous en prie, calmez-vous ! lui dit-il ferme et conciliant.

- Je ne sais pas ce qui s'est passé, le ton est monté et ils en sont venus aux mains tout de suite, expliqua Delphine la gorge nouée.

- Je ne veux plus te voir ici demain, tu fais ta valise et tu quittes cette maison, dit Charles tremblant en menaçant Jean de son poing.

- C'était bien mon intention figure-toi et je m'en vais même de ce pas ! répondit Jean très déterminé en quittant la pièce.

Jean était maintenant un jeune homme de presque dix huit ans. Doté d'un fort caractère, il voulait devenir le maître des lieux et agir à sa guise dans la maison. Charles qui ne l'entendait pas de cette oreille, défendait bec et ongles son territoire.

Il était donc urgent maintenant de trouver un toit pour Jean. Une demi-heure plus tard Delphine et lui prirent la route de Cannes pour se rendre chez Louise, la sœur de Delphine. Ils y séjournèrent quelques jours, le temps d'organiser la future vie de Jean et que les choses se tassent un peu.

Jean passa un an à Cannes chez ses cousins. Charles l'avait émancipé et les deux hommes ne se virent plus durant de longues années.

Le week-end suivant, Delphine revint de Cannes. Epuisée et angoissée par ces derniers événements, elle avait en plus dû subir des pressions de la part de sa sœur et de son beau-frère, l'encourageant à se séparer de Charles.

- Ecoute Delphine, ça ne peut pas continuer comme ça, un jour ou l'autre il va arriver un malheur ! lui dit Louise.

- Et puis regarde-toi, tu n'as plus que la peau sur les os ma pauvre fille ! Tu vas y laisser ta santé, tu es rongée par l'angoisse ! renchérit Max le mari de Louise.

- Non, ne vous inquiétez pas ! Après ces scènes, il est tout penaud, tout gentil, il me demande pardon et pendant un moment tout se passe très bien. Il n'a pas toujours tort non plus... Jean le provoque sans cesse !

Delphine se tut un instant, puis continua d'une voix plus basse, comme si elle se parlait à elle-même.

- Et puis d'abord où irais-je ? Je n'ai pas de travail et que ferais-je avec les trois petits ? Sans oublier que ma religion ne me permet pas de divorcer.

- Pour ce qui est de l'organisation, ne te fais pas de soucis, tu t'installes à la maison avec les petits le temps de te retourner, insista Max.

- Max a raison, dit Louise. Nous te trouverons un travail.

Malgré toutes ces attentions, Delphine rentra à Aubagne, laissant Jean à sa nouvelle vie.

Arrivée au cabanon, Charles l'attendait impatiemment. Tout honteux il la serra dans ses bras et l'embrassa.

# CHAPITRE 41

Aline et Lisie ne supportaient plus les colères de leur père. Elles voulaient que leurs parents se séparent et rêvaient d'un avenir plus serein, seules avec leur maman.

- Tu sais si papa et maman divorcent, les enfants peuvent choisir avec qui ils veulent habiter, dit Aline à Lisie, un jour où elles étaient dans le salon en train de comploter.

- C'est tout vu, moi je sais qui je choisirai, répondit Lisie.

- Je crois que maman envisage de rester à Cannes et elle nous prendrait tous avec elle, continua Aline qui avait des oreilles un peu partout.

- Oui et comme ça papa restera tout seul et on ne le reverra plus jamais... Tant pis pour lui ! s'exclama Lisie.

- Oui, comme ce serait bien !... continua Aline. Puis revenant à la réalité elle ajouta :

- Si on doit revivre avec papa, je ferai une fugue !

- C'est quoi une fugue Aline ?

- Ça veut dire que je m'enfuirai... Tu pourras venir avec moi si tu veux, proposa Aline, ravie de l'intérêt qu'elle suscitait.

- Et on irait où ? questionna Lisie qui commençait à s'inquiéter.

- À Paris bien sûr ! Chez Jean ! Je suis sûre qu'il sera content de nous recevoir rien que pour embêter papa !

- Et comment tu comptes aller à Paris ?

- En train évidemment !

- Mais on n'a pas d'argent pour le train Aline !

- Pas besoin d'argent, on est petite et on se faufilera à travers les gens, comme ça ils croiront que ce sont nos parents. Ils ne nous demanderont rien. Personne nous remarquera tu verras ! continua Aline toute confiante.

- Mais les gendarmes vont nous retrouver et là on va recevoir une sacrée raclée... Et puis, on ne sait pas où habite Jean...

- C'est pas bien compliqué, on trouvera, il suffira de demander.

- On va demander aux gens s'ils ont vu Jean ?

- Mais non idiote, laisse-moi faire, tu verras !

L'idée fit son chemin mais fut vite oubliée. Lisie s'imaginait déjà, errant dans les rues de Paris, demandant à tout le monde s'il connaissait Jean, couchant sous les ponts dans le froid, sans manger ni boire, perdue dans cette immense ville qu'elle ne connaissait pas. *Non ce n'était pas pour elle ! C'était au-dessus de ses forces !*

Cette perspective de galères démotiva la fillette qui préféra encore la vie oppressante du cabanon à celle d'une SDF dans Paris.

# CHAPITRE 42

À Marseille, les réglements de compte dans le milieu de la drogue explosaient. Les bandes rivales entre familles corses au sein de la French Connexion se livraient un combat sans fin pour ce marché juteux. Tous les jours des contrats étaient déposés sur de nouvelles têtes.

Quand Charles arriva, tôt ce lundi matin sur le port de Marseille pour rejoindre son bureau, il fut surpris par l'agitation qui y régnait. De nombreuses voitures de police, gyrophares allumés, stationnaient en cercle sur le Quai des Belges. Des badauds agglutinés tout autour, se bousculaient pour savoir ce qu'il en était et satisfaire leur curiosité. Deux hommes d'une trentaine d'années gisaient là sur la chaussée, criblés de balles.

Adélaïde et son mari Lucien sortirent dans la rue, alarmés par le vacarme des sirènes qui hurlaient non loin de leur boutique.

Les journaux avaient mentionné par la suite les noms d'Albert et Hector Pichu.

À la lecture de la presse, le commissaire Lambert se rendit à Marseille afin de glaner quelques informations. Il apprit que les frères Pichu étaient des hommes de main de Francis Poli, un corse qu'il avait arrêté quelques années plus tôt et qui avait été relâché. Il laissa à Maurice Pichu, le père d'Albert et Hector, le temps de faire son deuil avant de lui rendre une nouvelle visite.

- C'est encore vous ? Vous venez encore pour mes vignes ?

- Non ! Je viens au sujet de vos fils ! Qu'est-ce que vous savez de leur trafic ?

- Qu'est-ce que vous voulez que j'en sache moi ? Ils me mettaient pas dans la confidence ! On se parlait pas !

- Ont-ils reçu de la visite chez vous ?

- Peut-êre bien ! Y avait une fois un gars qui s'est amené. Il avait pas l'air d'un tendre ! Des yeux de bête féroce... Il m'a donné froid dans le dos !

- Vous avez entendu leur discussion ?

- Vous pensez bien que je suis pas resté ! Je me tenais à distance !

- Avez-vous vu des marchandises transiter ici ?

- Pardi ! Albert et Hector revenaient souvent avec des cartons. Je me doutais bien que c'était pas légal leurs affaires ! Et puis, ils menaient un joli train de vie ces deux-là !

- Que voulez-vous dire ?

- Du jour au lendemain, ils sont revenus beaux comme des princes... Beaux costumes, belles montres en or, belles voitures... Je me demandais bien comment ils pouvaient se payer tout ça !

- Par la drogue monsieur Pichu... Par la drogue !

- Saloperie !

- Les auriez-vous entendu prononcer des noms, planifier des rendez-vous, mettre au point un trafic, organiser un voyage ?

- Pas que je sache !

- Je vous remercie mais je vais devoir revenir avec un mandat pour fouiller votre maison. Voir s'il n'y aurait pas encore de la drogue planquée quelque part ! À bientôt monsieur Pichu !

# CHAPITRE 43

*Juillet 1965*

Victor Maurin s'était beaucoup affaibli. Sa solitude et ses secrets avaient eu raison de sa santé. Sa fille venait toujours lui rendre visite une fois par semaine, le week-end avec son petit-fils Jacques qui avait maintenant sept ans. L'assassinat de ses deux voisins, Albert et Hector Pichu, avait rendu malgré tout son existence plus agréable.

Il fut réveillé un matin par de grands coups portés à sa porte. Le cœur battant, il sortit précipitamment du lit, enfila sa robe de chambre et ses pantoufles et descendit l'escalier menant au rez-de-chaussée. Il se dirigea vers la porte d'où venaient les coups et se trouva nez à nez avec Bernadette Pichu, la femme de Maurice. Celle-ci était en larmes, affolée, gémissante, ne pouvant s'exprimer correctement, ni aligner deux mots cohérents.

- Il faut venir monsieur Victor, il faut venir, c'est Maurice...

- Quoi Maurice ?

- Il s'est pendu ! Je l'ai trouvé ce matin dans la remise, la corde au cou... Je sais pas quoi faire ! cria la sexagénaire effondrée.

Victor se précipita alors sur le téléphone et composa le numéro du commissariat. Puis il fit asseoir la brave femme sur une chaise, lui servit un café et la calma. Pendant que Bernadette retrouvait ses esprits, il alla s'habiller puis la raccompagna à son domicile. La police était déjà sur place. Libérant le mort de sa corde, les policiers le sortirent du hangar et le couchèrent sur le sol en attendant l'ambulance. Le visage rouge et gonflé, l'homme était méconnaissable.

Bernadette et Victor se tenaient là, à côté, désemparés. La vieille femme ne parvenait toujours pas à se calmer, le choc était trop violent ! Elle n'avait plus d'enfants, plus de mari !

Bernadette Pichu avait mené une existence solitaire entre son mari et ses deux fils. Elle avait épousé Maurice à l'aube de ses vingt ans, lui en avait vingt cinq. Elle l'avait rencontré à une fête de l'agriculture à Aubagne et les deux jeunes gens se marièrent peu de temps après. Elle l'avait suivi pour aller vivre dans la maison paternelle et n'en avait plus jamais bougé.

Très vite son existence bascula au sein de cette belle-famille, autoritaire et sans vergogne. Un jour, son beau-père, Gaspard, la trouvant seule dans la remise, ne put résister à ses charmes naturels. Sauvagement il la bascula sur l'établi, la rua de coups et la viola à plusieurs reprises. Son plaisir enfin assouvi, il finit par laisser la jeune femme à moitié morte sur le sol.

N'ayant plus de liens avec sa propre famille qui s'était opposée à cette union, elle ne savait vers qui se tourner. De cette agression naquit Albert qui passa pour le fils de Maurice. Personne n'en sut jamais rien !

Au fil des années, Maurice son mari, ne lâchait plus la bouteille. Ivre la majeure partie du temps, il délaissa ses vignes et sa famille. Deux ans plus tard, naquit Hector dont Bernadette ne voulait pas. Sous l'autorité de ces trois hommes violents, elle se fit discrète et se mura dans le silence.

Les travaux de la ferme obligeaient la courageuse femme à

travailler sans relâche. Ses journées se déroulaient entre la maison, le poulailler et les champs. Elle accomplissait le travail de deux hommes avec une force hors du commun.

Restée seule avec Maurice qui devenait de plus en plus violent, inactif et parfaitement inutile, la sexagénaire en vint à souhaiter sa mort. L'homme étant très sévèrement allergique aux noisettes, elle se mit progressivement à échaffauder le scénario de sa délivrance. C'est ainsi qu'un soir où il était particulièrement alcoolisé, elle décida d'en introduire une forte dose dans son repas. Aussitôt après, Maurice fut saisi de terribles crampes abdominales, tomba sur le carrelage de la cuisine en étouffant, le visage couvert de plaques rouges. Il mourut dans des douleurs atroces, quelques minutes plus tard, sous le regard indifférent de sa femme.

En totale maîtrise d'elle-même, gardant son sang-froid, Bernadette entreprit de maquiller son crime. Elle tira le cadavre jusqu'à la remise, l'allongea sur le plancher et lui passa autour de la taille une corde reliée à une poulie accrochée au plafond. Aidée du tracteur, elle le souleva d'un peu plus d'un mètre. Puis, glissant sous ses pieds un petit meuble sur lequel elle grimpa elle aussi, elle passa une deuxième corde autour du cou du défunt, la fixa à la poutre juste au-dessus de sa tête, et coupa enfin celle de la poulie. Puis elle descendit du meuble qu'elle rangea contre un mur et renversa une chaise au sol, sous les pieds du pendu. S'assurant une dernière fois de la cohérence de son plan diabolique, la femme, plus machiavélique encore, se rendit en pleurs chez Victor.

Par chance pour Bernadette, compte tenu de l'existence déplorable du défunt, la police conclut sans hésitation à un suicide et ne mena aucune enquête.

# CHAPITRE 44

Dans sa cellule de la prison des Baumettes à Marseille, Gégé cogitait. Allait-il se risquer à parler ? Ce serait peut-être la seule chance qu'il aurait de pouvoir enfin sortir du trou. Devait-il rapporter ce qu'il avait entendu dans la cour ou devait-il se taire ? S'il parlait, ce serait une monnaie d'échange pour sa liberté mais en même temps, il courait le risque de se faire refroidir. Arrêté pour recel, il en avait encore pour deux ans. C'était bien trop long !

- Gardien ! Gardien ! s'écria-t-il.

- Qu-est-ce tu veux encore ? T'as pas fini de nous emmerder ?

- Je veux voir le directeur !

- Qu'est-ce que tu lui veux au directeur, t'as des réclamations à faire ?

- C'est personnel ! répondit Gégé.

- Ah ! Monsieur a des petits secrets ! C'est pas bien de pas nous en faire profiter !

- Va te faire foutre Daniel ! Je veux parler au directeur !

- Tu crois qu'on dérange le directeur pour des réclamations ?

- Laisse Daniel, je m'en occupe ! dit un autre gardien en s'approchant de la cellule.

- Comme tu veux ! répondit le gardien.

Daniel s'éloigna et René, l'autre gardien, prévint en s'adressant à Gégé :

- J'espère pour toi que c'est important, on ne dérange pas le directeur pour rien !

- C'est important !

- Bon, je vais voir, dit le surveillant en quittant Gégé.

Il revint une demi-heure plus tard, passa les menottes à Gégé et l'emmena chez le directeur.

- Qu'y a-t-il de si important ? questionna le directeur.

- J'aurai des révélations à faire !

- Vas-y, je t'écoute !

- Oui mais en échange je veux ma libération. Des révélations comme celles-là, ça se donnent pas comme ça !

- Qui me dit que tes révélations m'intéressent !

- Ça va vous intéresser monsieur le directeur, c'est du lourd ! C'est à prendre ou à laisser !

Le directeur hésitait puis il se disait qu'il ne devrait peut-être pas laisser passer cette confession.

- Vas-y je t'écoute ! répéta t-il. Mais attention ! Si tu ne m'apprends rien d'intéressant, il n'y aura pas de marché. Qu'on se comprenne bien !

- Ben voilà... euhhh... J'ai entendu l'autre jour dans la cour, un taulard dire à un autre qu'un mec s'était vanté d'avoir refroidi la meuf d'un poulet.

Le directeur prit un faux air désinvolte, ne voulant rien laisser paraître de son intérêt.

- Bon c'est tout ? Ça ne veut rien dire tout ça, c'est juste de la vantardise ! Tu n'en sais pas plus ?

- Peut-être ! Mais c'est pas gratuit. Me faut des garanties moi !

Le directeur essayait de gagner du temps. Ces révélations semblaient importantes certes, mais il fallait qu'il soit certain de leur véracité. Il n'allait tout de même pas libérer un prisonnier sans une solide contrepartie. Il renvoya Gégé dans sa cellule et aussitôt décrocha le combiné du téléphone.

- Allô ! Ici monsieur Fournier, directeur des Baumettes, je voudrais parler au commissaire Lambert ! dit-il d'un ton bref.

Deux heures plus tard, Gégé se retrouvait au parloir face au commissaire Lambert.

Suite à ces aveux, le sang du commissaire n'avait fait qu'un tour. Paralysé sur sa chaise, le visage blafard et le regard perdu, il ne put, pendant un long instant, prononcer un seul mot. Regardant Gégé en face, il réussit malgré tout à lui demander :

- Tu ne saurais pas par hasard le nom de la personne qui aurait fait le coup ?

- Non... Mais je connais le mec qui en parlait, il s'appelait Albert !

- C'est tout ? Tu n'as pas plus de précisions ? Son nom de famille par exemple.

- Vous savez commissaire, au placard on fait pas les présentations ! Puis rajoutant :

- Commissaire, je veux pas que ça se sache... Je veux pas qu'on cafte mon blase, vous comprenez... Je me bile à cause d'un contrat sur ma tête et...

- Tu n'as pas de soucis à te faire Gégé... Je serai muet comme une tombe !

Le commissaire n'était pas plus avancé. Le seul Albert qu'il connaissait, était Albert Pichu mais ce dernier n'était plus de ce monde. Cette discussion avait laissé le commissaire songeur et lui avait offert un nouvel espoir. Il pensait avoir un début de piste pour reprendre l'enquête sur la disparition de sa femme Marie-Louise, si toutefois il y avait un rapport avec celle-ci. Il se laissa aller à ses souvenirs, repensant aux bons moments qu'ils avaient passés ensemble et qui étaient si loin maintenant. Il pensait aussi à l'enfant qu'ils devaient avoir et qui aurait dû naître quelques mois après sa disparition. Il ne savait rien, ni si Marie-Louise avait quitté volontairement le domicile, ou si elle avait eu un accident ou encore, si elle avait été enlevée et même tuée ensuite. On n'avait jamais retrouvé son corps !

À la suite de ces nouvelles informations, Louis Lambert, n'ayant plus de témoins vivants, se réintéressa à l'ancien truand Francis Poli.

# CHAPITRE 45

*Juillet 1965*

Au volant de sa jeep, le sous-officier Antoine Fereng roulait en direction du Bec Cornu dans les collines du Garlaban.

Un vent complice s'était levé une heure plus tôt ce qui avait décidé le tout jeune quadragénaire à mettre son projet à exécution aujourd'hui même.

L'homme roulait calmement, déterminé, à travers les pinèdes arides percées par la lumière chaude d'un soleil couchant orangé. Il venait de terminer sa journée de travail à la brigade des sapeurs-pompiers d'Aubagne. Le quadragénaire s'y était engagé dès l'âge de dix-huit ans en tant que bénévole et avait gravi les échelons jusqu'au titre de sous-officier. Le pompier faisait référence auprès de sa hiérarchie pour ses qualités de droiture, de courage et de dévouement.

En cette fin d'après-midi de juillet, Antoine Fereng s'apprêtait à commettre l'acte de vengeance qu'il ruminait depuis des mois. Le moment était idéal. Jamais la providence ne lui avait fourni une telle opportunité.

La température était encore très élevée en ce début de soirée. La végétation n'avait plus vu une goutte de pluie depuis des semaines. Les forêts de pins respiraient la sécheresse et ne demandaient qu'à s'embraser sous les assauts d'un violent mistral à l'affut de la plus petite étincelle prête à s'enflammer.

Il gara son véhicule aux alentours de la ferme, en descendit lentement et se dirigea avec détermination et précaution vers le hangar situé à quelques mètres en arrière de l'habitation.

L'endroit était désert. L'homme s'approcha des bottes de foin et avec une totale maîtrise gratta plusieurs allumettes qu'il jeta dans la paille. Il resta là quelques secondes à savourer son forfait, regardant les flammes naissantes s'étendre progressivement et gagner du terrain. Avec un petit sourire de satisfaction, il regagna discrètement son véhicule, reprit le chemin en sens inverse et rejoignit directement son domicile avec le sentiment d'avoir accompli son devoir.

Paradoxalement, cette vengeance ne lui procurait pas autant de satisfaction qu'il se l'était imaginé. Il avait beau ruminer ses rancœurs depuis ce fameux jour où sa vie avait basculé, il ne ressentait aucun soulagement. Toute son existence n'avait été qu'un tissu de mensonges. Sa mère, Hélène Fereng, l'avait toujours tenu dans l'ignorance de ses véritables origines et de l'identité de son père. Le jeune garçon avait grandi dans la certitude que son géniteur était décédé dans un accident de voiture.

Ce fut bien des années plus tard, lors d'une dispute de plus entre sa mère et son oncle au cours d'un repas familial, que la vérité vint le frapper. Le morceau avait été lâché ! Il apprit ce jour-là l'existence d'un père qu'il avait toujours cru mort.

Dès lors, il voulut tout savoir sur le passé de sa mère. Il questionna la pauvre femme avec acharnement jusqu'à ce que, désemparée, elle lui eut tout révélé.

Depuis ce jour, Antoine Fereng ne fut plus le même homme.

Toutes ses valeurs qu'il s'était appliqué à mettre en pratique au cours de sa vie, se consumaient vicieusement dans son esprit et s'écroulaient les unes après les autres comme un jeu de dominos. À cet instant même, l'homme n'avait plus pensé qu'à la vengeance.

# CHAPITRE 46

Suite aux révélations du détenu Gégé, dit « la fouine », le commissaire Louis Lambert savait dorénavant qu'il devait orienter ses recherches dans son passé de policier. Si le peu d'informations que lui avait fourni le détenu s'avérait exact, il lui fallait se replonger dans ses anciennes affaires datant d'avant 1952.

Il en était là de ses réflexions, lorsque le grelot de son téléphone retentit sur son bureau lui signifiant qu'un incendie s'était déclaré sur les hauteurs du Garlaban.

*Eh merde*, se dit l'homme en raccrochant et bondissant de son fauteuil. *Il ne manquait plus que ça !*

*

Les flammes déchaînées et menaçantes se dirigeaient maintenant sur les flancs des collines, sous la forte emprise du mistral qui s'était levé en cette fin de journée de juillet. Les pompiers luttaient déjà depuis plusieurs heures et la pénombre commençait à tomber sur la garrigue endiablée. Les pins, comme des torches, ne résistaient pas à l'assaut du feu et s'embrasaient à une vitesse phénoménale. La nuit s'annonçait longue et difficile pour les soldats du feu. Le vent ne donnait aucun signe de faiblesse avec ses rafales de plus en plus violentes. Les habitants avaient été évacués de leur maison et regardaient, sur le bord des chemins, s'enflammer les hectares de pinède quelques kilomètres plus loin.

Charles et Delphine Rollin se tenaient là aussi avec leurs voisins Roubaud. Les deux familles s'inquiétaient car ils ne savaient pas où se trouvaient les enfants. Ils les avaient à peine entrevus ces derniers jours au cours de quelques rares apparitions où ils signalaient juste le lieu de leur campement pour la nuit. Ils disparaissaient aussitôt. Leur domicile nocturne changeant très souvent, Delphine s'y perdait et Charles son mari ne manquait pas de déverser sa colère sur la pauvre femme. Il allait falloir que ce vagabondage cesse une bonne fois pour toute !

Delphine prit donc la décision d'appeler les Jansen afin de glaner quelques renseignements sur l'endroit où se trouvaient les enfants et connaître l'ampleur du désastre de leur côté. Personne ne répondit. Ils décidèrent donc, avec les Roubaud, de s'avancer un peu plus sur la route en direction du Bec Cornu, là où avait démarré le feu. Ils rejoignirent la foule de badauds et les voisins et purent constater à leur grand soulagement que les flammes avaient démarré plus haut sur les collines, là où il y avait peu d'habitations et se dirigeaient vers le Garlaban.

*

Inconscients des évènements tragiques qui s'étaient déroulés en leur abscence, les enfants regagnaient à cette heure avancée de la nuit, la pinède d'Adèle où ils avaient dressé leur campement ces derniers temps.

L'esprit encore en joie après leur petite escapade à la fête foraine d'Aubagne, les adolescents apercevaient au loin, les restes calcinés d'une végétation mourante.

La route était presque déserte maintenant, seuls quelques camions de pompiers étaient encore positionnés sur place, prêts à intervenir en cas de reprise du feu.

La troupe flânait sur la route de la Louve depuis déjà trois bons quarts d'heure lorsqu'un véhicule s'arrêta à leur hauteur. Les enfants reconnurent la voiture de Christophen Jansen, revenant de la clinique après une opération tardive. Aussitôt les fugueurs éteignirent leur cigarette et planquèrent sous leur veste les bouteilles d'alcool que les garçons venaient de gagner au tir à la carabine. Raymond et Claude Grisone eurent beaucoup de mal à éviter l'impact de l'entrechoquement des bouteilles .

Le médecin s'arrêta à leur niveau.

- Ce sont des bouteilles que j'entends, là ? dit l'homme avec curiosité.

Les enfants se regardèrent inquiets.

- Nooon... ! Ce sont mes clés, improvisa Claude Grisone en sortant le trousseau de son blouson.

- Biennn... dit le chirurgien convaincu. Vous ne fumez pas au moins ? rajouta t-il.

- Nooon !... s'écrièrent les enfants en chœur comme outrés par la question.

Christophen Jansen menait une guerre impitoyable au tabac, à l'alcool et à la suralimentation. Là où tout le monde profitait en bonne conscience des plaisirs que procuraient toutes ces drogues, il tentait vainement de ramener ces innocents épicuriens à sa cause .

Regardant les enfants encore une dernière fois d'un air hésitant, il leur adressa un sourire complice et confiant. Il embarqua malgré tout les plus jeunes avec lui. Courbé dans sa 4L bien trop petite pour sa grande taille mais qu'il affectionnait particulièrement, il s'évanouit dans la nuit sous le regard soulagé des gamins.

Christophen adorait cette petite voiture française même s'il devait toujours éviter la collision de sa tête avec le plafond.

*

Le vent semblait maintenant avoir perdu de sa force et, après une lente agonie, il se tut définitivement. La campagne avait retrouvé son calme naturel, laissant derrière elle un tapis de cendres sur lequel des braises invaincues, essayaient encore de renaître. Quelques pompiers, éreintés, lance à la main, surveillaient toujours les éventuelles reprises du feu. Certains habitants avaient pu enfin regagner leur logis aux premières lueurs.

Antoine Fereng contemplait avec satisfaction le spectacle apocalyptique dont il était à l'origine. Il se démenait perfidement parmi ses confrères dans cette lutte acharnée contre l'immaîtrisable adversaire.

*

Victor Maurin et Bernadette Pichu constataient avec soulagement le peu de dégâts qu'avait laissé l'incendie sur leur propriété. Bernadette avait perdu une parcelle de vignes et Victor son hangar mais ils avaient toujours leur maison et la majorité de leurs biens.

Depuis la mort de Maurice, le mari de Bernadette et celle de ses fils Albert et Hector, les rapports entre les deux voisins s'étaient beaucoup améliorés. Ils s'entraidaient dans les moments difficiles. Bernadette avait repris goût à la vie et s'occupait de la ferme d'une main de maître. Elle pouvait compter sur Victor en cas de besoin. Ce dernier trouvait en la personne de la sexagénaire, une femme discrète, courageuse et complaisante. Parfois, Bernadette invitait le vieil homme à manger et tous deux partageaient leur solitude tout en gardant au fond d'eux-même, leur tragique secret.

Bernadette ne pouvait effacer de sa mémoire le terrible soir où sous l'humiliation de trop, elle avait empoisonné et maquillé en suicide la mort de son mari. Personne n'était venu l'embêter, aucune enquête n'avait été menée. La vie continuait.

Victor se sentait fatigué et las maintenant. Il devenait de plus en plus vieux. Il repensait à ce fameux après-midi où avec son ami Eugène, il y a quarante-neuf ans, leur vie n'avait plus été la même. Maintenant qu'Eugène était mort, il ne pouvait garder ce secret à lui tout seul. C'était bien trop lourd ! Depuis des années, il avait eu envie de tout raconter à la police sans en trouver le courage. Le moment était peut-être venu de faire des aveux.

# CHAPITRE 47

Eliane Masset ne s'était pas remise de la mort d'Hector Pichu depuis son assassinat sur le port de Marseille ce fameux matin du 25 juin 1965. Non seulement elle devait faire face à la douleur de sa perte mais aussi à celle de sa condition de fille mère.

La jeune femme venait d'apprendre tout récemment sa grossesse et la perspective de cette énorme responsabilité la terrorisait. *À qui en parler ?* Elle n'était pas suffisamment proche de sa belle-mère Irène, la seconde épouse de son père, pour lui demander son aide. Depuis l'installation d'Irène et Martine dans le foyer familiale, rien n'était plus comme avant. Son père ? Bien trop souvent absent, les liens s'étaient grandement disloqués. Désespérée, elle se dit qu'elle pourrait aller faire une visite à Bernadette Pichu, la mère d'Hector. Elle ne la connaissait pas et la vieille femme avait la réputation de ne pas être très commode.

*

Ce dimanche matin, au volant de sa 2CV dernier cri que lui avait offerte son père, José Masset, pour la réussite de ses examens, Eliane prit la direction du Bec Cornu vers les collines du Garlaban. Le long du chemin, la jeune femme constata avec horreur les empreintes du brasier sur la végétation. Des pins moribonds se dressaient encore par miracle essayant coûte que coûte de survivre à ce désastre. Une forte odeur de charbon humide s'infiltrait insidieusement à travers la fenêtre de sa voiture. Quelques rares arbres et buissons, rescapés du sinistre, avaient toujours leur couleur d'origine mais la faune sauvage quant à elle, avait déserté les lieux.

Eliane se perdit un peu dans les méandres des petits sentiers, demanda son chemin au premier paysan rencontré et se retrouva enfin devant le petit chemin de terre qui conduisait à la ferme des Pichu. Ses mains tremblaient sur le volant. Le cœur battant, la future maman hésitait à s'y engager. Elle était tentée de faire demi-tour.

Vêtue d'une simple et légère robe fleurie, juchée sur des talons compensés et, protégée par un large chapeau de paille, elle fit rouler lentement la voiture sur le chemin caillouteux bordé de buissons.

Bernadette Pichu, assise sous un olivier devant la maison, plumait avec vigueur un poulet bien gras. Un seau entre les jambes et la volaille à bout de bras, elle observait avec méfiance le véhicule qui s'avançait doucement dans l'allée. Il était encore tôt dans la matinée, l'air était frais et une douce brise se levait. Les plumes amassées dans le seau se soulevaient sous l'effet de l'air, et venaient tournoyer tout autour de la vieille dame.

Eliane coupa le moteur, ouvrit la portière et, encore nerveuse, posa un pied à terre. Après avoir défroissé sa robe, elle se dirigea timidement vers la sexagénaire, le regard décidé.

- Bonjour madame, dit la jeune fille d'un ton affirmé. Vous êtes Bernadette Pichu ? poursuivit-elle décontenancée par la froideur de la vieille femme.

- Oui, c'est pourquoi ? répondit la sexagénaire toujours

méfiante.

Eliane ne savait par où commencer. Elle garda un instant le silence, espérant que Bernadette l'encouragerait. Mais cette dernière n'avait pas l'intention d'être le moins du monde avenante. Les visites surprises n'étaient pas de son goût. De plus, elle attendait Victor Maurin pour déjeuner et avait encore beaucoup de tâches à terminer avant la fin de la matinée.

- Mon nom ne vous dira certainement pas grand chose madame mais j'étais une amie de votre fils Hector. Je m'appelle Eliane Masset.

- Et alors ? dit la vieille dame.

Eliane, toujours mal à l'aise continua.

- Tout d'abord, je tiens à vous présenter mes condoléances. Je sais à quel point cela doit-être douloureux pour vous. Nous étions Hector et moi plus que des amis, nous devions nous marier.

- Ce ne sont pas mes affaires !

- Je le sais bien mais voyez-vous, je suis enceinte et je porte votre petit enfant...

- Qu'est-ce que vous voulez que ça me fasse ?

- Je pensais que vous seriez heureuse d'apprendre cette nouvelle... Heureuse qu'il vous reste un souvenir de votre fils.

- Mes fils n'étaient que des vauriens alors je me fiche pas mal de leurs histoires !

- Je l'aimais madame et ce n'était pas un mauvais bougre... Il était faible voilà tout... Mais il avait un bon fond !

- Petite innocente ! Ils ne m'ont apporté que des soucis et du malheur !

- Je comprends, dit la jeune femme, puis reprenant après un court instant de silence. J'avais juste besoin de vous, de votre soutien. Je suis enceinte d'un mois et ne sais à qui en parler. J'ai alors pensé à vous... en me disant que peut-être ...

- ... Vous vous êtes dit que vous alliez réussir à m'impressionner en vous présentant dans cette jolie tenue, comme si vous alliez à une communion... mais voyez-vous, je n'aime pas les gens de la ville et leurs belles manières hypocrites.

- Je ne suis pas de la ville, je suis moi aussi de la campagne. J'habite à peu près à deux kilomètres de chez-vous... et j'ai juste voulu vous faire bonne impression dans une tenue convenable. Je suis désespérée et ai besoin d'aide. Je me retrouve avec ce bébé alors que j'ai à peine terminé mes études. Je ne me sens pas de l'élever seule... c'est une trop lourde responsabilité. J'hésite à le garder... je suis presque à un mois de grossesse et c'est maintenant que je dois me décider...

- ... Il fallait y penser avant ma petite... C'est bien beau de se rouler dans la paille et de se laisser conter fleurette. C'est après qu'on réalise qu'on a un cerveau. Désolée ma petite, il faudra vous débrouiller sans moi, j'ai suffisamment de travail comme ça !

- Evidemment, dans ce cas, je ne vous importunerai plus, dit la jeune femme en tournant les talons et se dirigeant vers sa voiture.

Bernadette la regarda s'éloigner tout en continuant de plumer sa volaille qui se balançait d'un côté et de l'autre comme un pendule.

La 2CV n'était plus qu'un point rouge à l'horizon et s'évapora aussi lentement qu'elle était venue.

# CHAPITRE 48

*Septembre 1965*

Suite au passage dévastateur de l'incendie qui avait ravagé les collines du Garlaban deux mois plus tôt, Victor Maurin avait entrepris la reconstruction de son hangar.

Le vieil homme avait fait appel à une entreprise aubagnaise pour accomplir ce vaste chantier qui demanderait un bon mois de travail. Impatient de le voir terminé, il donnait un coup de pousse à l'édification malgré sa santé précaire.

- Vous ne devriez pas vous user comme ça monsieur Maurin... Ce n'est plus un travail pour vous ça ! Allez !... Ne vous *engatsez* pas va... Il sera fini quand il sera fini ce hangar... rien ne presse ! Les charrettes peuvent encore attendre !

- Je le sais mon brave Honoré... mais c'est comme ça... quand je vois tout ce qui traîne là-dehors à la merci des intempéries et qui s'abîme... je suis pressé qu'on en termine ! J'aimerais que ce soit fini avant l'automne. J'aurai bien le temps de me reposer quand je serai mort !

- Ce n'est quand même pas une raison pour devancer l'appel ! Si madame Adélaïde vous voyait en ce moment, elle vous dirait quelque chose ! s'exclama le jardinier d'un ton réprobateur en s'approchant du vieillard.

- Ma pauvre fille se fait toujours beaucoup trop de souci pour moi... Elle est bien gentille !... C'est pourquoi vous ne lui direz rien Honoré... je compte sur vous.

Le jardinier fit la grimace mais n'en pensait pas moins. Il retourna à ses affaires tout en surveillant Victor du coin de l'œil. Les deux mains croisées sur le manche de sa bêche, prenant appui sur l'outil, il contemplait rêveur le travail des artisans.

C'est alors qu'il aperçut au loin sur le petit sentier qui réunissait les deux propriétés, la silhouette voûtée de Bernadette Pichu se dirigeant vers lui.

- *Tiens voilà la fouine !* se dit l'homme en regardant venir la vieille dame.

- Ô Honoré !... Qu'est-ce-que vous faites là, planté comme un *santibelli* ! Si vous vous ennuyez... passez donc chez moi... j'ai ce qui faut pour vous distraire !... C'est pas le travail qui manque !

- Eh !... Bernadette... toujours à venir *espincher* chez les voisins ? Si vous respiriez moins l'air des autres... peut-être que la mauvaise herbe n'aurait pas le temps de repousser chez vous !

- C'est pas en rêvassant que vous allez manger de la pomme-de-terre cet hiver ! Il vous paye pour quoi monsieur Victor ? Ah... il est bien brave cet homme !... Embaucher des fainéants pareils... tout de même !

Honoré et Bernadette aimaient bien s'invectiver sur le ton de la plaisanterie chaque fois qu'ils se rencontraient. C'était le hors-d'œuvre de leur conversation.

- Il devrait pas se tuer à la tâche comme ça, monsieur Maurin... C'est pas bon pour ce qu'il a ! constata la sexagénaire en apercevant le vieil homme qui s'affairait autour du hangar.

- Je viens tout juste de lui en causer... mais c'est comme si il était sourd.

- Ça avance bien malgré tout quand on pense que ça fait que deux mois que ça a brulé !

- C'est y pas malheureux ça quand même ! Dès qu'il y a un petit peu de vent... il y a presque toujours un feu qui s'allume. C'est à croire que le bon Dieu n'aime pas la nature !...

- ...Ou Lucifer qui agit par la main de certaines âmes mal intentionnées !

- Qu'est-ce que vous voulez dire ?... Vous pensez qu'il a été occasioné volontairement cet incendie ?... Vous pensez à quelqu'un en particulier ?

- Je ne pense pas, j'en suis sûre ! s'exclama Bernadette.

- Qu'est-ce qui vous fait dire ça ?

- C'est quand même curieux que le feu, à ce qui paraît, soit parti d'ici ! J'ai entendu les gendarmes qui le disaient... et que si le vent n'avait pas tourné, il ne resterait plus rien de la propriété de monsieur Victor et de la mienne !

- Eh bé... ça alors ! Vous m'en bouchez un coin ! Et les gendarmes, ils savent qui c'est ?

- Non... mais ils pensent que c'est un incendie criminel. Ils ont retrouvé des mégots dans le hangar - c'est ce qui se dit au village - et monsieur Maurin... tout le monde sait qu'il ne fume pas, pas vrai ?

Le jardinier acquiesça de la tête.

- Quelqu'un en voudrait donc à monsieur Victor ? Mais pourquoi ?

- Ça je n'en sais rien ! On le saura peut-être jamais, conclut Bernadette qui se dirigeait maintenant vers Victor abandonnant un Honoré abasourdi par ce qu'il venait d'entendre.

- Faut arrêter monsieur Victor, vous allez nous faire une attaque ! Pensez à votre fille et à Jacques, votre petit fils.

Victor sursauta à l'intrusion de Bernadette qui se tenait dans son dos.

- Enfin... avec cette chaleur... vous n'y pensez pas tout de même ! C'est pas raisonnable ça ! insista la vieille dame.

L'homme s'épongea le front, s'essuya les mains sur son vieux pantalon de toile et rajusta son chapeau de paille aux larges rebords.

- Bonjour Bernadette, vous m'avez fait peur... je ne vous ai pas entendu arriver.

- Il est temps que je vienne un peu aux nouvelles... et voir comment vous allez.

- Oh... eh bien... je vais bien. Ce n'est pas encore maintenant que je vais tirer ma révérence. Albertine et Adélaïde veillent bien trop sur moi !

- Dites-moi, vous avez appris quelque chose sur l'origine de l'incendie ?

- Non, certainement un accident ! Avec le mistral vous savez... ça part comme un rien.

- Oui mais il faut bien une flamme pour le faire démarrer ce feu ! Vous croyez pas ?

- Probablement des promeneurs qui auraient mal éteint leur cigarette.

- Des promeneurs qui se promènent autour de votre hangar ?... Ça ne vous étonne pas vous ? D'après les gendarmes, le feu est parti de chez vous ! Ils ne vous ont rien dit ?

- Non.

- Ah... alors j'ai dû me tromper ! avoua Bernadette qui ne voulait pas inquieter le viel homme et regrettait déjà ses paroles.

La vieille dame n'en dit pas davantage mais c'était suffisant pour mettre la puce à l'oreille de Victor Maurin. L'homme se demandait maintenant qui aurait bien pu avoir intérêt à mettre le feu chez lui.

Le vieillard avait beau faire le tour de ses connaissances, il ne se voyait aucun ennemi.

# CHAPITRE 49

*Octobre 1965*

Bernadette Pichu entassait comme tous les mardis matin aux aurores, ses légumes et fruits dans sa fourgonnette en espérant les vendre au marché d'Aubagne. Hiver comme été, depuis la mort de son mari Maurice, elle n'avait jamais manqué un seul rendez-vous.

Entre sa maigre retraite, celle de son époux, ses ventes et les petites économies qu'elle avait mis de côté en cachette de Maurice, elle arrivait aisément à joindre les deux bouts à la fin du mois. Elle pouvait même à l'occasion payer une aide au noir pour la ceuillette et l'entretien du potager. Pierrot venait de temps en temps fournir ce coup de main.

*

Suite à la visite d'Eliane Masset, la sexagénaire eut des remords. Partagée entre un sentiment de culpabilité et un sentiment d'individualisme, elle se torturait l'esprit. *« Après tout, chacun pour sa pomme ! Je m'en suis bien sortie toute seule moi... personne ne m'a aidée quand j'étais dans le malheur. »* se disait-elle. Puis aussitôt, elle revenait à des sentiments plus généreux. *« Pauvre fille, livrée à elle-même... Elle a l'air bien gentille tout de même ! Et puis, ça me déplairait pas d'avoir un petit peu de compagnie. »* Tiraillée par ses états d'âme, Bernadette redoutait de prendre une décision qu'elle pourrait regretter.

Une fois sa fourgonnette remplie à ras-bord, la paysanne s'installa dans le véhicule, mit le contact et prit la route du Bec Cornu en direction d'Aubagne. Le jour n'était pas encore levé. Il faisait froid en ce mois d'octobre à cette heure matinale.

La vieille dame arriva l'une des premières sur la place du marché. Quelques rares étalagistes étaient déjà-là sur place et commençaient à peine à décharger leur marchandise. Dans le lot des camelots, Bernadette distingua l'un de ses frères à qui elle n'avait plus adressé la parole depuis son mariage avec Maurice. Les deux forains s'observaient sournoisement de loin et se jetaient des regards de mépris. Jouant l'indifférence, la maraîchère déplia son matériel comme elle avait coutume de le faire chaque semaine. Une fois son étal installé, elle se dirigea vers le bar d'en face d'où elle pouvait surveiller son stand à distance. Elle commanda un café crème et deux croissants et, penchée sur les vapeurs de sa boisson chaude, observait à travers la nuit l'animation naissante de la ville. Une demi-heure plus tard, elle regagna sa place, jeta un dernier coup d'œil à son présentoir, modifia quelques dispositions, adressa de brefs bonjours aux paysans qui s'agitaient à ses côtés et attendit tranquillement les premiers clients.

Depuis des années, Bernadette répétait les mêmes gestes, les mêmes rituels.

Le soleil commençait à se lever doucement, réchauffant progressivement l'air ambiant. Les badauds arrivaient maintenant par grappes et s'agglutinaient lentement devant les étalages regorgeant de victuailles multicolores. Les heures défilaient et Bernadette avait déjà fait une bonne journée. Les affaires marchaient bien... elle était contente ! Soudain, levant la tête, elle l'aperçut flânant dans les allées du marché. Belle et coquette malgré sa grossesse. Elle la reconnut à travers la foule. Hésitante, la vieille dame restait là à l'observer sans bouger quand enfin elle se décida à la rejoindre.

- Eliane ! s'exclama t-elle.

La jeune femme se retourna en sursautant. Elle vit une Bernadette décidée, tout emmitouflée dans son anorak, son bonnet de laine et son écharpe. Etonnée, la jeune femme ne sut que dire et attendit que la sexagénaire s'exprime. Bernadette s'avança d'un pas et ajouta :

- Viens me voir à la fin du marché... nous discuterons.

Eliane resta là sur place, hébétée, le temps de se remettre de sa surprise. *« Que pouvait bien lui vouloir cette vieille ronchon ? »* se dit-elle. Elle la regarda s'éloigner et, remise à peu près de sa surprise, elle reprit ses paquets et continua ses courses. Mais l'esprit n'y était plus. Elle n'arrivait plus à se concentrer. Il restait encore une heure avant la fin du marché et elle se demandait comment elle allait occuper ce temps. Elle quitta les lieux, se dirigea vers le café *Le Régence* à proximité et décida d'attendre là au chaud. Même si Bernadette n'était pas une femme qu'on pourrait qualifier d'aimable, elle était curieuse malgré tout d'apprendre ce qu'elle avait à lui dire.

La jeune femme s'assit à une table près de la vitre, retira ses vêtements chauds et commanda un café long. Elle s'empara du journal posé devant elle, commença à en parcourir les petites lignes mais là-aussi la concentration n'y était pas. Elle regardait sans cesse l'heure à sa montre constatant que le temps était également gelé. Dans l'attente et l'impatience, Eliane se disait qu'elle fumerait volontiers une cigarette en compagnie d'un bon verre de vin pour se réchauffer. Mais sa grossesse l'en empêchait. Elle était enceinte maintenant de quatre mois. Finalement, elle n'avait pas eu le courage de se faire avorter et ne savait toujours pas si par la suite, elle garderait l'enfant.

La future maman regarda une fois de plus l'heure à sa montre et se rendit compte que durant tout le temps de ses réflexions, l'heure avait tourné. Elle enfila son manteau, reprit ses affaires et se dirigea de nouveau vers le marché où elle aperçut Bernadette qui avait presque fini de remballer.

À son arrivée, la sexagénaire la gratifia d'un bref sourire qui surprit Eliane. *« Ce visage bourru était-il capable de s'illuminer ? »* pensa t-elle. Puis aussitôt, se ravisant devant le changement brutal de physionomie de la vieille dame. *« Pas plus qu'une allumette qui s'éteint immédiatement après s'être enflammée. »*

- J'ai beaucoup réfléchi depuis ta venue Eliane et j'ai peut-être changé mon point de vu... Je dis bien peut-être. J'ai une proposition à te faire.

Eliane la regarda avec curiosité, attendant de savoir où la vieille femme voulait en venir.

- Où habites-tu actuellement ?

- Toujours chez mon père, répondit la jeune femme.

Bernadette hésita un court instant puis poursuivit :

- Si cela te convient, je veux bien t'acceuillir chez moi avec ton bébé... nous nous en occuperons ensemble... Mais il faudra que les choses se passent à ma manière, tu comprends ?

Eliane, surprise par cette proposition, resta sans réaction. Elle n'avait pas envisagé ce cas de figure et ne sut que répondre.

- Ne me donne pas ta réponse tout de suite, prends le temps

d'y réfléchir.

Eliane ne trouvait pas les mots et la vieille dame enchaîna :

- Voici ce que je te propose. La place ne manque pas à la ferme et le travail non plus. Tu peux occuper le premier étage avec ton enfant, moi je me suis installée au rez-de-chaussée. Maintenant que je suis vieille, les escaliers, ce n'est plus fait pour moi ! En échange, tu devras m'aider pour les travaux... Ceux que tu peux accomplir évidemment, vu ton état ! Après la naissance du bébé, si tu te sens bien à la ferme et que nous faisons bon ménage, tu pourras t'y installer définitivement moyennant un loyer lorsque tu auras trouvé un emploi. Tu pourras faire tous les aménagements que tu veux et pendant que tu seras absente pour ton travail, je te garderai ton enfant gratuitement... Après tout, je suis sa grand-mère !

Eliane n'en revenait pas. Elle était partagée par cette proposition qui semblait alléchante et la crainte d'une promiscuité à risque.

- Je vous remercie madame, je vais y réfléchir et vous donnerai ma réponse dans la semaine.

- C'est pour quand l'accouchement ?

- Mars

- Je serai là si tu veux. Bon... ben... c'est entendu... préviens-moi dès que tu auras pris ta décision ! Tout est prêt !

Eliane lui adressa un grand sourire que Bernadette ne vit pas ayant déjà tourné les talons.

# CHAPITRE 50

*Novembre 1965*

Eliane Masset était en train de fermer le dernier carton du peu d'affaires qu'elle avait décidé d'emmener chez Bernadette. Elle ne voulait s'encombrer que du strict minimum au cas où la cohabitation avec sa belle-mère serait explosive.

Elle chargeait ses cartons dans sa 2CV sous l'œil attristé d'Irène qui ne comprenait pas ce départ.

- Tu veux un coup de main ? lui proposa gentiment Irène.

- Non merci, je m'en sors très bien toute seule et j'ai presque terminé.

Irène fut déçue par cette agressivité qu'entretenait sa belle-fille à son égard.

- Je ne suis pas ton ennemie, tu sais Eliane... Nous aurions pu devenir amies... Ce n'est pas ma faute si tu as perdu ta maman et je n'ai jamais voulu prendre sa place. Je ne sais pas pourquoi tu as tant d'animosité envers moi.

Eliane se retourna brusquement.

- Ce n'est pas à vous en particulier que j'en veux... c'est à la vie. Plus rien n'est comme avant. Depuis le décès de maman, la famille a explosé. Denise et Frank mènent leur vie comme si rien n'avait existé et papa n'est jamais à la maison.

- Je sais, j'en suis consciente et en souffre également. Tu ne crois pas que c'est difficile aussi pour moi d'être là avec vous tous qui ne m'aimez pas et, comme tu dis, ton père toujours absent. Si on avait su se parler... tout aurait été différent !

Eliane afficha un léger sourire.

- Probablement.

- Enfin s'il y a quoi que ce soit dont tu as besoin, n'hésite pas à me le faire savoir, je serai toujours là... Tu sais moi aussi j'ai eu une vie difficile dans ma jeunesse et...

Eliane se dirigea vers l'épouse de son père et lui déposa un léger baiser sur la joue. Après un dernier regard autour d'elle pour constater qu'elle n'avait rien oublié, elle s'engouffra dans le véhicule qui pliait sous le poids du chargement. Elle adressa un dernier adieu de la main à Irène qui la regardait s'éloigner avec tristesse.

Eliane avait été émue par cette conversation inattendue avec sa belle-mère. *Après tout nous aurions pu nous entendre si les choses ne s'étaient pas passées de cette façon*, pensa la jeune femme.

En arrivant chez Bernadette Pichu, la future maman trouva la vieille femme sur le seuil de la porte, guettant l'arrivée de sa belle-fille. Elle était descendue l'accueillir en entendant le bruit de la voiture qui se rapprochait de l'habitation. La sexagénaire avait mis les dernières touches d'ordre dans les chambres du premier étage.

Après avoir pris sa décision, Bernadette Pichu se rendit compte que la venue de cette étrangère dans sa maison serait peut-être une bonne chose pour elle. Sa solitude commençait à lui peser quand même. Son voisin Victor Maurin se faisait de plus en plus rare vu son état de santé. Leurs brèves rencontres ne distrayaient plus trop la paysanne qui avait besoin de nouveauté dans sa vie. Et cet enfant qui allait naître, bien qu'elle n'en soit pas la mère, elle comptait bien jouer son rôle de grand-mère et lui donner une autre éducation que celle qu'elle avait donnée à ses deux garçons Albert et Hector. Elle pourrait l'avoir à elle toute seule lorsque la jeune femme travaillerait. Finalement, cette petite était bien sympathique. Qu'avait-elle pu trouver en la personne de son abruti de fils. *Elle avait l'air bien naïve cette gosse. Ce ne sera pas difficile de la faire obtempérer.*

- Bonjour madame

- Appelle-moi Bernadette, ce sera plus simple. Pas de chichis entre nous.

- Bien madame... Oh pardon... Bernadette.

Les deux femmes se regardèrent, gênées, sans trop savoir quoi se dire.

- Je suppose que tu as hâte de découvrir ton nouveau nid ? Suis-moi !

La vieille dame précéda la maman dans un escalier étroit et sombre qui aboutissait sur un large palier donnant sur trois grandes chambres très lumineuses et une salle de bain qui aurait eu besoin d'être un peu rafraîchie. La décoration était sobre et de goût rustique. La jeune femme aperçut avec ravissement, dans un renfoncement du palier, deux cadres accrochés au mur dans lesquels trônaient les photos de deux enfants en bas âge. Elle pensa aussitôt qu'il s'agissait d'Albert et Hector, les deux enfants de Bernadette. Elle se dit que tout compte fait la vieille dame tenait plus à ses fils qu'elle voulait bien le laisser paraître. Eliane fut tout de suite enchantée par ce lieu épuré mais confortable qui lui préservait une certaine indépendance et intimité. Chacune à un étage, la tranquillité devait être garantie.

- Ça te convient ?

- Parfaitement ! Mon bébé et moi serons très bien. C'est donc ici qu'a grandi Hector ? dit la jeune femme en portant son regard un peu partout autour d'elle.

Bernadette ne releva pas la question et, silencieuse, regagna les escaliers qui menaient au rez-de-chaussée.

- Je vais aller chercher mes affaires dans la voiture et commencer à m'installer, poursuivit Eliane.

La future maman emboîta le pas à sa belle-mère et se dirigea vers la voiture qu'elle avait garée un peu plus loin. Elle approcha le véhicule le plus près possible de la porte d'entrée afin d'avoir le moins de trajet à parcourir.

- Laisse ça, je vais t'aider... dans ton état !

- Ne vous inquiétez pas, je suis vaillante !

- Je n'en doute pas ma fille, mais je préfère que tu ne prennes pas de risque... tu comprends ?

La jeune femme obtempéra en silence.

- Je me charge de tout ce qui est lourd ! Toi, prends le reste ! ordonna Bernadette Pichu.

Eliane commençait à s'inquiéter devant tant d'autorité.

Les deux femmes vidèrent la voiture tranquillement et Eliane s'affaira méticuleusement toute la matinée au rangement de ses vêtements et ceux du bébé, de quelques livres et de rares bibelots dont elle ne voulait pas se séparer. Elle disposait de deux chambres dont l'une pour son bébé juste à côté de la sienne. Elle avait choisi pour elle la chambre d'Hector, le père de son enfant.

Pendant ce temps, Bernadette, en cuisine, s'attelait au repas du déjeuner. Lorsque la jeune femme redescendit du premier étage, elle se dirigea vers la vieille dame.

- Ça sent bien bon... Je peux vous aider ? dit-elle timidement.

- Ce ne sera pas la peine, j'ai carrément terminé. Assieds-toi et repose-toi. Tu as faim ?

- Pas énormément.

- Il faudra manger ma petite ! Pense à ton enfant ! Il n'est pas question de faire de régime par coquetterie en ce moment !

- Ce n'est pas mon intention mada... Bernadette.

- Il vaut mieux... Tu sais ce qu'on dit dans ces cas-là... « il faut manger pour deux ! »

- Je le sais.

- Tu vas prendre soin de toi jusqu'à l'accouchement. Tu t'occuperas juste de faire la cuisine pour nous deux et tout se passera bien, tu verras. Il te reste quatre mois avant que le bébé vienne au monde ?

- Oui, c'est ça.

- Nous descendrons à Aubagne dans la semaine acheter des affaires pour l'enfant. Je suppose que tu n'as pas encore tout ce qu'il te faut ?

- Non, c'est exact !

- Cet après-midi, nous regarderons dans la grange ce qu'il me reste de mes fils. Je dois avoir un lit d'enfant que je n'ai toujours pas jeté. Je n'en ai jamais eu le temps. La grange a bien besoin d'un grand nettoyage et surtout d'un tri efficace. J'ai tellement de choses qui s'y sont accumulées... On fera ça ensemble et on devrait bien y trouver notre bonheur. Tiens on peut passer à table maintenant... C'est prêt!

Bernadette avait préparé une grosse omelette aux champignons, accompagnée de courgettes du jardin et d'une salade. La plupart des légumes venaient de sa propre récolte. À part quelques viandes qu'elle achetait occasionnellement, toute sa nourriture était tirée de son propre labeur.

Les deux femmes s'installèrent autour de la table de la cuisine devant une vaste cheminée dans laquelle Bernadette avait remis une bûche et attisé les cendres.

# CHAPITRE 51

*Décembre 1965*

Assis à sa table habituelle, le commissaire Louis Lambert réfléchissait à la tournure que prenait maintenant cette affaire du Garlaban. Il n'avançait pas. La plupart des témoins n'étaient plus de ce monde et il n'avait plus personne à interroger. Les évènements s'embrouillaient dans sa tête. Tout en remuant son énième café de la matinée, il regardait d'un air distrait le défilé incessant des voitures qui tournaient autour du rond-point de l'horloge. Comme elles, il tournait en rond, sans direction précise. Il savait qu'il n'était pas loin de la vérité mais il lui manquait un élément. Un élément capital qui rassemblerait toutes les pièces du puzzle.

Le bar était bondé à présent. Les clients se précipitaient à l'intérieur pour se réchauffer. Ce mois de décembre avait été particulièrement rude et on approchait des fêtes de Noël. Lambert n'aimait pas cette période de l'année qui lui rappelait trop de mauvais souvenirs. Il repensait à ce fameux Noël où tout avait basculé pour lui. Avec Marie-Louise, sa seconde épouse, ils préparaient cet heureux événement ainsi que la venue de leur premier enfant qui devait naître dans les jours à venir. Puis ce fut l'horreur. Sortie faire les boutiques à Marseille, la jeune femme n'était jamais rentrée. Louis n'avait eu de cesse de la chercher et de remonter toutes les pistes qui auraient pu le mener vers elle. Sans succès !

L'homme se leva, déposa quelques pièces de monnaie sur la table et quitta la salle surchauffée et bruyante. À l'extérieur il fut saisi par une vague d'air froid et givré. Soulevant le col de son pardessus sur sa nuque, tête baissée, il se mélangea à la foule qui s'attardait autour des étals lumineux. Il se dirigea ensuite d'un pas rapide vers le poste de police tout en essayant de se soustraire à l'agitation générale.

En arrivant, il trouva Merlin et les inspecteurs en grande effervescence devant la machine à café.

- Un café, commissaire ? proposa Merlin.

- Un chocolat peut-être ? C'est Michaud qui vient de les apporter, ils sont très bons, tenez, goûtez ! ajouta t-il.

- Merci, non, je n'aime pas le chocolat ! répondit Lambert en faisant un geste de refus de la main. Qu'est-ce-qu'il vous arrive ce matin ? dit-il d'un air contrarié. Vous m'avez l'air bien exalté ! Ce sont les fêtes qui vous mettent dans cet état ?

- Non commissaire, c'est Pignon qui affirme que cette année, en cette même période, il y a moins de délits que les années précédentes.

- C'est pas fini ces conneries... Vous n'avez que ça à foutre... faire des pronostics ? Allez, remettez-vous au boulot, gueula t-il en tournant les talons.

Dans son bureau, le policier se pencha une fois de plus sur les objets de la boîte métallique que lui avait confiée Delphine Rollin. Il savait que la vérité se trouvait à l'intérieur. Il regarda plus attentivement la photo sur laquelle se tenaient les deux hommes brandissant leur trophée de chasse. *Qui étaient-ils ?* se demanda Lambert. Il fixa davantage son attention sur la médaille au cou de l'individu et la compara méthodiquement à celle de la petite Lisie. C'était bien la même ! Puis il s'intéressa aux deux lettres qui traînaient au fond de la boîte et sur lesquelles jusque-là, il n'avait porté qu'une attention passagère. C'étaient pour lui des lettres d'amour banales et il avait eu le tort de les négliger. Les lettres étaient adressées à Gaston et étaient signées Thérèse. Il y voyait maintenant un sous-entendu, un message déguisé, codé : ... « *parmi les plus merveilleux massifs de roses, tous les jours j'ai le bonheur de contempler avec délice l'épanouissement de celle si chère à notre cœur.* » Louis avait mis du temps à se rendre compte de son manque de perspicacité. Il était furieux contre lui-même. *« J'ai perdu tout sens profond du romantisme »*, se dit-il. *« Je dois chercher la rose ! »*

Il fut dérangé dans ses réflexions par un brouhaha insupportable venant de l'accueil.

- Mais qu'est-ce qu'ils ont ce matin ? enragea t-il.

Furieux il se leva, bien décidé à mettre un terme à cette liesse matinale quand une jeune femme entra précipitamment dans le poste de police, toute bouleversée.

- Bonjour, dit cette dernière tremblante en s'adressant au commissaire qui venait de pénétrer en rage dans le hall d'entrée. On vient de me voler ma voiture. Je l'avais garée dans la rue derrière le Prisunic et je ne la retrouve plus.

Le commissaire ravala sa colère, se détendit et observa attentivement l'inconnue qui venait d'arriver. Il vit une petite femme fluette, blonde aux cheveux courts, coupés de manière savamment négligée. De grands yeux bleus discrètement maquillés exprimaient un désarroi profond sur un visage aux contours parfaitement dessinés.

Devant le regard sombre du policier, la jeune femme se maîtrisa et exposa d'une voix plus sereine, tous les détails de la situation. Louis Lambert l'écoutait d'une oreille distraite, bien trop préoccupé par ses propres affaires.

- On va prendre votre déposition chère madame et nous ferons tout pour retrouver votre véhicule, croyez-moi !

- Je vous remercie commissaire. En ces périodes de fêtes, cela tombe très mal !

- Ça tombe toujours très mal mais malheureusement, c'est particulièrement en périodes de fêtes qu'il y a le plus de vols ! Tenez, asseyez-vous là, on va s'occuper de vous ! dit-il en prenant congé de la jeune femme. Puis se tournant vers ses subordonnés :

- Alors, vos pronostics, ils disent quoi maintenant ?

# CHAPITRE 52

En cette fin d'année, Louis Lambert se disait qu'il serait temps de reprendre contact avec sa sœur Geneviève et son beau-frère Patrick Cigliano et d'oublier leurs discordes.

Il n'aimait pas particulièrement le mari de sa sœur à qui il trouvait beaucoup trop de zones d'ombres dans sa vie. L'homme restait toujours très évasif sur ses affaires et pour un policier comme Louis cette attitude restait suspecte. À son tour, Patrick ne montrait pas énormément d'allant à l'égard de Louis son beau-frère. Les deux hommes affichaient une politesse forcée et de convenance à chaque rencontre. « *Mais peu importe !* » se disait Louis. *« Après tout c'est Noël et c'est le moment ou jamais ! »*

Sa sœur Geneviève déplorait cette mésentente dont elle était bien consciente. Lorsqu'elle en parlait à son mari, celui-ci répondait que Louis le mettait mal à l'aise avec l'air désinvolte qu'il prenait en posant un tas de questions inoffensives mais bien ciblées. Il se sentait toujours un peu sur la sellette en sa présence.

Geneviève Cigliano aimait son frère mais lorsque celui-ci avait épousé Marie-Louise, la jeune femme ne s'était trouvé aucun point commun avec sa nouvelle belle-sœur. Elle regrettait sa première épouse avec qui elle avait plus d'affinités et revoyait à l'occasion.

Les relations s'étaient donc faites plus rares. Mais ce qui avait été le plus douloureux pour Louis était, que c'était chez sa sœur qu'ils devaient se retrouver pour le repas de Noël treize ans plus tôt. On avait attendu Marie-Louise toute la soirée.

Depuis ce jour, Louis n'avait plus remis les pieds chez Geneviève.

*

Le Vieux-Port de Marseille en cette veille de Noël était comme chaque année très animé. En ce début de soirée, guirlandes et lampions illuminaient les quais encore envahis de monde. Lorsque Louis gara sa moto pour rejoindre, à travers les petites ruelles du quartier du Panier, le logement de sa sœur et son mari, il fut soudainement envahi par une forte émotion qui le paralysa un court instant. Se dirigeant ensuite vers les nombreux escaliers qui menaient au logis, il se retrouva enfin, face à l'immeuble et se rappela ce dramatique soir... Se maîtrisant, il poussa la lourde porte en chêne du vieux bâtiment à la façade polie par le temps et se dirigea lentement vers les marches aux tomettes usées.

Sur le palier du deuxième étage, Geneviève l'attendait. Elle l'avait aperçu de la fenêtre. Le frère et la sœur se regardèrent un long moment, silencieux, puis se serrèrent chaleureusement l'un contre l'autre. Sans un mot la jeune femme l'invita à entrer. Lorsqu'il se retrouva à l'intérieur, Louis se sentit défaillir. Rien n'avait changé. Toujours la même décoration, insignifiante, basique, minimaliste, juste fonctionnelle. Même l'arbre de Noël semblait n'avoir jamais été défait ni bougé. Il était à la même place sous quelques guirlandes accrochées à la poutre du plafond. La table aussi était dressée dans la pièce d'à côté comme la fois précédente. Louis fit un effort surhumain pour dissimuler son trouble.

La maison n'était pas grandiose mais suffisait largement pour quatre personnes. Elle était disposée sur trois niveaux dont trois chambres à l'étage. Mais surtout, elle possédait une grande terrasse sous le toit, de laquelle on pouvait apercevoir le port et Notre-Dame-de-la-Garde.

- Tu es seule ? lui demanda t-il en retirant son manteau. L'appartement était bien chauffé et malgré la sobre décoration l'atmosphère y était conviviale. Le lieu n'avait rien de prétentieux et respirait la sérénité.

- Oui, pour l'instant. Ils ne vont pas tarder. Patrick est sorti, il avait un rendez-vous. Tout le monde sera là vers les dix-neuf heures trente, après la fermeture des magasins, répondit la jeune femme.

Louis ne put contenir un affreux pressentiment. « *Pourvu que tout le monde rentre cette fois-ci.* » pensa t-il.

- Ça va aller Louis ? lui demanda Geneviève en le voyant soudain pâlir.

- Oui, ne t'inquiète pas !

- Je te sers quelque chose à boire en attendant ?

- Un Bourbon, je veux bien, s'il-te-plaît.

Pendant que la jeune femme remplissait les verres, Louis, remis de sa forte émotion, se demandait quel genre de rendez-vous Patrick pouvait bien avoir un soir de Noël.

- Tu sais, je ne peux pas oublier moi non plus, il n'y a pas un jour où je n'y pense pas !

- Je sais ! Je saurai ce qu'il s'est passé. Je mettrai le temps qu'il faudra mais je saurai ! confia Louis à sa sœur en avalant une forte rasade de whisky.

- Je te fais confiance ! J'en suis persuadée !

- Et toi, comment vas-tu ? Patrick, les enfants ?

- Moi ça va. Je suis toujours au Provençal, je suis montée en grade. Je travaille maintenant aux archives. C'est beaucoup plus intéressant intellectuellement et financièrement, exposa la jeune femme. Les affaires de Patrick marchent bien aussi, il se donne beaucoup de mal mais ça rapporte ! D'ailleurs David a commencé à travailler avec lui. La brocante et l'antiquité ont encore de beaux jours devant elles. Brigitte, quant à elle, en a encore pour un an avant d'obtenir son diplôme d'infirmière. Elle s'accroche énormément, elle en veut cette petite ! Et toi Louis, où en es-tu ? Je te trouve fatigué, tu n'as pas bonne mine ! Il faut te ménager !

- Je me ménagerai quand j'en aurai fini avec toutes ces affaires et que je serai à la retraite !

- N'attends pas trop tout de même, tu n'es plus tout jeune ! Et Edith, que devient-elle ? Ça fait un moment que je ne l'ai pas vue.

- Elle s'accroche aussi ! Ce n'est pas facile pour une femme de s'imposer dans ce milieu d'hommes, qui plus est machos. Elle est toute jeune et surtout novice, il va falloir qu'elle en ait, la pauvre ! Mais je ne me fais pas de souci pour elle, avec son fichu caractère, elle saura se faire respecter ! La police n'a qu'à bien se tenir !

- De qui le tient-elle, je vous le demande ? dit Geneviève ironique.

À ce moment-là, un cliquetis de clés s'agita dans la serrure et la porte s'ouvrit sur un Patrick jovial, tout sourire et complètement gelé.

- Bon Dieu, mais qu'est-ce qu'il fait froid cette année ! dit l'homme en se frottant les mains pour les réchauffer. Puis apercevant Louis :

- Louis mon ami, quel plaisir de te revoir ! s'écria t-il d'un ton faussement amical.

Le policier toujours surpris par l'attitude expansive de son beau-frère, se dit qu'il ne s'était pas amélioré.

- Ça me fait plaisir aussi Patrick ! Je vois que tu as gardé ta bonne humeur ! lui dit-il en l'embrassant.

Patrick Cigliano, presque la cinquantaine, de grande taille et de large corpulence, entretenait ardemment le culte des gros muscles. Un sourire charmeur illuminait son visage rond sur lequel deux petits yeux bruns exprimaient la malice sous un crâne dégarni.

- Ton rendez-vous s'est passé comme tu voulais Cigliano? lui demanda sa femme.

- Oui, un mec intéressé par des gravures concernant la marine, un collectionneur.

- Je vois que la marine ne fait pas escale, même le soir de Noël, lança Louis sceptique et sans ménagement.

« *Nous y voilà, se dit Patrick. Il ne peut s'en empêcher ! Il n'aura pas attendu longtemps !* »

- C'est surtout les collectionneurs qui ne font pas de pauses... pour eux tous les jours sont les mêmes ! Ce n'est pas un travail mais une passion ! renchérit-il agacé. Justement, il cherchait un dernier cadeau !

Louis, voyant un début de rictus apparaître sur le visage de Patrick, n'insista pas. Il ne voulait pas gâcher une fois de plus ce repas de fêtes. Il avala à nouveau une pleine gorgée de Bourbon au moment où les enfants, David et Brigitte firent leur apparition. La conversation s'orienta alors vers les deux jeunes gens et la soirée se déroula dans une ambiance festive.

# CHAPITRE 53

*Janvier 1966*

Les fêtes passées, Louis se dit qu'il était impératif maintenant d'orienter ses recherches sur les personnes de Thérèse et Rose. Il y avait de forte chance pour que Thérèse ne soit plus de ce monde mais Rose devait encore être en vie. Il avait peu d'indices pour les retrouver et devait se contenter de quelques souvenirs gisant au fond de cette boîte métallique de madame Rollin et datant de 1904.

Le cachet de la poste sur l'enveloppe des lettres d'amour, bien que l'encre soit maintenant très peu visible, mentionnait Cuges-les-Pins. Cette lettre avait été postée de Cuges-les-Pins ! Donc, cette Thérèse habitait certainement le village... C'était déjà un bon point de départ !

Une photo d'une petite fille dans un champ de roses accompagnait la lettre. Louis pouvait voir écrit au verso, « 1904, Rose 3 ans dans la roseraie. » Puis en examinant davantage l'image, il aperçut dans un angle du champ, en retrait et à demi visible, une pancarte sur laquelle on pouvait lire : « aine des RAN ». Louis se concentra pour compléter les parties manquantes. Il n'eut pas de mal à trouver les trois lettres

« Dom » précédant « aine ». « Domaine » de « RAN ». *De « RAN » quoi ou qui ?* se dit-il. Il lui fallait le reste du nom propre. *Est-ce un lieu ou un nom de famille ?* Il allait devoir commencer par là. Se rendre à Cuges, une petite commune à côté d'Aubagne. Consulter les registres d'état civil, interroger les habitants et surtout les anciens.

*

La journée s'annonçait belle en ce mois de Janvier. Louis était en forme. Cette douce et exceptionnelle atmosphère décida le commissaire à prendre sa moto pour se rendre à Cuges par les petites routes de campagne. Il avait besoin d'air et de soleil. Une luxuriante végétation emplissait encore les forêts hivernales aux tons cuivrés.

En roulant à vitesse normale, Louis Lambert se retrouva une demi-heure plus tard à l'entrée du village. Il s'engouffra à faible allure à travers les ruelles ombragées de la bourgade et abandonna ensuite sa grosse moto à proximité d'un platane situé sur la petite place centrale. Regardant aux alentours, il observait le village tout en cherchant un bar pour savourer un café chaud et commencer là ses premières recherches. Les bistrots, comme les coiffeurs sont de véritables sources d'informations pour qui sait les récolter. Il opta pour cette solution avant d'aller, si nécessaire, se plonger dans les papiers des registres au sein des locaux de la mairie. Il avait bien l'intention de mettre à profit son escapade le plus agréablement possible. Face à la place, un petit troquet lui parut faire l'affaire. Le lieu était bien ensoleillé et très avenant. Peu de clients se tenaient sur la terrasse en cette matinée de début d'année. Les tables se sortaient à la demande pour qui souhaitait s'installer à l'extérieur.

L'intérieur du café était étriqué et sombre. Une forte odeur de tabac imprégnait la salle et une fumée dense planait comme un tapis de nuages. Quelques habitués traînaient leurs fesses sur de hauts perchoirs faces au comptoir, laissant derrière eux le va-et-vient des rares véhicules qui s'aventuraient sur la chaussée principale.

Par chance, Louis Lambert trouva en la personne du bistrotier un homme volubile qui, manifestement, prenait plaisir à discuter avec les nouveaux venus. Le policier aborda l'homme par d'insignifiantes banalités afin de le mettre immédiatement en confiance. Il ne tenait pas à dévoiler trop tôt son identité afin que ce dernier ne se renferme pas tout de suite dans ses retranchements.

- Quelle belle journée ! dit Louis avenant lorsque le patron lui apporta sa commande.

- Vouai... c'est bon pour les affaires... vé !

- C'est tranquille comme village ! Vous êtes bien ici, au calme, en comparaison de la ville !

- Ah vouai... vous pouvez le dire !... il se passe pas grand chose c'est vrai... mais on est bien ! Vous venez d'où vous ? Touriste ?

- Oh non... pas du tout... Je ne suis pas de bien loin, je suis d'Aubagne.

- Ah... Aubagne... C'est presque une grande ville maintenant ! Et qu'est-ce que vous faites par ici ? demanda l'homme.

Louis éluda la question préférant encore attendre avant de se présenter et renchérit :

- Il n'y a plus trop de jeunesse par ici de nos jours, hein ? Ils préfèrent la ville ! C'est partout pareil ! Ils s'embêtent dans les villages mais y reviennent après, plus tard... C'est comme ça !... On a tous été jeune... allez ! Il y a beaucoup d'agriculteurs encore par ici ?

- Ben plus trop... c'est vrai... Il en reste encore quelques uns... mais de moins en moins, je dois avouer !

- Si mes souvenirs sont bons, il y avait autrefois - je parle d'une cinquantaine d'années environ - un grand domaine de roses ?

- Bé... vous en savez plus que moi ! Il y a une cinquantaine d'années vous dites ? J'étais minot... et les roses, ça me passait un peu au-dessus du *cabestron*... voyez-vous !

- Oui bien sûr... évidemment. Mais personne n'en parlait autour de vous ? Il ne devait pas y avoir beaucoup de producteurs de roses dans la région !

- Vous êtes venu d'Aubagne pour me parler de roses ? dit l'homme un peu surpris.

- C'est un peu ça en effet, avoua le policier. Je suis le commissaire Louis Lambert de la police judiciaire d'Aubagne. J'enquête sur une affaire qui s'est déroulée au Garlaban, il y a cinq décennies... Meurtre ou accident, c'est ce que je dois résoudre ! Mes recherches me mènent ici, alors si vous pouviez me donner un petit coup de pouce, ce ne serait pas de refus.

- Vouai... je vois, dit le cafetier l'air songeur. Il regarda Louis un long moment en hésitant puis ajouta. Y a peut-être bien Justin Botasso qui pourrait vous le dire. C'est un des plus vieux *pacoulins* du village encore vivant !

- Ah et je peux le trouver où ce Justin ?

- Chez lui, il ne bouge plus beaucoup maintenant. Avant c'était pas pareil, il était toujours en vadrouille, il tenait pas en place... mais depuis que ses jambes l'ont lâché, il reste pégué à sa chaise !

- ... Et elle se situe où sa chaise ? le coupa le commissaire.

- Vers le vallon de la Serre, de l'autre côté de la départementale, au nord vers la sortie du village. Il a plus de jambes mais il a encore toute sa tête et une sacrée langue... Je suis sûr que s'il est bien luné, il vous dira tout ce que vous voulez savoir... et bien davantage si vous vous rappliquez avec une bouteille de Vermouth. Ça délie les langues ce genre de cadeau !

Louis Lambert remercia le cafetier et rejoignit sa moto d'un pas tranquille sans avoir oublié au passage de s'enquérir d'une bouteille de Vermouth comme le lui avait suggéré le bistrotier.

Lorsqu'il arriva, après un bon quart-d'heure, devant la ferme délabrée de Justin Botasso, le policier trouva l'homme, comme le lui avait dit le patron du bar, bien pégué à sa chaise sur le perron de la maison. Il gara sa moto sur une partie plate du terrain et s'avança vers le vieux paysan qui avait tourné les yeux dans sa direction avec l'air réjoui de quequ'un qui n'a plus vu personne depuis des lustres.

- Monsieur Botasso, je suppose ? s'enquit le policier d'un ton rassurant pour ne pas effrayer le vieil homme.

- Qui le demande ? dit le vieillard d'une petite voix fluette avec un large sourire.

- La police

- *Oh coquin de sort* ! Et pourquoi ?

- Ne vous inquiétez pas monsieur Botasso... vous n'avez rien à vous reprocher ! Je viens juste vous voir pour faire appel à votre mémoire.

L'homme se détendit à ces paroles rassurantes, se remémorant en un cours instant toutes les choses qu'il avait à se reprocher et qui tiendraient dans autant de pages que l'épaisseur d'un dictionnaire.

Le commissaire reprit :

- Vous êtes un des rares dans le village qui puisse encore témoigner de la vie des habitants du Cuges d'antan.

- Ah pour ça oui ! s'exclama le paysan flatté.

- C'est le *Bistrot du Centre* qui m'envoie vers vous. Il m'a même conseillé de vous apporter ceci, dit le commisaire en brandissant son Vermouth à bout de bras.

À la vue de la bouteille, les yeux du vieillard s'illuminèrent. Louis se dit aussitôt qu'il avait été bien conseillé et que grâce à ce liquide magique, il allait faire bonne récolte.

Le policier prit place sur le vieux banc en décrépitude à côté de la chaise du paysan et après un court silence déclara :

- Vous allez pouvoir me dire, je l'espère, si au début du siècle il y avait une roseraie dans les environs.

- Bien sûr qu'il y en avait une !

Louis ne s'attendait pas à une réponse aussi prompte et poursuivit :

- Comment s'appelait t-elle ?

- Ça je ne sais plus !

- Domaine des... le nom se termine en *ran.*

L'homme se gratta la tête donnant l'air de réfléchir et après un court instant s'exclama :

- Vous savez, si on ouvrait la bouteille, la mémoire me reviendrait beaucoup plus vite !

Louis hocha la tête en signe d'approbation.

- Excusez-moi, je suis distrait ! dit le commissaire en dévissant le bouchon.

- Ô... Ginette... mène voir deux verres... vé... pour mon ami le commissaire et moi ! s'exclama le paysan à travers la fenêtre de la cuisine où se tenait sa femme. Regarde un peu ce que nous a apporté le monsieur de la ville !

- Tu veux dire, ce que t-a apporté le monsieur de la ville ! Tu sais très bien que je ne bois pas de ces mixtures qui vous mettent le cerveau à l'envers, répondit la vieille dame en sortant sur le perron deux verres à la main.

- T'en fais des manières ! Pour une fois qu'on a de la visite, tu pourrais te montrer plus *sociale* !

- Ne m'en voulez pas monsieur, dit-elle en se tournant vers le policier et en le saluant, mais mon Justin, il a toujours une raison pour lever le coude !

- Ne vous en faites pas, madame Botasso, ce n'est rien.

La vieille dame lui adressa un léger sourire et s'en retourna à l'intérieur de la maison. Louis Lambert commençait à s'impatienter attendant que Justin ait bu sa première lampée et veuille bien continuer l'interrogatoire.

- La mémoire vous revient-elle maintenant ?

- On dirait... Je crois que c'était quelque chose comme Bevoran...Soveran...Suveran ! Oui c'est ça, Suveran ! J'en suis presque sûr maintenant. On s'y rendait souvent quand on était minots avec les copains. La propriété était grande et elle faisait un très bon terrain de jeux pour tous les gosses. On pouvait y pénétrer sans difficulté, elle n'était pas clôturée.

- Et reste t-il encore de la famille ?

Justin se resservit un deuxième verre de Vermouth avant de répondre :

- Pardi qu'il en reste ! Vous ne croyez pas qu'ils sont tous morts quand même ? Comme vous y allez vous les jeunes ! s'exclama t-il en faisant mine de remplir le verre du policier que celui-ci refusa poliment.

- Ce n'est pas ce que je voulais dire monsieur Botasso ! Ne vous m'éprenez pas ! Mais maintenant les gens bougent tellement, il n'y a plus grand monde qui reste dans les villages. Et qu'est-ce qu'elle est devenue maintenant cette roseraie ?

- Elle est toujours là, vé ! Mais pas comme avant. À la mort des vieux, elle a été revendue par petits morceaux. Il en reste juste la ferme et un petit lopin de terre qu'occupe la fille.

- Rose, c'est ça ? avança le flic.

- Ouais, peut-être !

- Et elle est située où cette ferme ?

- Dans la plaine, il faut prendre un petit chemin en bordure de la départementale en repartant sur Aubagne. Si vous regardez bien, c'est indiqué.

- Il y a encore le nom de la roseraie ?

- Là vous m'en demandez trop ! Vous voyez bien que je ne peux plus me déplacer aisément et ça depuis un moment.

- Oui, j'avais oublié ! Eh bien monsieur Botasso, je vais vous laisser et je vous remercie pour tous ces précieux renseignements.

Le commissaire serra la main du vieillard qu'il abandonna aux subtils nectars du Vermouth et rejoignit sa moto quelques mètres plus loin.

Avant de repartir sur Aubagne, le commissaire fit quand même un détour par la mairie, histoire de compléter ses informations.

# CHAPITRE 54

Suite à sa visite chez Justin Botasso à Cuges-les-Pins, Louis Lambert avait poussé ses recherches jusqu'à la mairie du village. Dans les archives de l'hôtel de ville, sur les registres des années 1900, 1901, il aperçut en lettres manuscrites, formées de pleins et déliés, le nom de « Rose SUVERAN ». La femme était née en 1901 de Jules SUVERAN et de Thérèse SUVERAN, née BOTRINI. *Ça correspond !* se dit le commissaire. *En tous les cas pour les dates ! Mais en ce qui concerne la déclaration de paternité, elle a certainement été falsifiée. Quoi qu'il en soit, rien ne mentionne un décès, elle vit donc toujours !* constata le policier avec ravissement. Il se dit qu'il devait aller faire une petite visite à la fille illégitime de Jules SUVERAN.

En approchant de ce qui restait du domaine des SUVERAN, l'homme n'eut pas trop de mal à reconnaître la ferme de Rose. Après s'être garé à quelques distances, il s'approcha de la maison et tapa discrètement aux carreaux. Une femme d'une soixantaine d'années bien passées, petite et potelée, le visage rond sous une chevelure poivre et sel, plutôt sel que poivre, lui ouvrit la porte.

- Vous désirez ? lui demanda t-elle d'un air surpris.

- Rose Suveran ?... c'est bien votre nom ?

- Rose Raspino maintenant ! s'exclama la sexagénaire. Vous êtes ?

- Commissaire Louis Lambert de la police Judiciaire d'Aubagne.

La femme ouvrit de grands yeux interrogateurs.

- Oui ? dit-elle toujours étonnée.

- J'aurais quelques questions à vous poser. Puis-je entrer ?

La vieille dame se recula à contre cœur pour laisser passer le policier et le dirigea vers la cuisine.

La pièce était grande et ensoleillée. Une vaste fenêtre transperçait la façade sud de la salle à travers laquelle on pouvait admirer les quelques lopins de terre restants de la roseraie qui avaient survécu à l'agonie des cultures d'antan. Rose le pria de s'asseoir.

- Je vous offre un café ?

- Ce n'est pas de refus, dit le policier qui n'avait pas eu le temps de le boire après un sandwich vite avalé en sortant de la mairie. Il s'assit sur la chaise que lui avait désignée la sexagénaire.

- Alors, vous avez des questions à me poser ? interrogea t-elle, en lui servant son café.

- Effectivement mais je ne sais par où commencer !

La femme le dévisagea de plus en plus inquiète.

- Vous connaissez cette photo ? s'enquit Louis en lui tendant l'image qu'il retirait de l'enveloppe dans laquelle il y avait les deux lettres d'amour.

Rose s'empara de la photo et après un examen approfondi la rendit au commissaire en lui faisant un signe de tête négatif.

- Tournez-la s'il-vous-plait, votre prénom est inscrit au verso.

La vieille femme s'exécuta et afficha toujours un regard surpris.

- Oui en effet, c'est bien mon prénom.

- Vous ne vous reconnaissez pas sur la photo ?

- D'après ce qui est mentionné, j'avais trois ans et l'image est un peu floue. Qui plus est, je suis de loin et en petit. Il serait audacieux de ma part d'affirmer que cette petite fille était bien moi.

- Oui, vous avez raison. J'espérais malgré tout que vous auriez pu reconnaître quelques éléments sur cette photo permettant de vous identifier... comme par exemple, si vous regardez bien, la moitié du panneau indiquant « aine » et « ran ». Suite à mes investigations, je peux certifier que ce panneau indique l'ancienne propriété de vos parents et grands-parents. En l'occurrence, celle que vous habitez aujourd'hui et dont il ne reste qu'une partie de l'immensité de la roseraie. Vos parents et grands-parents cultivaient bien des roses ?

- Oui, c'est exact !

- Et la propriété s'appelait bien : « DOMAINE des SUVERAN » ?

- Toujours exact ! Où avez-vous trouvé cette photo ?

Le commissaire hésita à répondre à cette question, pensant bien que sa réponse allait bouleverser la paysanne.

- C'est là où je suis embêté madame. Je ne sais comment vous annoncer cela. J'enquête sur un éventuel meurtre à Aubagne qui se serait passé en 1907. Cette enquête, par une circonstance inespérée - la boîte de madame Rollin - m'a mené jusqu'à vous. Veuillez observer le cachet de la poste sur l'enveloppe. Il mentionne : « Cuges-les-Pins ». Ceci indique bien que la lettre a été postée d'ici, de ce village. Ce n'est pas tout, poursuivit Lambert en lui tendant les deux lettres.

La sexagénaire s'empara des feuillets que lui tendit le policier et, intriguée, en commença la lecture à voix basse. Au fur et à mesure que ses yeux parcouraient les lignes, son visage se teintait d'une grande pâleur qui s'apparentait de plus en plus à sa chevelure blanche. La découverte de ses éventuelles nouvelles origines bouleversèrent la pauvre femme. Après un temps de lecture interminable pendant lequel le commissaire était tout attentif aux réactions de la cultivatrice, elle lui rendit les lettres, incapable de prononcer une seule parole.

- À ce que je vois, vous n'étiez pas au courant, émit l'homme de police.

La femme avait du mal à respirer, son souffle s'accélérait. Elle dut faire un effort surhumain pour reprendre le contrôle de ses émotions.

- Je suppose que mon père biologique est mort maintenant... C'est ça ? formula t-elle d'une voix faible et tremblante.

- Oui. Malheureusement il est la victime de cet accident ou meurtre.

- Il avait d'autres enfants ?

- Un seul. François qui est décédé également. Vous aviez également des cousins éloignés, Maurice Pichu et ses deux fils, Albert et Hector, tous décédés aussi.

- Ils vivaient à Aubagne aussi ?

- Oui, c'est Gustave Pichu, votre grand-oncle qui s'est occupé de François, votre demi-frère, après la mort de son père Gaston Foulon. François n'avait que seize ans lorsqu'il s'est retrouvé orphelin.

- Quel gâchis ! Toutes ces années sans jamais n'avoir rien su !

- Je ne voudrais pas paraître terre à terre dans un tel moment mais vos cousins Pichu, à la mort de François ont revendu le cabanon de celui-ci qui vous revenait de droit.

- Vous savez, n'ayant pas été reconnue à ma naissance par mon père biologique, je ne crois pas avoir droit à quoi que ce soit.

- Vous pouvez toujours essayer. J'ai comme l'impression qu'il y a des terrains qui ont été subtilisés à votre demi-frère François. Justement on enquête aussi là-dessus... j'ai des actes de propriété qui le confirment... Vous pouvez venir en prendre connaissance lorsque vous le désirerez au commissariat. Appelez-moi un peu avant pour prendre rendez-vous, proposa le commissaire en lui tendant sa carte de visite.

La vieille femme se tut un bref instant, puis murmura :

- Je préfèrerais rester seule maintenant si vous n'y voyez pas d'inconvénient.

- Bien sûr, je comprends très bien. Je suis désolé. Je vais vous laisser déglutir tout ça.

Le policier salua la femme et sortit.

# CHAPITRE 55

*Février 1966*

Après son bac, ses années de pensionnat terminées, Marie était revenue vivre au cabanon. Sur les conseils de Charles, elle avait entamé des études d'infirmière.

Dans le bus qui la ramenait de Marseille, Marie ne fit pas attention à l'homme isolé assis au fond du véhicule. Une vingtaine d'années environ, il portait un blouson de cuir noir, un jean gris et des baskets blanches.

Avachi sur son siège dans le coin le plus sombre, le cou engoncé dans les épaules, le jeune homme observait Marie avec insistance. Il paraissait agité, nerveux. L'autocar était presque vide à cette heure tardive de la journée. Seuls, deux ou trois passagers occupaient les sièges de cet habitacle restreint.

Lorsque l'autobus arriva au terminus du rond-point de l'horloge à 20 h 45, des voitures de la gendarmerie étaient déjà là, garées dans un renfoncement en pleine pénombre. L'individu aux aguets les remarqua aussitôt. Il se précipita alors vers la sortie du bus, bousculant Marie au passage. La jeune fille se rattrapa tant bien que mal à une poignée à sa portée. Elle eut le temps malgré tout, d'apercevoir bien distinctement le visage de son agresseur. L'individu savait qu'il était repéré depuis plusieurs jours et était sur ses gardes. Il prit les policiers de vitesse et s'enfila dans le labyrinthe des petites ruelles du vieil Aubagne. Le son strident des sirènes et gyrophares retentit dans toute la ville. Depuis quelques semaines, la police et la gendarmerie attendaient patiemment le moment opportun pour appréhender le voyou. Renseigné par la Brigade des stups de Marseille, l'homme était attendu au terminus de la ligne 40.

En posant le pied sur la chaussée, Marie, encore toute bouleversée par ce qui venait de se passer, constata que Delphine n'était pas sur le parking à l'attendre. Vingt heures cinquante observa t-elle sur l'horloge. Il faisait nuit et froid. Delphine avait, une fois de plus, oublié l'horaire. Furieuse, la jeune fille se prépara à affronter à pied, les trois kilomètres qui la séparaient du cabanon. Les jambes encore en coton, elle traversa les deux grand-places de la cité sous le vacarme continuel des sirènes en pleine chasse à l'homme.

À la sortie de la ville, elle emprunta le pont qui passait au-dessus du chemin de fer et tourna ensuite sur sa gauche vers la petite route menant à Eoures. Elle s'engouffra dans l'épais brouillard qui lui faisait écran et un kilomètre plus loin, tourna sur sa droite en direction de la Louve.

Pour se donner du courage, elle récita à voix haute, une enfilade de chapelets censés la protéger. Elle marchait d'un pas rapide, les mains dans les poches pour les réchauffer, lorsqu'elle sentit sous ses doigts la consistance de plusieurs sachets en plastique. Surprise, elle les porta à ses yeux qui, dans l'obscurité, ne distinguaient pas grand chose. Décontenancée, sans savoir de quoi il s'agissait, elle les remit distraitement dans sa poche.

Perdue dans ses réflexions, elle atteignit enfin, trois quarts d'heure plus tard, le cabanon sous le regard étonné de Delphine.

- Tu es déjà là ? lui dit Delphine. J'allais justement partir te chercher !

Marie lui jeta un regard foudroyant et sans répondre, monta dans sa chambre.

Delphine n'avait jamais réussi à se mettre dans la tête les horaires de sa fille.

Lorsqu'elle se retrouva seule, Marie examina les sachets et comprit tout de suite de quoi il s'agissait. Elle réalisa que seul l'individu de l'autocar avait pu les lui glisser dans la poche de son manteau au moment où il l'avait bousculée.

Embarrassée, la jeune fille ne savait ce qu'elle devait en faire. Elle enfila des vêtements plus confortables et descendit à la cuisine vérifier s'il lui restait quelque chose à grignoter.

- Je t'ai gardé ce reste de légumes si tu en veux. Il y a aussi un peu de pommes de terre ! lui dit Delphine d'un ton calme mais embarrassé. Une tension latente régnait entre les deux femmes.

Marie ne décolérait pas. Sa journée avait été longue et pénible et elle devait encore réviser ce soir dans son lit. Sa longue marche lui avait fait perdre une heure de sommeil ou de révisions. Elle s'assit à table et entama le reste des légumes qui était maintenant froid. Elle observait Delphine qui, à ses côtés, remettait machinalement de l'ordre dans la cuisine. Les deux femmes n'échangèrent aucunes paroles. « *Il pourrait m'arriver quoi que ce soit que cela ne la ferait pas réagir !* » pensa Marie avec rancœur. Elle se dépêcha d'avaler sa dernière bouchée et quitta la pièce rapidement.

Il ne restait plus personne dans la grande salle du rez-de-chaussée lorsque Delphine se décida enfin à regagner sa chambre. Elle était toujours la dernière couchée et aimait bien ces instants de solitude qui lui appartenaient.

Après s'être assurée à maintes reprises que tout soit bien rangé et la maison bien fermée, Delphine éteignit enfin les lumières, non sans avoir jeté un dernier regard à Thémis, la chienne qui, la tête appuyée sur ses pattes, somnolait déjà sur le tapis du salon.

# CHAPITRE 56

Au milieu de la nuit, sous le faisceau lumineux de sa lampe de chevet, Marie n'arrivait pas à se concentrer sur ses révisions. Elle fut attirée par des pleurs étouffés. Poussée par la curiosité, elle sortit de son lit, se leva et se dirigea vers le dortoir où dormaient ses petites sœurs et Paul. La jeune fille trouva Lisie assise à même le sol entourée de feuilles de dessin éparpillées un peu partout. La fillette dessinait et dessinait avec une violence déterminée. Toujours le même sujet. Elle était hantée par ces deux jeunes garçons qui occupaient ses nuits. Depuis qu'elle avait cru reconnaître l'un deux dans la pâtisserie trois ans auparavant, elle ne pouvait les oublier. Elle savait qu'ils voulaient lui parler. Elle savait qu'ils cachaient un secret.

- Qu'est-ce qu'il t'arrive Lisie ? lui demanda Marie.

- J'ai encore fait un cauchemar, répondit l'enfant terrorrisée.

Marie se pencha sur les dessins de la petite fille et fut consternée par ce qu'elle y voyait.

- C'est qui ? questionna t-elle en voyant les deux garçonnets sur toutes les pages.

- Je ne sais pas !

- Pourtant, tu as l'air de bien les connaître ?

- J'en ai vu un une fois, il y a longtemps.

- Tu l'as vu où ? interrogea Marie de plus en plus curieuse.

- Avec maman à Aubagne, dans un magasin. Mais il était plus jeune que celui de mes dessins.

- Tu l'as dit à maman ?

- Je lui en ai parlé plus tard mais elle m'a dit que c'était le fruit de mon imagination. Je n'ai pas bien compris le rapport avec le fruit.

Le visage de Marie s'anima d'une grimace moqueuse envers les propos naïfs de sa petite sœur. Elle ne savait que lui dire. Il était tard et elle avait envie de se coucher. À court d'arguments, la jeune fille finit par émettre une hypothétique solution :

- Tu sais Lisie, peut-être que tu interprètes mal tes cauchemars. Ce sont sans doute des rêves et ces deux garçons se cachent parce qu'ils jouent à cache-cache.

Lisie n'avait pas envisagé ce point de vue et bien qu'il lui paraisse peu vraisemblable, il eut le mérite de la rassurer.

- Moi aussi, quand j'étais petite je faisais des cauchemars... comme tous les enfants... et lorsque j'ai décidé de les transformer en rêves, ils sont partis.

Marie était très contente de sa trouvaille qui avait eu de l'effet sur la fillette et allait lui permettre de regagner son lit.

- Va te coucher maintenant, lui dit-elle avec une légère impatience.

Lisie se remit au lit et ne tarda pas à s'endormir.

# CHAPITRE 57

Pendant ce temps-là chez Bernadette, Eliane Masset avait pris ses marques. La cohabitation entre les deux femmes fut compliquée les premiers jours mais en y mettant chacune du leur, elles y avaient trouvé un certain équilibre.

Bernadette prenait soin de la jeune femme et subvenait à ses besoins pendant qu'Eliane donnait un coup de main pour les tâches ménagères les moins rudes. Cela permettait à la sexagénaire de se libérer de temps en temps pour d'autres travaux.

La future maman profitait de ce temps de grâce avant la naissance du bébé pour réviser ses cours et ne pas perdre tout ce qu'elle avait acquis ces deux dernières années.

Eliane se réveilla en sursaut au beau milieu de la nuit, ressentant une humidité inhabituelle. Elle se redressa promptement sur son lit et constata avec horreur que ses draps étaient trempés. Affolée la jeune femme se dégagea rapidement de sa couche innondée et, pieds nus sur les tomettes froides de la chambre, se précipita dans celle de Bernadette.

La vieille dame ne mit pas longtemps à comprendre ce qui se passait. Elle enfila ses vêtements à toute hâte, invitant Eliane à en faire autant.

- Ce n'est rien ma fille, tu viens juste de perdre les eaux.

- Je ne l'attendais pas si tôt. Il était prévu pour mars.

- À ce que je sache, les bébés n'envoient encore pas de faire-parts pour prévenir de leur arrivée ! Ça a toujours été comme ça depuis la nuit des temps !

- Oui je sais mais...

- Prépare tes affaires, on file à la clinique !

- C'est prêt depuis longtemps, je n'ai plus qu'à m'habiller.

- Alors vas-y, dépêche-toi !

Eliane regagna sa chambre toujours affolée, revêtit des habits chauds, attrapa sa valise et rejoignit Bernadette au rez-de-chaussée. La vieille dame avait déjà fait chauffer du café.

- Tu n'as pas encore de contractions ?

- Non.

- Bon alors nous avons le temps de manger un morceau avant de partir !

Elles s'assirent autour de la table et déglutirent rapidement un petit déjeuner succinct.

À l'extérieur le givre recouvrait le sol et un épais brouillard obstruait la visibilité à dix pas devant. La nuit était glaciale. Les deux femmes se dirigèrent malgré tout, tant bien que mal vers le hangar où était garée la camionnette de la vieille dame et dans lequel Maurice, son mari, avait été pendu.

- Ça ne va pas être facile avec ce brouillard, constata Bernadette.

Eliane trop angoissée, ne répondit rien.

- Toujours pas de contractions ni de douleurs ?

- À peine de petites... mais supportables.

- Tant mieux ! Inutile comme ça de se précipiter et de commettre des imprudences !

Après avoir retiré la glace accumulée sur le pare-brise et chauffé la voiture, elles roulèrent à faible allure sur les petites routes sinueuses de campagne, tranchant la brume qui avançait vers elles.

En arrivant à la clinique d'Aubagne, Eliane fut prise en charge immédiatement par une jeune infirmière pendant que Bernadette patientait dans une salle à côté. Quelques minutes plus tard, après un long et minutieux examen de la patiente, la professionnelle de santé ressortit enfin de la chambre et rassura Bernadette.

- Ce n'est pas encore pour tout de suite... demain peut-être ou même après-demain... on verra, dit cette dernière d'un ton réconfortant. Nous la gardons quand même sous surveillance.

- Je peux la voir ?

- Bien sûr ! Allez-y, entrez.

Bernadette ouvrit discrètement la porte de la chambre d'Eliane et trouva une future maman reposée et détendue sur un lit médical.

- Parfait... Parfait... je vois que ça va mieux maintenant ! Tu as meilleure mine !

Eliane sourit.

- En général les hôpitaux ne sont pas faits pour vous remonter le moral mais là, étrangement je m'y sens bien ! Vous ne voulez pas essayer ? Le lit d'à côté est libre, l'infirmière m'a dit qu'il n'y avait personne en ce moment.

- Ta proposition est généreuse mais je préfère rentrer chez moi ! Malgré tout le confort que tu m'offres, j'aime mieux m'en retourner et affronter le brouillard.

- Vous ne pouvez pas partir toute seule comme ça en pleine nuit... C'est dangereux !

- Oh ma pauvre... J'en ai vu d'autres, va ! Je reviendrai demain.

Bernadette salua la jeune femme et pendant qu'elle se dirigeait vers la porte, Eliane l'interpella :

- Bernadette...

- Oui ? dit la vieille dame en se retournant.

- Merci.

Bernadette revint le lendemain admirer sa magnifique petite fille qui avait été prénomée Sophie.

# CHAPITRE 58

*Mars 1966*

Lors de la course poursuite quelques jours plus tôt dans les ruelles d'Aubagne, la police n'avait pu intercepter le fuyard. L'homme s'était volatilisé dans le vieux quartier de la ville.

Un appel téléphonique ce matin-là, fit sortir le commissaire Louis Lambert de sa torpeur.

- Lambert, je vous écoute !

- Papa, c'est moi, Edith.

- Ah ! Ravi de t'entendre ma chérie, tu vas bien ?

- Oui, oui, ne t'inquiète pas. Toi aussi ?

- Oui.

- Je t'appelle parce que nous avons retrouvé sur les hauteurs de Corbières, une voiture calcinée avec un homme à l'intérieur qui ne verra plus le soleil briller. L'immatriculation – enfin ce qu'il en reste – du véhicule, désigne que son propriétaire est une certaine Irène Masset habitant Aubagne. As-tu eu une plainte pour vol récemment ?

- Quelle est la marque de la voiture ?

- Une fiat 500 F ?

- Effectivement, en Décembre une femme est venue porter

plainte pour la disparition de sa voiture.

- Il semblerait que ce soit un règlement de compte de deux bandes rivales entre Aubagne et Marseille.

- Y avait-il de la drogue dans la voiture ?

- Un kilo.

- Je suppose que vu l'état du macchabé vous êtes dans l'impossibilité de lui mettre un nom.

- Exact !

- Aucun signe particulier qui pourrait l'identifier ?

- À part des os calcinés, nous n'avons pas grand-chose. Nous attendons le rapport du médecin légiste sur la dentition de l'inconnu... On aura peut-être plus de chance de ce côté-là ! Je te tiens au courant.

- Merci ma chérie... Je vais moi-même vérifier de mon côté.

- À bientôt papa.

Louis raccrocha songeur et se pencha sur les dépots de plainte du mois de décembre. Effectivement le vol d'une Fiat 500 F avait bien été signalé - il s'en souvenait - par une certaine Irène Masset en décembre dernier, juste avant Noël. Louis attrapa le combiné de son téléphone et composa le numéro de la jeune femme.

- Bonjour madame, ici le commissaire Lambert, pourriez-vous passer dans nos locaux, nous avons retrouvé votre voiture.

Une demi-heure plus tard, Irène Masset se retrouvait dans le bureau du commissaire, assise face à lui.

- Oui madame, nous l'avons retrouvée sur les hauteurs de Corbières dans un très mauvais état. Elle a été brûlée ainsi que son voleur. Nous recherchons encore l'identité de cet homme... c'est juste une question de temps. Apparemment c'est un règlement de compte.

Irène resta perplexe devant ces révélations. Pourquoi juste la sienne... des voitures il n'en manquait pas !

- Vous savez, ces petites voitures sont faciles à ouvrir. L'homme devait être pressé.

- Que va t-il se passer maintenant commissaire ? s'inquiéta la jeune femme.

- Pour vous, rien ! Vous aviez déclaré le vol à votre assurance j'imagine ?

- Bien sûr.

- Alors, la suite nous concerne.

- Bon... eh bien, je n'ai plus qu'à m'en aller donc ! Merci commissaire, dit la jeune femme en se levant pour prendre congé.

Tout en parlant, Irène porta distraitement son regard sur les murs qui l'entouraient. Elle fut soudainement saisie d'un malaise qui n'échappa pas au commissaire.

- Vous ne vous sentez pas bien madame Masset ?

- Non, je suis oppressée... excusez-moi commissaire, une ancienne douleur qui me surprend de temps en temps, répondit-elle en mentant et cherchant désespérément à retrouver son calme.

- Voulez-vous un verre d'eau... un petit remontant ?

- Non merci, ça va aller... je vais rentrer chez moi, dit la jeune femme essayant de reprendre le contrôle d'elle-même.

Elle se leva avec lenteur et se dirigea vers la porte du bureau restée entrouverte. Une fois dehors la jeune maman s'assit un petit moment sur un banc, attendant que son cœur retrouve son rythme normal. Elle n'avait plus le courage de retourner à son travail à Marseille. Irène venait d'apercevoir sur un mur du commissariat, la photo de Francis Poli.

# CHAPITRE 59

Suite à sa visite du mois de janvier chez les Cugeois, le commissaire Lambert commençait à y voir un peu plus clair dans l'affaire du cadavre du Garlaban. Le seul point noir qui restait encore était cette médaille. L'objet appartenait à Gaston Foulon, la victime, mais avait été retrouvé par les enquêteurs en haut du ravin et non sur le cadavre gisant cinq mètres plus bas. Cela n'avait pas de sens. *Pourquoi le mort ne l'avait-il pas sur lui au moment de sa chute ?* se demandait le commissaire. Il tournait et retournait attentivement le bijou entre ses doigts, espérant qu'il lui livrerait son mystère.

Le policier, frappé d'une intuition soudaine, sortit précipitamment de son bureau et attrapa au vol le brigadier Michaud qui passait par là.

- Tiens Michaud, porte ça au labo qu'il la nettoie minutieusement mais avec précaution ! Elle est fragile ! ordonna t-il à son subordonné en lui tendant la médaille.

Michaud s'empara de l'objet et après l'avoir regardé avec curiosité déclara d'un ton ironique :

- Y a encore des gens qui portent ce genre de choses de nos jours ?

Le commissaire lui jeta un œil réprobateur lui signalant qu'il n'avait pas envie de rire.

- Et je la veux pour hier ! insista t-il.

Le brigadier Michaud rangea son sourire benêt et s'exécuta sur le champ sans en rajouter.

En attendant les résultats du laboratoire Louis Lambert en profita pour aller casser la croûte au café de l'horloge. La promenade lui fit du bien. Il avait besoin de se détendre et de réfléchir en dehors du commissariat.

En pénétrant dans les lieux, il y trouva Pierrot installé devant le poste de télévision qui diffusait un match de foot.

À l'entrée du commissaire, le jeune homme, tout guilleret, quitta sa chaise pour rejoindre le policier. Il l'accompagna jusqu'à sa table et prit place à ses côtés.

- Alors... c'est comme ça que tu prépares ton mariage ? s'enquit le policier.

- Ils m'ont dit d'aller prendre l'air dehors parce qu'ils disaient que je leur donnais le tournis à force de remuer dans tous les sens.

Le commissaire éclata de rire ce qui lui fit du bien. Rien de tel qu'un Pierrot pour vous remettre du baume au cœur.

- C'est pour ça que tu t'enfermes dans un bistrot assis sur une chaise au lieu d'aller te dégourdir les jambes dehors ?

- C'est pas ça commissaire... c'est plutôt au niveau de la tête. Il faut que je me change les idées ! Ce mariage, il me rend fada ! J'arrête pas d'y penser.

- C'est plutôt une bonne chose, non ?

- Oui, mais le patron Emile... il dit que je le fatigue avec toutes mes questions. Que c'est beaucoup trop tôt encore pour se faire du tracas... que c'est pas à moi de m'en faire et qu'il a déjà pensé à tout.

- Tu n'as qu'à continuer à y penser en silence, uniquement dans ta tête. Et tu lui donneras tes idées en Juin.

Pierrot se fit silencieux un moment puis enchaîna :

- C'est qu'on en a plein des idées avec Fernande. On voudrait...

Louis Lambert n'écoutait déjà plus et les paroles de Pierrot se perdirent au milieu du brouhaha général. Après quelques instants pendant lesquels son esprit s'était évadé, l'homme de police reprit :

-Tu veux manger quelque chose ?

- Non. C'est fait. J'ai déjà mangé. Je vais retourner là-bas... sinon Emile, il va me faire la misère.

- Tu as raison mon brave Pierrot. Maintenant que tu vas entrer dans la famille il ne s'agirait pas de les décevoir.

Pierrot sourit, se leva et prit la direction de la sortie laissant le commissaire tout à son repas.

À son retour au commissariat, Louis Lambert trouva la médaille reluisante en évidence sur son bureau. Satisfait, il s'en empara tout en s'installant confortablement dans son fauteuil. Au premier coup d'œil, une évidence le surprit. Le « F » de « Foulon » était devenu un « P ». L'usure du temps avait modifié les initiales. Cela changeait tout ! Louis Lambert comprenait mieux pourquoi cette médaille n'était pas au cou de son propriétaire. Elle appartiendrait donc à l'autre homme, qui était sur la photo avec Gaston Foulon et qui brandissait lui aussi un faisan à bout de bras. Il s'agirait donc de Gustave Pichu et non de Gaston Foulon. *Serait-il possible que ce Gustave Pichu soit l'assassin de son cousin ?* envisagea le commissaire. *Aurait-il été sur les lieux de l'accident avec Gaston ce jour-là ? Y aurait-il eu une bagarre entre les deux hommes et Gustave l'aurait poussé ? Ou était-ce juste un accident ?*

# CHAPITRE 60

*Avril 1966*

Francis Poli s'était plus ou moins rangé mais gardait toujours une haine viscérale envers le commissaire et tous ceux qui l'avaient trahi. L'argent de la drogue lui avait laissé un capital suffisant pour mener une vie confortable et se retirer des affaires. Il avait purgé sa peine et vivait sur le Vieux-Port de Marseille dans son somptueux voilier.

Quelques années auparavant, il avait fait sombrer, au large des calanques, son ancien chalutier ainsi que tous les souvenirs qui s'y rattachaient. Menant une existence paisible, il revoyait de temps à autre, quelques fidèles compagnons de jeunesse ainsi qu'Irène et Martine Masset. Les deux anciens amants continuaient à se rencontrer une fois par mois dans les lieux publics où le truand pouvait observer sa fille Martine en toute discrétion. Le malfrat se rendait également à la salle de sport où il y rencontrait Patrick Cigliano, le beau-frère du commissaire, avec lequel il avait tissé quelques liens, des années plus tôt.

Irène appréciait ces rencontres furtives. Elles lui donnaient l'impression d'exister et mettaient un peu de piment dans sa vie. Elle avait gardé son travail dans la boutique de vêtements pour homme où elle avait rencontré José Masset, son époux, après la disparition soudaine de Francis.

En ce début de printemps, sur le port de la cité phocéene, l'atmosphère était enivrante. Les premiers rayons du soleil procuraient une faible chaleur sous une légère brise secouant mâts et voilures. Les chalutiers s'engouffraient dans la rade aux aurores, ramenant leur précieuse pêche de la nuit. Les terrasses exposaient leurs tables sous des tentures colorées, attirant le client oisif. Les passants, de plus en plus nombreux à l'arrivée des beaux jours se promenaient, nonchalants au bord des rives sous le regard des camelots qui les abordaient de leurs boniments. Du haut de leur balcon, face au soleil, les habitants observaient l'activité du quartier et le défilé incessant des voitures longeant le quai des Belges.

Irène s'impatientait. Voici déjà vingt minutes qu'elle était là à la terrasse de ce café avec Martine et Francis ne s'était toujours pas montré. Ils avaient établi des rencontres régulières tous les premiers vendredis de chaque mois et pour rien au monde le gangster n'aurait manqué ce rendez-vous. Elle préssentait quelque chose de grave. Cela la ramenait quelques années auparavant où Francis disparaissait brusquement pour réapparaître quelques jours plus tard sans explication. Cette pensée la fit frémir. Elle tourna un regard distrait vers Martine et se remémora toutes ces années de souffrance. Mais en observant la fillette, elle ne regrettait rien.

- Ça va ma chérie ? Ta glace est bonne ?

Martine lui sourit en ouvrant de grands yeux réjouis tout en léchant sa petite cuillère.

Irène ne tenait plus en place, elles allaient devoir partir. Elle regarda autour d'elle mais n'aperçut pas Francis.

- Ça va maman ? demanda la fillette.

- Oui oui.

- Tu m'as l'air *anxieuse*.

- Non ce n'est rien ma chérie, dit-elle d'un ton bref mais rassurant. Elle se leva et se dirigea vers une table voisine sur laquelle traînait le journal du matin. Elle s'en empara et regagna sa place pendant que Martine l'observait.

La Une du Provençal titrait en grosses lettres capitales : **« CASSIS : DES OSSEMENTS HUMAINS RETROUVES SOUS UNE EPAVE DE CHALUTIER. »** En-dessous une photo de l'épave. Irène parcourut l'article et reposa le journal avec une sensation de nœud dans l'estomac. Elle se demandait avec inquiétude si l'abscence de Francis aujourd'hui n'avait pas un lien avec cette découverte. Elle savait que le truand avait possédé un chalutier quelques années auparavant. Un pressentiment horrible l'envahit tout entière.

# CHAPITRE 61

*Juin 1966*

Marie avait maintenant terminé ses études et obtenu son diplôme. Toute fière, elle se disait que dorénavant elle ne dépendrait plus de personne et allait pouvoir mener sa vie comme elle l'entendait. La première des choses à faire, était de se trouver un travail et dans la foulée un appartement. Mais tout d'abord, elle voulait régler le problème des sachets de drogue qui la minaient depuis plusieurs mois. Trop occupée par ses études, elle n'avait toujours pas pris de décision à ce sujet. Elle ne voulait pas être perturbée avant ses examens de fin d'année. La jeune fille pensait bien qu'elle devait les remettre à la police mais elle faisait traîner. D'un autre côté, elle ne pouvait pas les garder. Elle se décida donc, cet après-midi-là, à se rendre au commissariat et d'en finir avec cette histoire. Elle s'empara des paquets qu'elle avait cachés sous son matelas, les rangea au fond de son sac et quitta sa chambre.

- Puis-je prendre ta voiture ? dit-elle à Delphine d'un ton froid lorsqu'elle fut en bas des escaliers.

Delphine assise sur le canapé, un livre dans les mains releva la tête, surprise par la demande de sa fille. Marie venait d'obtenir tout juste son permis de conduire et n'avait pas encore beaucoup d'expérience. Delphine hésita :

- Où veux-tu aller ?

Marie savait que sa demande allait occasionner un conflit et se tint prête à tenir tête.

- J'ai une course à faire à Aubagne.

- Tu ne préfères pas que je t'y accompagne ?

- Il faut bien que je me lance ! Je n'ai pas passé le permis pour rien !

Marie détestait devoir se justifier continuellement. « *Vivement que je prenne mes ailes* » se dit-elle intérieurement.

Delphine se leva de mauvaise grâce, alla chercher les clés dans son sac et les tendit à la jeune fille.

- Sois prudente ! lui dit-elle contrariée. Et tâche de revenir avant que ton père ne rentre ! Puis se ravisant :

- Je vais quand même te faire la manœuvre.

Marie ne répondit pas, pressée de s'échapper. Les deux jeunes femmes sortirent dans le jardin et Delphine s'installa au volant de la 2CV. Elle fit une manœuvre rapide et laissa la place à Marie qui après avoir pris ses repères dans le véhicule, s'empressa de s'en aller.

Delphine regagna la maison en respirant profondément afin de se débarrasser de ce stress qui la rongeait chaque fois qu'elle avait à faire à Marie ou Jean.

*Et Jean, que devenait-il depuis ces années ?* Elle avait toujours une petite pensée pour son fils suite à leur dernière dispute Charles et lui. Mais, confiante en l'avenir, elle s'en remettait au Seigneur. Depuis qu'il avait quitté la maison, elle n'avait plus aucune nouvelle de sa part. Il avait coupé les ponts avec ses géniteurs. Aucune lettre, aucune carte postale, pas un seul coup de fil. Rancunier et fier, Jean les laissait culpabiliser. Elle savait qu'il se portait bien par l'intermédiaire de sa cousine avec qui elle s'entretenait au téléphone de temps en temps. Logé chez une grand-tante, le jeune homme continuait ses études à Paris tout en effectuant de petits boulots pour subvenir à ses besoins.

*

Devant la porte du commissariat, Marie hésitait encore. Elle restait là figée sur le bitume, un peu en retrait, observant les allées et venues des policiers, incapable de prendre une décision. *« Que va t-il se passer si je rentre ? Où cela va t-il me mener ? »* se dit-elle. *« Mais je n'ai pas le choix, je ne peux pas garder ces sachets ! »*

Le cœur affolé, la jeune fille se dirigea alors vers l'entrée du bâtiment, poussa timidement la porte et se retrouva dans un lieu austère et froid. Mal à l'aise, elle attendit quelques instants avant que quelqu'un ne daigne s'occuper d'elle. Une jeune femme s'avança enfin, se planta devant elle et la regarda avec des yeux interrogateurs.

- J'aurais une déposition à faire.

- À quel sujet ?

- C'est assez confidentiel. Je veux voir quelqu'un en particulier.

La jeune flic eut l'air de grimacer et, toujours sans rien dire, disparut au fond de la salle à travers un long couloir. Elle revint quelques minutes plus tard en faisant signe à Marie de la suivre. La femme la guida jusqu'à la porte d'un bureau où un policier était assis devant une table encombrée de piles de dossiers. Au fond de la pièce, un autre policier se tenait face à une machine à écrire. L'homme qui la reçut, la trentaine bien passée, se leva et fit signe à Marie de s'asseoir pendant qu'il allait fermer la porte derrière elle.

De grande taille, mince, des cheveux courts coupés au rasoir, un visage sec aux larges mâchoires et aux pommettes proéminentes, le capitaine Merlin était un officier avenant mais scrupuleux. Il revint s'asseoir face à Marie et d'un ton distant prononça :

- Nom, prénom, profession, âge, domicile, débita t-il sans regarder la jeune fille.

Pendant que le flic balançait ses questions en vrac, l'homme à la machine au fond de la pièce, tapait vigoureusement les réponses de Marie sur les touches du clavier.

- Je vous écoute, finit par dire le capitaine lorsque Marie avait terminé de décliner son identité.

- Je ne sais pas par où commencer... C'est une longue et courte histoire tout à la fois. J'ai hésité à venir vous voir car j'avais peur. En même temps, je ne sais pas quoi en faire.

- Quoi en faire de quoi ? Soyez plus précise !

- De la drogue bien sûr !

- Pardoooon ? dit Merlin étonné par cette franchise.

- Oui, ces sachets de drogue dans mon manteau.

- Allez-y mademoiselle, commencez par le commencement, j'ai tout mon temps.

Marie, un peu plus en confiance maintenant, raconta sa rencontre dans le bus, l'homme qui l'avait bousculée et les sachets de drogue retrouvés plus tard dans la poche de son manteau. Le policier l'écouta attentivement puis demanda :

- Ils sont où maintenant ces sachets ?

Marie sortit les sachets de son sac et les tendit au capitaine. Il y en avait quatre. Le policier soupconneux prit les sachets, les observa et demanda :

- Il n'y en avait que quatre ?

- Oui. *« Il en aurait voulu combien ? »* se demandait-elle... puis un doute l'envahit. Elle commença à réaliser qu'il la soupçonnait d'en avoir dérobé. Elle se sentit déstabilisée et mal à l'aise.

- C'est arrivé quand cette histoire ?

- Il y a quelques mois, en février.

- Et c'est à peine maintenant que vous me les portez ? dit-il d'un ton de reproche.

Marie paniqua.

- Comme je vous l'ai dit, j'ai longtemps hésité... et puis j'avais mes examens à passer, je ne voulais pas être perturbée.

Songeur le capitaine Merlin ne répondait rien, alors Marie se risqua :

- Que va t-il m'arriver maintenant ?... Je suis sûre que cet homme me recherche pour récupérer son bien.

- En ce moment il ne vous arrivera rien. Cet homme sait que nous le traquons et doit se tenir bien tranquille quelque part le temps de se faire oublier. Sinon, il se serait déjà manifesté.

- Mais après capitaine ?

- Après ?... Nous aurons certainement mis la main sur lui, ne vous en faites pas. Ces individus ne restent jamais longtemps sans bouger, ils commettent toujours quelques imprudences et nous les attrapons dans la majeure partie des cas.

- Ah, dit Marie songeuse... *et dans l'autre partie ?* se demandait-elle.

- Je peux m'en aller maintenant ?

Le capitaine fixa la jeune fille avec insistance.

- Pas encore. J'ai encore une question à vous poser.

Marie attendit, de plus en plus inquiète.

- Vous avez vu son visage, vous pourriez le reconnaître ?

Bien sûr que Marie avait vu son visage. Un visage qu'elle ne pourrait jamais oublier. Mais face à la peur de représailles, elle préféra mentir.

- Non, c'est allé beaucoup trop vite et dans la bousculade, je n'ai pensé qu'à me protéger. Je n'ai eu que le temps de l'apercevoir de dos lorsqu'il s'enfuyait.

- À quoi ressemblait-il ?

- À monsieur tout le monde. De taille moyenne, assez large d'épaules, jean, baskets, blouson noir. Il portait une capuche et il faisait sombre alors... difficile de voir un visage.

Le flic émit un léger raclement de gorge pendant lequel une pensée furtive lui traversa l'eprit. *Se pourrait-il que ce soit l'homme retrouvé calciné à l'intérieur de la voiture d'Irène Masset au-dessus des plages de Corbières ? Dans ce cas, la police connaissait déjà son identité grâce à son analyse dentaire. L'affaire était donc bouclée ! Il ne nous emmerdera plus celui-là,* se dit l'homme.

- Oui, vous pouvez y aller maintenant, mais nous allons certainement vous recontacter, précisa t-il.

Marie se leva, soulagée et sortit sans se retourner.

*

En traversant l'Esplanade Charles de Gaulle pour regagner sa voiture, la jeune fille aperçut une annonce accrochée sur la porte d'un immeuble : **« CABINET MEDICAL RECHERCHE INFIRMIER DIPLOME. »**

Marie bondit de joie. Juste ce qu'il lui fallait. Elle sonna et après un court déclic, poussa la porte de l'immeuble et se retrouva dans un couloir sombre désservant plusieurs appartements. Elle appuya encore sur une seconde sonnette, attendit quelques instants puis se trouva face à une jolie jeune femme un peu plus âgée qu'elle. Marie se présenta et expliqua la raison de sa visite. La jeune femme parut contente. Elle lui demanda de patienter un petit moment, le temps d'en terminer avec son patient. Après dix minutes d'attente, une fois le patient sorti, la jeune femme revint vers elle avec un large sourire. Elle s'enquit tout d'abord du parcours professionnel de la jeune fille avant de lui faire visiter les lieux. Les deux femmes échangèrent encore quelques paroles et satisfaites toutes les deux, Marie obtint la place.

*

En arrivant au cabanon, Charles se trouvait là.

- *Zut,* se dit Marie. *Pourquoi a t-il eu besoin de rentrer si tôt, juste aujourd'hui ?*

Elle gara la voiture sur le côté du logis et en passant devant celle de son père, l'infirmière posa la main sur le capot afin de vérifier si le moteur était encore chaud. Heureusement, Charles venait à peine d'arriver ! Elle pénétra, inquiète, dans la maison et trouva son père, furieux contre Delphine, qui ne savait que répondre aux reproches de son mari. La pauvre femme se sentait fautive et en voulait à Marie de ne pas être revenue plus tôt. Elle savait que si Charles l'apprenait, il en ferait toute une histoire et sa colère durerait bien trois jours. Elle regarda Marie froidement et attendit la suite.

- Tu viens d'où ? dit Charles se tournant vers sa fille.

- J'étais à Aubagne, j'ai trouvé un travail.

- Ah... fit Charles décontenancé à côté d'une Delphine qui parut se détendre comme un chamallow sous l'annonce de cette bonne nouvelle. L'homme ne s'attendait pas à cette réponse et ne sut que dire. Puis, après cet instant de surprise, il se ressaisit aussitôt.

- Quel genre de travail ?

- Du genre de mes compétences bien sûr ! D'infirmière, répondit-elle narquoise.

Charles ne releva pas l'insolence de Marie. Pas cette fois. Il avait d'autres priorités dans l'immédiat. Il ne voulait pas que la conversation se termine avant de tout savoir.

- Où ça ?... Chez qui ?

- Sur l'Esplanade, à côté de la pâtisserie. Une dame très gentille. Elle a besoin de quelqu'un en plus afin de pouvoir prendre un peu de recul. Je commence la semaine prochaine.

Charles n'en revenait pas, Marie n'avait pas traîné. Même s'il était assez fier d'elle, l'homme ne se leurrait pas sur les motivations qui avaient poussé la jeune fille à être si prompte à trouver un emploi. La satisfaction était donc partagée.

Delphine qui se trouvait un peu en retrait et en dehors de la conversation se réjouissait de la tournure que prenaient les évènements. Tout compte fait cette sortie en voiture n'avait pas que du mauvais.

# CHAPITRE 62

*Juillet 1966*

Depuis sa sortie de prison qu'il avait habilement négociée avec son autorité, Gégé menait une vie calme et solitaire à Aubagne. Il habitait une cabane en plein champ, et cultivait un petit lopin de terre, gentiment prêté par sa voisine Octavia, la mère de Pierrot, en échange de quelques menus travaux. Vivant tant bien que mal de ses petites récoltes, il essayait de se faire oublier de la justice et des truands.

*

La fête s'annonçait grandiose. Tout avait été bien pensé pour rendre ce jour mémorable. Pierrot et Fernande se donnaient corps et âme à l'amménagement des lieux. Ils voulaient que leur mariage soit le plus beau jour de leur vie. Il avait été décidé que l'évènement se déroulerait chez la mère de Pierrot à la campagne. Emile Coste, le père de Fernande, et sa femme Juliette s'occuperaient du repas de noce.

La liste des invités avait été soigneusement étudiée par les deux partis. Pierrot tenait à inviter le commissaire Lambert, qui par sa deuxième union était un peu de sa famille, les Rollin chez qui il travaillait de temps en temps, quelques connaissances du café de l'horloge et Gégé son voisin, avec qui il entretenait des rapports amicaux. Celui-ci avait décliné l'invitation, n'aimant pas les mondanités.

Fernande choisit deux, trois anciennes amies de classe et les parents de la mariée, de très bons clients de la boucherie ainsi que des cousins.

La cérémonie eut lieu dans l'église Saint-Sauveur qui dominait Aubagne. L'allée centrale offrait une perspective frontale sur un autel regorgeant de fleurs. De part et d'autre de l'allée, l'assemblée contemplait, émue, l'entrée de la future mariée au bras d'un Emile plus que fier.

Sous la marche nuptiale, soutenue par son père, Fernande avançait d'un pas lent vers le haut de l'église où Pierrot, nerveux, l'attendait déjà. Eclairés d'un rai de lumière filtré par des vitraux bleus et orangés, face au prêtre, les futurs époux se promirent fidélité pour le meilleur et le pire.

Sous les vapeurs d'encens qui s'échappaient en volutes au-dessus de l'autel, semant dans leurs sillons un doux parfum intense de myrrhe, Fernande et Pierrot s'embrassèrent tendrement.

La marche nuptiale se fit entendre une fois encore, sonnant la fin de la cérémonie. Les grandes portes s'ouvrirent laissant pénétrer une lumière aveuglante. Les jeunes mariés traversèrent à nouveau l'allée, bras dessus, bras dessous jusqu'au parvis de l'église où patientait une foule agitée.

Après de longs échanges et de nombreuses félicitations de la part des spectateurs, les nouveaux époux grimpèrent ensuite dans la calèche louée pour l'occasion et regagnèrent les Solans au trot sous les acclamations et cris de joie.

Emile et Juliette, les parents de la mariée, réunirent les

bouquets qui ornaient l'église et rejoignirent le lieu des festivités.

Joliment décorées dans un style campagnard, recouvertes de grandes nappes blanches ornementées de branches d'oliviers et de pétales de fleurs, les tables avaient été dressées auparavant à l'ombre des arbres fruitiers.

*

À quelques dizaines de mètres de là, Gégé binait les allées de son potager. Dans le silence de la nature, sous le gémissement des feuilles bercées par une légère brise, il entendait au loin les sons joyeux de la fête.

*

Serrés l'un contre l'autre, leurs corps n'en faisaient plus qu'un. La moto roulait à grande vitesse sur le bitume des petites routes de campagne. Virages après virages, elle atteignit, en ce milieu de journée du mois de juillet, les champs de vigne qui s'étendaient sur des kilomètres au pied du Garlaban.

*

La fête battait son plein. La musique résonnait aux sons des basses et des aigüs. Sur la terrasse quelques convives improvisaient des pas de deux en tournoyant tandis que les moins à l'aise restaient sur leur chaise en spectateurs. Aux alentours, les enfants jouaient à cache-cache dans les vignes.

*

La moto ralentit sur le petit chemin de terre, se fit silencieuse puis s'arrêta derrière le potager. Un homme en descendit, fit quelques pas et, lentement, avec détermination, sortit un

Beretta de son blouson.

- Gégé ? cria l'individu au quadragénaire qui se tenait courbé au-dessus des légumes.

Le vent s'était levé et les rafales, de plus en plus violentes, couvraient en partie la voix de l'inconnu. Gégé se redressa et se tourna face à celui qui venait de l'interpeller. Sans avoir le temps de réaliser ce qui lui arrivait, le paysan sentit un froid glacial l'envahir. Plusieurs balles l'atteignirent au niveau du thorax, au cœur. Le sol se déroba sous ses pieds, une douleur atroce le gagnait, lui coupant le souffle. Il s'effondra face contre terre dans une mare de sang entre deux rangées de salades. La moto repartit à vive allure, brisant le mistral qui maintenant s'apaisait.

*

Les danses folkloriques remplacèrent les slows, les tangos, les twists, les rocks... La pièce montée se dirigea vers la table centrale où se tenaient les jeunes mariés. Le champagne coulait à flot et les bouteilles s'entassaient dans un coin du jardin.

Sous l'impact de la détonation amenée par le vent, cachée dans les vignes, Lisie sursauta. La fillette porta son regard en direction de là où venait le son et eut le temps d'entrevoir la moto qui démarrait précipitamment. L'homme dans le potager avait disparu.

La petite fille rejoignit ses parents qu'elle trouva attablés en compagnie du commissaire Lambert.

- Eh bien Lisie, où étais-tu ? lui demanda Delphine.

- Dans les vignes avec les autres enfants.

Les adultes dévisagèrent l'enfant qui n'avait pas l'air dans son assiette.

- Qu'est-ce qu'il t'arrive, tu n'as pas l'air bien... Tu es toute pâle ! s'inquiéta Delphine. Tu ne veux plus jouer ? Vous vous êtes disputés ?

- Non.

- Eh bien qu'y a t-il alors ?... Tu en fais une drôle de tête !

Lisie regarda ses parents et le commissaire qui la dévisageaient avec curiosité mais l'enfant resta muette.

- Eh bien Lisie, on te pose une question... Veux-tu bien y répondre, ordonna Charles qui commençait à s'ennuyer à la fête. Les réceptions et toutes manifestations privées ou publiques n'étaient pas son fort.

- J'ai entendu un bruit, un peu comme un coup de feu, finit par avouer l'enfant.

- Comment peux-tu reconnaître un coup de feu ?... Encore ton imagination ? s'exaspéra Charles.

- Oui, c'était un coup de feu... Comme à la télé... Comme dans les westerns !

- Ce sera certainement des chasseurs, lui répondit Delphine.

Devant la sincérité de l'enfant, les sens affinés du commissaire Louis Lambert se réveillèrent après cette journée de liesse où il les avait mis au repos. *Se pourrait-il que cette petite ait raison ? Les chasseurs opéraient plus loin dans les collines et il était impossible qu'un son de carabine soit aussi nettement perceptible de là où ils se tenaient.*

- J'ai vu aussi une moto qui demarrait précipitamment, poursuivit la fillette.

- Il y a combien de temps que c'est arrivé tout ça ? demanda Louis à l'enfant.

- Maintenant, il y a quelques minutes.

Louis n'avait rien entendu. Mais bien sûr, de sa place, avec la musique et le vent, qui aurait pu entendre quoi que ce soit ? Il n'y avait que dans les vignes, à l'écart du mariage, que le bruit d'un coup de feu aurait pu être audible. *Se pourrait-il que la petite Lisie ne se trompe pas ?* pensa t-il.

# CHAPITRE 63

Octavia Caillol était surprise. Cela faisait quatre jours que le mariage de son fils Pierrot avec Fernande avait eu lieu et depuis ce temps, elle n'avait plus de nouvelles de Gégé son voisin. Trop occupée par la noce jusqu'à présent, elle s'en étonnait maintenant. En temps ordinaire, elle l'apercevait au milieu des vignes ou dans le potager. Régulièrement, il venait lui déposer ses légumes pour la semaine et s'attardait quelques instants, le temps d'un café.

Intriguée, la vieille dame se rendit chez son voisin un beau matin. Elle emprunta l'étroit sentier qui coupait à travers champs, ouvrit la petite barrière en bois qui séparait le jardin des vignes et se dirigea vers la cabane. La porte d'entrée donnant sur l'unique pièce était grande ouverte. Elle regarda à l'intérieur, s'avança et fut saisie par la forte odeur pestilentielle qui y régnait. L'évier débordait de vaisselle sale, un rat affamé détala à son approche et disparut par un trou de la cloison. Au milieu de la pièce, une petite table en pin servait de garde-manger à une colonie de fourmis rassemblée dans la boîte à sucres. Posé à côté, dans un bol, un restant de café indiquait, par la présence de champignons, une moisissure de plusieurs jours.

Octavia quitta la baraque, jeta un coup d'œil rapide aux

alentours et se dirigea alors vers le potager. En s'approchant, elle distingua allongée au sol une forme indistincte et immobile. Elle s'avança davantage et, debout au-dessus du corps, elle eut du mal à contenir son effroi. L'homme était méconnaissable. Son corps gisait au sol dans un état de putréfaction bien avançée.

Prise de panique, la sexagénaire se rua vers la maison la plus proche et composa le numéro du commissariat. Un quart d'heure plus tard, le périmètre autour de la cabane de Gégé était bloqué. Des voitures de police et gendarmerie envahissaient tout le secteur.

*

La police scientifique de Marseille conclut que le meurtre avait eu lieu déjà plusieurs jours auparavant. Louis Lambert constata avec effroi que cet assassinat avait été exécuté sous ses yeux, pendant la noce, à quelques distances de là. Avec la musique, les chants, le vent, il n'avait rien entendu. Il s'agissait bien du coup de feu dont les avait informés la petite Rollin. Il convoqua par la suite tous les convives du mariage ainsi que Lisie, afin de trouver quelques témoins éventuels.

La police avait de forts soupçons sur le commanditaire de ce crime. Bien que Francis Poli se soit retiré des affaires, ce meurtre avait été commis avec le même mode opératoire que l'ancien truand employait. Ils avaient retrouvé sur le lieu du crime les douilles de calibre 9 mm du Beretta, arme préférée des hommes du trafiquant.

# CHAPITRE 64

Pendant ce temps-là, Rose Raspino avait fait sa propre enquête sur les relations de sa mère Thérèse avec cet énigmatique Gaston Foulon. Les révélations du commissaire n'avaient cessé de la tourmenter. Elle avait fouillé la maison de ses parents de fond en comble à la recherche de documents ou de photos prouvant ses véritables origines mais en vain. Rien non plus sur les registres d'Etat civil à la mairie de Cuges et à la mairie d'Aubagne, ne mentionnait sa filiation avec Gaston Foulon.

Elle se saisit de la carte de visite que lui avait confiée le commissaire Louis Lambert et composa son numéro.

- Commissaire Lambert, j'écoute !

La sexagénaire un peu intimidée attendit un cours instant avant de poursuivre.

- Bonjour commissaire, ici Rose Raspino de Cuges-les-Pins.

- Oui, bonjour madame Raspino, que puis-je faire pour vous ?

- Voilà commissaire, j'ai fait mes propres recherches et ne trouve aucun document pouvant prouver que Gaston Foulon serait bien mon père biologique. Avez-vous avancé de votre côté ?

- J'ai peut-être quelque chose pour vous... Je comptais vous appeler mais pour cela il me fallait encore procéder à certaines vérifications. Parmi les papiers qui se trouvaient dans la boîte remise par madame Rollin, il y a un document provenant d'un notaire d'Aubagne. Comme celui-ci est décédé depuis le temps nous n'avons pas encore enquêté de ce côté. Peut-être que son successeur détiendrait toujours quelques papiers appartenant à votre défunt père. Dès demain, j'irai voir le notaire qui a racheté l'étude et vous tiendrai au courant. Il ne faut pas trop espérer quand même mais sait-on jamais !

- Je vous remercie commissaire... j'attends donc votre appel.

Rose Raspino raccrocha, une nouvelle lueur d'espoir au fond du cœur.

*

Le lendemain matin, Louis Lambert se présenta chez le notaire qui avait pris la succession des deux officiers ministériels précédents. Il patienta quelques instants dans une salle à l'écart avant qu'un jeune homme d'une trentaine d'années se présente à lui. Le commissaire se leva, exhiba sa plaque à l'officier public qui manifesta un étonnement non dissimulé.

- La police chez moi... d'aussi bonne heure ? Que me vaut cette visite surprise ? formula le jeune notaire d'un air suffisant.

Louis ne se laissa pas impressionner par la fatuité de ce jeune dandy ambitieux. Il regarda fixement ce coq ronflant qui se tenait fièrement devant lui et sur un ton péremptoire alla droit au but.

- La raison de ma visite est la recherche d'un document qui aurait été confié à un de vos prédécesseurs voilà maintenant pas loin de soixante ans.

- Oh oh, comme vous y allez, répondit le coq adoptant une attitude un peu moins pompeuse. Comment voulez-vous que je retrouve un tel document ? Et quand bien même je serai en possession de ce document, je suis lié par le secret professionnel.

- Il y a maintenant prescription, cher maître... Vous n'êtes plus tenu par quoi que ce soit ! Et je ne vous conseille pas de faire obstruction à la justice... Vous êtes bien placé pour savoir que vous ne pouvez vous soustraire à une enquête policière.

Le tabellion eut du mal à cacher son agacement mais face à un Louis Lambert déterminé, il obtempéra.

- Je vais faire ce que je peux pour retrouver votre document... De quoi s'agit-il exactement ?

- Nous n'en savons encore rien pour l'instant... Justement je comptais sur vous pour me l'apprendre. Peut-être un testament ou une lettre !

Le fat, contrarié se dit que cet ordre allait lui faire perdre beaucoup de temps.

- Quel nom dois-je chercher ?

- Gaston Foulon et Thérèse Botrini-Suveran, sa maîtresse. Les deux amants auraient eu une petite fille prénommée Rose Suveran-Raspino, née en 1901. Mon enquête mène sur l'assassinat de ce Gaston Foulon et sur la substitution de plusieurs terrains qui lui auraient appartenu. Je pense connaître l'assassin et le voleur mais il me manque les preuves. Cette Rose Raspino que j'ai retrouvée, cherche des papiers validant sa filiation avec Gaston Foulon pour prétendre à son héritage et à ce qui lui a été volé.

- Wouahhh ! Quelle histoire ! Bien commissaire, je vais dans l'immédiat mettre ma secrétaire dans cette recherche mais cela va demander du temps. Nous devrons malgré tout retrouver ces documents si toutefois nous ne les avons pas redirigés aux archives du département... Depuis le temps !

- Je vous remercie maître de votre sollicitude. Le plus tôt sera le mieux. L'enquête piétine !

Le jeune notaire lança un regard de convenance au commissaire qui prenait déjà congé.

# CHAPITRE 65

*Septembre 1966*

Geneviève Cigliano s'affairait à trier dossiers et photos parmi les archives du Provençal. Elle cherchait pour le compte du journal des documents retraçant les manifestations sportives datant de l'année 1956. Un récapitulatif de toutes les disciplines devait venir illustrer le nouveau calendrier de l'année 1966 avec son équivalent sportif, mois par mois dix ans plus tôt. Une idée comme une autre pour mettre en avant le journal !

Elle se laissait distraire par ces images défilant sous ses yeux, lorsqu'elle aperçut une photo sur laquelle apparaissait son mari Patrick en premier plan, brandissant la coupe qui lui avait été remise ce soir-là par le club. Elle se souvenait très bien de cette soirée. Elle s'y trouvait également. Mais elle l'avait oubliée. Derrière Patrick, sur le fond de la photo, on apercevait très en retrait un homme et une femme tenant une coupe de champagne dans les mains. L'homme était de profil, tête baissée mais la femme apparaissait nettement sur le cliché.

Geneviève se délectait de ses souvenirs. Nostalgique du temps qui passe, elle regrettait un peu cette jeunesse où ils étaient insouciants. Elle avait été heureuse avec Patrick, ses enfants lui donnaient entière satisfaction.

Elle aimait cette photo. Son époux était si beau dessus. Elle hésita un petit moment puis céda à la tentation. *« Personne n'en saura rien, se dit-elle. »* Elle s'empara de la photo et la glissa discrètement dans son sac.

Emue par ce retour en arrière, Geneviève continuait méthodiquement ses recherches jusqu'à sa pause déjeuner.

Justement, ce jour-là, elle avait rendez-vous au restaurant sur le port de Marseille avec sa fille Brigitte, sa nièce Edith et Louis, son frère. Les occasions étaient si rares de se retrouver en famille que depuis leur retrouvaille, Geneviève avait tenu à organiser régulièrement des rencontres familiales.

Louis se trouvait dans la cité phocéenne dans le cadre de ses recherches sur la disparition de sa femme. Après la découverte du macchabé au large de Cassis, le policier voulait vérifier si le mystérieux cadavre pouvait être celui d'une femme et en l'occurence celui de Marie-Louise. Il s'était rendu à la police nationale de la ville où travaillait Edith, sa fille. Pour sa première vraie enquête, la jeune femme avait été mise sur l'affaire du chalutier. Cela allait prendre certainement beaucoup de temps vu les années qui s'étaient écoulées.

Installés tous les quatre à la terrasse du restaurant par ce beau temps de fin de saison, l'humeur était joyeuse. Le port était animé comme à son habitude et les brasseries ne désemplissaient pas. Les bateaux de pêche étaient à quai tandis que les plaisanciers naviguaient au large.

- Que c'est bon de se retrouver là tous les quatre ! s'exclama Geneviève. Je vais avoir du mal à regagner mon bureau cet après-midi ! Pourquoi faut-il toujours que les bonnes choses aient une fin.

- Pour mieux les apprécier maman, lui répondit Brigitte.

- Tu as certainement raison ma chérie ! Je vais tâcher de m'en souvenir !

- Bon et bien... à cet heureux événement alors ! renchérit Louis en levant son verre pour trinquer mais le cœur n'y était pas. Son esprit vagabondait sur sa visite du matin à la police nationale qui n'avait pu le renseigner encore sur le sexe du défunt. Il n'avait pas appris grand-chose et restait toujours avec un tas de questions sans réponses.

- Alors racontez-nous... As-tu eu du nouveau ce matin Louis ? Et toi Edith vous avancez un peu sur ce cadavre ? questionna Geneviève.

- Je n'ai pas trop le droit d'en discuter mais tout ce que je peux dire c'est que cette affaire va nous donner du mal, vu l'état de décomposition du mort.

- Les enquêteurs pensent que le bateau a été coulé volontairement. Ils recherchent maintenant la personne à qui il appartenait. Nous avons appris aussi que le cadavre avait été enroulé dans une bâche et ils cherchent où a été acheté cette bâche. Il y a la marque dessus mais bien sûr elle n'est pas reconnaissable, expliqua Louis d'un ton déçu.

- Enfin ils vont pouvoir avancer ! s'exclama Geneviève.

Louis resta pensif.

Tout le monde observa un calme de quelques secondes. Puis Geneviève reprit :

- Regarde un peu Brigitte, ce que j'ai retrouvé au journal ce matin. Il n'est pas beau ?

Brigitte observa la photo sur laquelle son père posait. Elle avait du mal à le reconnaître.

- Qu'est-ce-que c'est drôle de le voir avec des cheveux ! Il est méconnaissable ! Tu ne trouves pas tonton ? dit-elle en passant la photo à Louis.

Louis quitta à contre cœur ses réflexions et se pencha distraitement sur l'image. Il était à des années lumière de la coupe de cheveux de son beau-frère. Patrick pourrait porter des couettes qu'il s'en ficherait. Cela ne changerait rien à son état d'esprit actuel. Puis il fut attiré soudainement par le visage de la femme qui se tenait derrière Cigliano. Il semblait la connaître. L'avoir rencontrée récemment. Mais il n'arrivait pas à mettre un nom dessus.

- Quest-ce qu'il t'arrive papa ? lui demanda Edith remarquant son trouble.

- Ce visage ne m'est pas inconnu... J'ai déjà vu cette femme... J'ai même l'impression qu'il n'y a pas si longtemps que ça. Et puis cet homme aussi, on ne le voit pas très bien mais je mettrai ma main à couper qu'il s'appelle Francis Poli... j'ai sa photo d'ailleurs dans mon bureau. Ceci voudrait dire que Patrick, ton mari Geneviève, le connaitrait très bien. Je vais devoir l'interroger. Il a certainement beaucoup de choses à m'apprendre !

- Laisse Louis, je m'en occupe ! Si c'est toi qui l'interroge, il va se braquer. Je lui poserai des questions insignifiantes, il ne se méfiera pas.

- Tu as raison. Je te laisse faire alors.

Edith observa attentivement la femme sur la photo mais sans la reconnaître.

- Non je ne vois pas ! dit-elle désolée. J'enquêterai de mon côté aussi si tu veux !

- Tu devais y être toi aussi à cette soirée ? insista Louis tout d'un coup soupçonneux en s'adressant à sa sœur.

- Bien sûr que j'y étais mais ça ne date pas d'hier... Je ne me souviens pas en détail. On a rencontré plein de gens, des amis de Patrick, des amis d'amis, des invités venant de l'extérieur du club. Je me souviens vaguement de ce couple. La femme était très discrète et réservée. Elle avait l'air malheureux, inquiet. L'homme, lui, était distant, je dirai même, froid. Patrick m'avait juste dit à l'époque que c'était un copain qui venait de temps en temps à la salle. Ils discutaient un peu de tout, de leurs affaires, de leur famille... sans plus.

Louis l'écoutait avec un grand intérêt sans l'interrompre. Il la fixait pour voir dans ses yeux si elle ne lui cachait pas quelque chose. Brigitte et Edith écoutaient aussi attentivement et étaient surprises de l'importance que Louis donnait à ces deux personnes.

Ils finirent leur dessert, commandèrent un café et se quittèrent ensuite sur cette conversation suspicieuse. Geneviève se demandait bien ce qui lui avait pris de sortir cette photo. Sans cela ce repas aurait été plus amusant... si toutefois, dans une famille de flics, le mot amusant ait un sens.

# CHAPITRE 66

*Septembre 1966*

Lorsque Louis Lambert rejoignit son bureau au commissariat d'Aubagne après son déjeuner en famille à Marseille, il fut apostrophé par le brigadier Pignon qui l'attendait, impatient, depuis un bon moment.

- Vous avez reçu un coup de fil commissaire... Un certain Daniel Voulant, notaire...

- ... Vous ne pouviez pas le dire plus tôt, Pignon ! s'exclama le commissaire en ne lui laissant pas finir sa phrase.

- Mais... vous venez tout juste d'arriver chef ! s'exclama le brigadier décontenancé par cette mauvaise foi.

Le commissaire s'empara du combiné laissant Pignon digérer son rabrouement dans l'encadrement de la porte.

- Maître Voulant... commissaire Lambert... Vous avez essayé de me joindre paraît-il ?

- Tout à fait ! J'ai retrouvé ce que vous m'aviez demandé. Cela n'a pas été une mince affaire mais heureusement pour vous ce n'était pas parti au département. Le document était perdu au milieu d'un tas de dossiers. Comme l'ancien notaire, Auguste Gensolen est décédé bien avant votre victime Gaston Foulon, personne n'a eu connaissance de ce document et il est tombé aux oubliettes. Si vous voulez passer à l'étude, nous prendrons connaissance de ce dossier ensemble.

- C'est entendu maître, je suis chez vous dans dix minutes. Merci.

Dix minutes plus tard, Louis Lambert se retrouvait assis, face au jeune notaire devenu plus conciliant.

- Bon !... Voyons un peu ce que cache ce pli ! déclara le policier.

Daniel Voulant décacheta minutieusement la grande enveloppe kraft dans laquelle se trouvait une seconde enveloppe blanche, fermée par un sceau et dont le recto mentionnait « testament ». Il l'ouvrit avec la même délicatesse que la précédente et commença la lecture.

*Je soussigné Gaston Foulon, né le 16 mars 1847 à Aubagne, domicilié au 126 chemin de la Carreirade d'Allauch, désigne mon fils François Foulon, légataire universel de mon domicile (voir adresse ci-dessus), ainsi que du terrain qui l'entoure.*

*Je lègue à ma fille Rose Suveran, mes terrains de vigne au Bec Cornu.*

Fait à : *Aubagne le 12 Septembre 1889*

Gaston Foulon

Ce testament était accompagné de l'original d'un acte de propriété, désignant les parcelles de vigne du Bec Cornu. Le double de cet acte se trouvait dans la boîte métallique confiée au commissaire par madame Rollin.

L'enveloppe kraft contenait également une lettre reconnaissant la paternité de Gaston Foulon sur Rose Suveran.

- Eh bien voilà ! Nous sommes fixés maintenant. J'ai tout ce qu'il me fallait... Je ne suis pas sûr que Rose Raspino frétille de joie après la confirmation de nos soupçons. Toute une vie dans le mensonge... Apprendre que son père n'était pas son père...

- Oui... À son âge, ça fait un choc... y'a pas de doute !

- Je vais la prévenir, qu'elle prenne contact avec vous pour les formalités.

Les deux hommes se levèrent et le commissaire prit congé.

# CHAPITRE 67

Suite à la découverte de son chalutier dans la baie de Cassis par la police, Francis Poli avait quitté la ville une fois de plus. C'était bien le sien, celui qu'il avait coulé il y a plus d'une douzaine d'années auparavant. La police n'allait pas tarder à faire le rapprochement avec lui, même si cela s'avérait difficile compte tenu de l'état de décomposition du bateau.

Il devait disparaître... Trouver une fois encore une planque. Il s'adressa à l'un de ses plus vieux potes, Robert Jourdan, un collectionneur en tous genres, spécialisé dans le trafic d'œuvres d'art. Le truand partit donc se réfugier dans le Sud de l'Italie dans une propriété appartenant à cet homme douteux.

Francis avait toujours redouté cet instant-là. Il savait très bien qu'un jour cette affaire lui reviendrait en pleine figure. Il n'échapperait pas à son destin. Son désir de retraite paisible au soleil, sur le pont de son nouveau bateau dans le port de Marseille, allait certainement se transformer en isolement à l'ombre, au fond d'une cellule de deux mètres sur deux. Deux cas de figure diamétralement opposés ! Il avait payé sa dette pour ses trafics de drogue mais avait encore quelques nombreuses casseroles à son actif.

*

Une fois de plus, Irène avait dû se rendre à l'évidence. Elle avait encore fait acte de présence une fois ou deux aux rendez-vous qu'ils avaient convenu Fancis et elle avec Martine, mais à ces deux occasions le truand ne s'était pas montré.

Persuadée que ce dernier avait une responsabilité dans le naufrage du chalutier, la vendeuse de costumes et chemises suivait l'affaire de très près dans les journaux. Mais la presse était avare de détails sur l'affaire et la police traînait. La jeune femme se demandait bien pourquoi Francis avait coulé son bateau. *« Que cachait-il ? De quoi avait-il peur ? Qui était ce cadavre retrouvé sous ce mystérieux bateau ? Elle ne le saurait probablement jamais ! »* Irène ne retourna plus dans le café où ils avaient l'habitude de se retrouver et l'ex-amante dut oublier Francis pour toujours.

# CHAPITRE 68

Patrick Cigliano, sans s'en rendre compte avait servi les affaires de Francis Poli. Le mari de Geneviève se doutait bien que l'homme qui se rendait dans la même salle de sport que lui et qui était devenu au fil du temps un ami, n'était pas vraiment ce qu'on pouvait qualifier d'homme respectable. Mais il ignorait totalement qu'il était recherché par la police.

Ce soir-là quand Geneviève montra à son époux la photo qu'elle avait dérobée au Provençal, il fut lui aussi tout ému. Sans que la jeune femme eut besoin de lui poser la moindre question, l'antiquaire commença à s'épancher sur ses anciens souvenirs.

- Oui, c'était une belle soirée ! Comme j'étais fier avec ma coupe à bout de bras ! Je n'ai jamais pu dépasser ce score ! Maintenant encore moins... Je me suis ramolli ! Hein ma puce... tu ne trouves pas qu'il s'est ramolli ton homme ? dit-il en l'embrassant.

Patrick était particulièrement de bonne humeur ce soir-là. Il tournait et retournait la photo dans tous les sens, se contemplant avec fierté. Geneviève le laissa s'attendrir sur lui-même, toujours silencieuse.

- Regarde, c'est Francis derrière moi avec sa copine de l'époque... Tu te souviens d'eux ? Il était jeune là Francis !

Geneviève fit semblant de ne pas se souvenir pour pousser Patrick à en dire davantage.

- Mais oui, souviens-toi chérie, il avait même bousculé une femme en essayant de se cacher pour ne pas être sur la photo. La femme l'avait traité de tous les noms. Tu ne te souviens pas ?

- Non persistait Geneviève.

- Ça a failli mal se terminer !... Il était curieux quand même ce Francis !... Je l'aimais bien, mais il était un peu bizarre !

- Pourquoi ?

- Parfois on ne le voyait plus pendant plusieurs mois, puis il réapparaissait. Il restait quelques temps sur place, ensuite il disparaissait à nouveau. Il disait que c'était pour ses affaires... qu'il était obligé de voyager. Je n'ai jamais trop bien su ce qu'il faisait d'ailleurs ! Il restait quand même assez évasif là-dessus... tout compte fait... maintenant que j'y repense ! En dehors de ça, il était sympa... On discutait bien ensemble, il s'intéressait aux autres, il me posait beaucoup de questions sur la famille, les enfants, sur ma vie. C'était pas le mec qui parlait que de lui, non ! Ça fait un moment qu'il n'est plus venu s'entraîner d'ailleurs !

- Quels genres de questions posait-il ? osa prononçer Geneviève.

- Si mes affaires marchaient bien, si tu te plaisais à ton travail, dans quel service tu étais, au sujet des enfants, de ton frère...

- Il connaissait mon travail ?

- Faut croire... J'avais dû lui en parler déjà avant.

- Et pourquoi mon frère ?

- Tiens c'est vrai... Pourquoi ton frère ?

- Qu'est-ce que Louis a à voir là-dedans ? Comment sait-il que j'ai un frère d'abord ?

- J'en sais rien moi... T'es chiante tout d'un coup !

- Un type te pose un tas de questions, plutôt indiscrètes sur ta famille, ta femme et ton beau-frère et ça ne t'étonne pas ?

- Non, c'est sympa ! C'est un ami ! C'est normal entre amis... non, tu ne crois pas ?

- Sympaaaaa ?... Tu dis que le type est bizarre, voire louche et ça ne t'étonne pas qu'il te pose un tas de questions sur nous ? Je te rappelle que Louis est flic !

Geneviève se leva brusquement du canapé, le souffle coupé. La main sur le front, elle tournait en rond dans le salon.

- Tu t'es fait avoir mon cher Patrick et en beauté qui plus est ! Et la femme sur la photo, celle qui l'accompagne, tu sais qui est-ce ?

- Non, je ne l'ai vue que ce soir-là, je ne connais pas son nom... C'était la première fois que je la voyais !

- Tu ne sais rien sur elle ?

- Non ! Mais pourquoi toutes ces questions bon sang ? Je ne sais pas moi... Je crois qu'elle travaillait dans un bar près du port à l'époque.

- Le nom du bar Patrick ! s'exclama t-elle. C'est important !

- Aucune idée... Tu m'emmerdes maintenant ! dit-il en sortant de la pièce.

Geneviève resta là sur place, bouleversée. *« Visiblement on s'était servi de Patrick pour atteindre Louis. Mais pourquoi ? Que cherchait cet homme ? Quelle importance avaient Louis et Edith pour lui ? C'étaient plus que des questions banales ! »* se disait-elle. *« Ça ressemble à un interrogatoire ! »*

*

Dans son appartement du centre ville d'Aubagne, avachi sur son canapé au milieu d'une tonne de dossiers, Louis Lambert savourait tranquillement un whisky premier choix, lorsque la sonnerie du téléphone retentit. Il posa lentement le document qu'il tenait à la main sur la table basse devant lui et se dirigea à pas lents vers l'appareil qui n'arrêtait pas de sonner.

- Tu es assis ? lui dit sans préambules la voix au téléphone.

- Je l'étais avant que tu me fasses me lever.

- Tiens-toi bien ! Tu ne devineras jamais ce que Patrick vient de me dire au sujet de la photo !

- Aïe... je suis déjà inquiet ! Vas-y, je m'accroche !

- Eh bien voilà ! Tu sais que Patrick est un peu naïf...

- Noooon... !

- Laisse-moi finir, je t'en prie !

- Excuse-moi, je t'écoute.

- Il vient de me dire que l'homme sur la photo était bien Francis Poli et qu'ils sont amis depuis longtemps. Et tiens-toi bien encore...

- Je fais ce que je peux... Je sens que ça va devenir difficile !

- Arrête de plaisanter Louis, c'est très sérieux ! Dixit Patrick, cet homme lui aurait tiré les vers du nez sur toute la famille y compris toi.

- Quels genres de vers ?

- Des vers personnels. Sur tes habitudes, où tu habitais à Aubagne, les habitudes de Marie-Louise, où Edith allait à l'école etc.

- Et ?

- Et Patrick lui avait tout servi sur un plateau avec les moindres détails et sans la moindre suspiscion.

- En effet, plus naïf que ça, tu meurs !

Louis Lambert commençait à se demander s'il ne s'était pas trompé sur le compte de son beau-frère. Il n'était pas louche, il était couillon ! Francis connaissait tout sur l'entourage de Patrick mais celui-ci ne savait rien sur la vie du truand. Il allait falloir qu'il houspille le mari de sa sœur.

- Bon écoute, dit-il d'un ton qui avait abandonné toute forme d'ironie. Maintenant c'est moi qui vais interroger ton mari. Même s'il ne sait pas grand-chose, il doit toujours en savoir plus que nous. Je passe demain soir prendre l'apéro chez vous ! Dis à Patrick qu'il faut impérativement qu'il soit là ! Je te remercie pour ton coup de fil Geneviève. Bonsoir... à demain !

Aprés avoir raccroché, le policier s'en retourna vers les dossiers qu'il avait ramenés du commissariat concernant l'arrestation du truand gare Saint-Charles, dix-neuf ans plus tôt et les éplucha encore et encore.

# CHAPITRE 69

Lorsque Louis Lambert débarqua chez sa sœur et son beau-frère en fin de soirée, Patrick était déjà là. L'ambiance était électrique. Les deux hommes se fusillaient du regard. L'antiquaire savait qu'il allait être passé à la moulinette. Affichant un sourire crispé et une attitude de petit garçon qui se fait punir, il attendait les questions cinglantes du policier.

Geneviève eut pitié de son mari et lui vint en aide en détendant l'atmosphère. Après les préliminaires de convenance, la jeune femme s'adressa à son frère.

- Je t'en prie Louis, assieds-toi, dit-elle en lui désignant le fauteuil de cuir qui tournait le dos à la fenêtre.

Le commissaire s'exécuta pendant que Patrick et Genevière prenaient place sur le canapé en face de lui. Geneviève proposa des boissons et pendant qu'elle se dirigeait vers la cuisine, les deux hommes restés seuls, se tortillaient sur leur postérieur dans un silence gênant. Louis rompit ce silence.

- Bon, venons-en aux faits ! s'exclama t-il d'une voix forte qui fit sursauter Patrick. Dis-moi tout ce que tu sais au sujet de ce Francis Poli. Depuis quand le connais-tu ? Quels sont vos rapports amicaux ? Qu'avez-vous fait ensemble ? Qui as-tu rencontré par son intermédiaire ? Vas-y, je t'écoute et sois précis ! Commence par le commencement.

- Je le connais, ça fait plus d'une douzaine d'années maintenant. Il a débarqué un jour, comme ça à la salle et nous avons tout de suite sympathisé. Nous avions beaucoup de choses en commun : le sport, la mer, les antiquités... D'ailleurs, il m'avait ramené un joli masque africain d'un de ses voyages. Il voyageait beaucoup pour ses affaires, c'est pour ça qu'on restait longtemps sans le voir à la salle.

- Tu parles de voyages !... Tout ce qu'il a pu visiter c'est les quatre murs d'une cellule ! Ou peut-être des planques, je ne sais où !

Patrick baissa le regard évitant de croiser celui de Louis. Il reprit son récit pendant que sa femme revenait avec des boissons et des amuse-gueules sur un plateau. Elle servit les deux hommes tout attentive à la conversation.

- Ce n'était ni un ami intime ni une relation banale. En dehors des quelquefois où nous allions boire un coup ensemble après l'entraînement nous ne nous voyions plus. Il était beaucoup trop souvent absent pour que nous puissions avoir une amitié plus intime. Cela restait quand même de l'ordre du superficiel.

- Et qu'est-ce qu'il se passait quand vous alliez boire un coup ? As-tu rencontré des amis à lui, certaines de ses connaissances ?

- Non pas vraiment, juste un collectionneur d'art. Il nous a présentés pour nous mettre en relation d'affaires. C'est d'ailleurs le collectioneur avec qui j'avais rendez-vous le soir de Noël, il y a un an.

- Tu sais comment il s'appelle ?

- Robert Jourdan. Je travaille de temps en temps avec lui depuis.

- Ça consiste en quoi votre travail ?

- Rien de bien particulier. Il me demande de rechercher pour lui des tableaux, des illustrations de tels peintres, de telles années pour des commanditaires étrangers à qui il les revend en faisant un bénéfice. Il vit de ça.

- Ils sont où ces étrangers ?

- Etats-Unis, Japon, Belgique, Angleterre, Italie, pays du nord... Un peu partout.

- Et c'est Francis qui vous a mis en contact ?

- Oui et alors ?

- Alooors... Rien que ça me paraît suspect !

Patrick n'en rajouta pas, bien conscient de sa naïveté. Louis en profita pour insister :

- Tu sais où il habite ce Francis ? Tu as déjà été chez lui ?

- On n'était pas suffisamment intimes pour ça ! Nos relations s'arrêtaient à quelques verres au bistrot après l'entraînement, comme je te l'ai déjà dit. Je crois que je l'ai entendu parler d'un bateau, un voilier.

- Où ça ?

- Sur le port de Marseille.

- Il habite dedans ?

- Aucune idée.

- Et la fille, qu'est-ce que tu peux me dire sur elle ?

- Je ne l'ai vue qu'une seule fois à la soirée. Une très jolie fille, brune aux cheveux longs et yeux bleus. Je crois qu'il ne la connaissait pas depuis longtemps. Tout ce que je sais, c'est qu'elle travaillait dans un bar près du port. C'est ce qu'il m'a dit.

- Tu l'as revue après ?

- Qui ?... La fille ?... Jamais ! Francis était très discret sur sa vie privée !

- Mais pas sur celle des autres ! Qu'est-ce qu'il t'a demandé sur la tienne ?

- Rien de plus que ce que j'ai dit à Geneviève. Je suis désolé Louis... je ne me suis pas méfié... j'ai vu aucun mal à toutes ces questions !

- Je sais, mais je suis de plus en plus persuadé que ton copain n'est pas étranger à l'enlèvement de Marie-Louise.

- Je n'arrive pas à le croire ! Dire que j'y serai pour quelque chose ! Mais qu'est-ce que je suis con, bordel !

- Laisse tomber, tu ne pouvais pas savoir. Ça ne sert à rien de se faire des reproches. Est-ce que tu sais où il se trouve maintenant ?

- Il n'est plus venu à la salle depuis un bon moment.

Louis se dit qu'il devrait chercher du côté du collectionneur.

- Et ton Robert Jourdan, le collectionneur... où peut-on le trouver ? Quel âge a t-il ?

- La quarantaine environ... Mais en dehors de ses apparitions à la boutique, je ne sais rien sur lui non plus. Tout ce que je peux te dire c'est qu'il a un bon train de vie, qu'il possède une maison en Corse et une en Italie... je l'ai entendu en parler.

- Ils étaient très liés avec Francis ?

- Ça m'a semblé. Ils ont parlé de tout et de rien et j'ai eu l'impression qu'ils se connaissaient depuis un bon bout de temps.

- Comment je peux le trouver ton Robert Jourdan ? Il doit repasser te voir incessamment ?

- C'est pas prévu ! Il débarque comme ça, à l'improviste.

- Ça ne m'étonnerait pas que Francis se cache en Italie ou en Corse chez lui ! avoua Louis.

Les deux époux regardèrent le policier, songeurs.

- Si tu veux, la prochaine fois qu'il débarque, j'essaierai de le faire parler... Il faut bien que je rattrape mes conneries !... Cette fois-ci, c'est moi qui poserai les questions !

Louis et Geneviève fixèrent Patrick avec un petit sourire au coin de la bouche.

- Je suppose qu'en tant que collectionneur d'art, il doit se rendre dans les foires, les salons... Il y en a de prévus ces jours-ci ?

- Jusqu'à l'année prochaine, pas de bien importants ! Il faut attendre le début du printemps, la foire des antiquaires au Parc Chanot. Il y va chaque année !

- Ça fait long jusqu'au printemps ! En même temps, ça endort le loup. Francis croira que nous l'avons oublié ! Ce sera plus facile de le coincer, il relâchera la pression ! En attendant, je vais essayer de mon côté de trouver les adresses des maisons de Robert Jourdan en Italie et en Corse. Je vais également voir avec Edith pour aller fouiner sur le port, trouver le bateau de Francis et interroger ses voisins de quai. Je ne peux pas le faire moi-même, ce n'est pas ma juridiction.

Geneviève n'avait pas pipé mot depuis que Patrick avait pris la parole. Assise en équilibre sur le bord du canapé, elle fixait les glaçons qu'elle faisait tourner au fond de son verre d'un air distrait.

- Ouuuf !... Si on avait pu savoir ! Mais pourquoi cet acharnement contre toi Louis ? se décida t-elle à prononcer.

- Je ne sais pas, répondit celui-ci. Pourrais-tu me rechercher au journal tous les articles concernant l'arrestation de Francis que j'avais plus ou moins dirigée à l'époque. Si tu peux me les envoyer au commissariat, je t'en serai reconnaissant. La réponse doit certainement se trouver dedans et dans les anciens rapports de police que je suis en train d'éplucher en ce moment. Une femme et un enfant avaient été tué pendant la fusillade.

- Oui, je te trouverai ça, répondit la jeune femme encore toute retournée.

- Bon ben je vais rentrer maintenant, j'ai encore du travail qui m'attend à la maison.

Louis se leva suivi de Geneviève et Patrick qui le raccompagnèrent jusqu'à la porte.

En sortant, il était encore sous l'effet de la stupéfaction. Durant toutes ces années, il n'avait jamais envisagé cette piste. Il traversa les petites ruelles du Panier jusqu'à l'endroit où il avait garé sa moto.

# CHAPITRE 70

*Octobre 1966*

Victor Maurin était de plus en plus accablé par le chagrin et la culpabilité. Cette mortelle journée au Garlaban avec son ami Eugène avait fait de sa vie un enfer. Même l'empreinte du temps n'avait pu effacer sa douleur. Et puis, sa santé maintenant, il le sentait bien, péréclitait chaque jour un peu plus. Son cœur ne tiendrait plus très longtemps.

À l'approche de sa mort, le vieil homme s'abandonnait fréquemment à ses souvenirs. L'image de sa femme, sa merveilleuse épouse qui ne s'était jamais plainte de son caractère taciturne, lui revenait sans cesse en mémoire. Il se reprochait son égoïsme, de n'avoir pas été plus souvent à son écoute, d'avoir établi une distance, une certaine réserve avec elle.

Il se souvenait aussi de l'enfant qu'il n'avait pas reconnu après un moment d'égarement avec une jeune femme de la région, lors d'une fête dans la commune voisine des Olives. Il avait à peine dix-huit ans et la jeune femme amorçait déjà l'âge des « Catherinettes ». Lorsque celle-ci se présenta deux mois plus tard pour lui annoncer sa grossesse, Victor s'était senti piégé et avait paniqué. Bien qu'il ne voulut rien savoir sur cet enfant, il envoyait régulièrement à sa mère une petite somme d'argent tous les mois. Mais aujourd'hui, qu'était devenu cet enfant ? Cela lui arrachait le cœur en y repensant.

Quelques temps après leur mariage, Marguerite et Victor Maurin avaient hérité de la maison familiale des parents de ce dernier et le couple vivait de l'exploitation de la ferme. Ils avaient travaillé dur et avaient tout eu pour être heureux. Mais Victor ne pouvait trouver la paix de l'âme. Ses remords le rongeaient. Son innocence avait été brisée dès ses plus jeunes années et ce malheur se manifestait maintenant physiquement. *Un affreux clin d'œil de la vie ? Une punition pour son silence ?* Il savait qu'il devait parler aujourd'hui, il ne pouvait pas partir en emportant ce secret même si cela n'avait plus d'importance. Tout le monde était mort dorénavant. C'était bien avant qu'il aurait dû avoir du courage. Malheureusement il avait été lâche ! Mais comment reprocher à un enfant de quinze ans de manquer de courage face à l'inconcevable, à l'inimaginable. On lui avait appris à se taire, à ne pas se mêler des affaires des autres. Dans les campagnes, le silence était d'or !

Sa décision était prise, il laisserait une lettre à sa fille Adélaïde. Il lui avouerait tout, il lui devait bien ça ! Il lui remettrait ses aveux au moment opportun et lui demanderait de ne l'ouvrir qu'après sa mort. Ensuite elle ferait ce qui lui semblerait juste. Ce qu'il avait lui-même fait.

En cette matinée d'automne, le vieil homme s'installa devant son secrétaire, prit son calepin et son stylo plume et se laissa emporter par ses confessions. Le regard tourné sur la nature à travers une vaste fenêtre, il choisissait les mots justes. Puis il rangerait sa confession à l'abri des indiscrétions en attendant de les soumettre à sa fille.

# CHAPITRE 71

Après sa visite chez Daniel Voulant, le notaire chez qui elle prit connaissance des documents concernant ses origines, Rose Raspino et son fils Alexandre se rendirent, en compagnie de l'officier ministériel et du commissaire Lambert sur les terrains de vigne que lui avait légués récemment son père biologique Gaston Foulon.

Munis d'une copie du plan cadastral, les hommes de loi en déterminèrent les limites jusqu'au terrain voisin. Rose Raspino, toujours sous le choc des derniers événements qui avaient bouleversé sa vie, regardait avec ahurissement son nouveau domaine dont elle ne connaissait pas l'existence il y a quelques mois encore.

Ils étaient là depuis une demi-heure, lorsqu'une vieille paysanne vint à leur rencontre d'un pas décidé, se promettant de faire déguerpir au plus vite ces intrus de sa propriété. Elle était suivie de près par une jeune femme accompagnée d'un bébé. Quand elles arrivèrent à leur niveau, Bernadette Pichu, les poings sur les hanches et la tête inclinée vers le haut, les fusilla du regard tout en vociférant :

- C'est une propriété privée, messieurs-dames ! Puis-je savoir ce que vous faites sur mes terres ?

- J'ai bien peur qu'elles ne vous appartiennent plus, dorénavant, chère madame. Nous avons ici un acte de propriété en faveur de monsieur Gaston Foulon, répliqua le commissaire en faisant signe au notaire de présenter l'acte à la vieille femme.

À la lecture du document, Bernadette faillit s'étrangler. Sous l'apparente agitation de la vieille dame, Eliane s'inquiétait, attendant avec appréhension la suite des évènements. Elle foudroyait les intrus d'un regard réprobateur, passant de l'un à l'autre ostentatoirement, quand Bernadette, remise de son émotion, s'écria :

- D'où y sort ce papier ?... C'est sûrement un faux ! Ces terres ont toujours appartenu à la famille de mon mari depuis des générations.

- Détrompez-vous madame Pichu, il semblerait que votre beau-père se les soit appropriées... D'ailleurs j'avais questionné son fils Maurice, votre mari, à ce sujet il y a quelques années... il était resté très évasif et s'est même fâché... Vous ne trouvez pas ça curieux vous ?

- Ce que je trouve curieux, moi, c'est votre présence ici, dans mon domaine. D'abord vous êtes qui ? Vous me connaissez mais moi c'est la première fois que je vous vois !

- Je me présente, commissaire Louis Lambert de la police judiciaire d'Aubagne. Et voici maître Voulant, notaire à Aubagne. Madame Raspino et son fils Alexandre, héritière de ces parcelles, rajouta Louis en lui montrant le plan cadastral.

Bernadette ne décolérait pas.

- Héritière de qui ?... Je vous le demande moi ! Ah ! Elle est bien bonne celle-là ! Toute héritière qu'elle soit, elle n'aura pas mes terres !

- Ça ne sert à rien de vous énerver comme ça... La loi est la loi ! renchérit le notaire qui n'avait encore rien dit jusqu'à présent.

Ces terres ne vous ont jamais appartenu. Elles appartenaient à vos cousins Foulon. Et si j'en crois les papiers que j'ai à mon étude, c'est votre belle famille aussi, faute d'autres héritiers, qui aurait vendu le cabanon de François Foulon aux Rollin à sa mort et empoché l'argent. Là, on ne peut rien vous reprocher, vous étiez les seuls héritiers ne connaissant encore pas l'existence de madame Raspino, demi-sœur de François Foulon, votre petit cousin par alliance.

Devant toutes ces inepties qui lui tombaient dessus les unes après les autres, Bernadette afficha une tête de gobie et faillit s'étouffer. La vieille dame déglutissait.

Pendant ce temps, Rose et Alexandre son fils, troublés par la situation, préféraient garder le silence.

- Je prends acte, aujourd'hui même de la restitution de ces parcelles en la personne de madame Rose Raspino. En ce qui concerne la vente du cabanon, madame Raspino serait en droit de réclamer la moitié de la somme reçue mais généreusement, madame Raspino ne réclame rien.

Bernadette était de plus en plus pâle et, soutenue par Eliane, alla s'asseoir sur un petit muret à proximité. Eliane essaya en vain de la réconforter mais la vieille femme n'écoutait déjà plus rien. Après un long moment où elle était restée recluse dans ses pensées, coupée du monde, la sexagénaire se leva péniblement et, sans un mot, regagna seule son logis, totalement abattue.

Eliane la regarda s'éloigner d'un pas traînant sous le poids de son corps voûté, sans oser l'approcher. La jeune femme ressentit une immense compassion envers cette malheureuse paysanne à qui la vie n'avait pas fait de cadeau.

La jeune maman s'attarda encore quelques instants auprès des visiteurs puis se dirigea aussi vers la ferme.

Lorsqu'Eliane regagna, quelques instants plus tard, la bâtisse derrière les pas de sa belle-mère, elle fut sidérée par le désordre qui y régnait. Le logis ne revêtait plus l'ordre naturel des jours ordinaires. Les pièces à l'intérieur avaient subi une véritable révolution et n'étaient plus qu'un champ de bataille.

Eliane se tint là, debout, silencieuse, spectatrice du film incongru qui se déroulait devant elle.

Dans la pâle clarté d'une lumière tamisée par des persiennes à demi fermées, l'ombre d'une silhouette en proie à une agitation incontrôlée, évoluait hystériquement dans ce lieu méconnaissable aux sols tapissés du contenu hétéroclite des tiroirs, commodes, placards et armoires.

Bernadette remuait toute la maison à la recherche d'un éventuel document attestant de la véracité de ses biens contre ceux détenus par les hommes de loi.

La jeune maman était anéantie par le tourment de la vieille dame.

Au cours de ces mois passés ensemble, les deux femmes avaient appris à s'apprécier. Eliane trouvait en la personne de la sexagénaire une mère bien trop tôt décédée. Bernadette voyait en la jeune femme une alliée généreuse et compréhensive.

C'est après quelques heures d'une fouille minutieuse que Bernadette découvrit enfin les papiers qu'elle cherchait. Elle les déplia et à sa grande surprise, après une lecture scrupuleuse, dut se rendre à l'évidence. Ces documents ne mentionnaient à aucun endroit, l'appartenance de cette parcelle de vigne aux Pichu.

*« Qu'est-ce que cela voulait dire ? » « Gustave se serait-il bien approprié ces terres ? »*

Rien ne pouvait plus la surprendre de la part de cet homme abject qui l'avait violée dans les toutes premières années de son mariage avec Maurice dans la grange derrière la maison.

# CHAPITRE 72

*Décembre 1966*

En arrivant quai de Rive-Neuve ce matin-là à l'ouverture de la boutique, Adélaïde se précipita sur le téléphone dont le grelot sonnait sans relâche depuis un bon quart d'heure déjà. Le temps d'ouvrir la grille, elle se dirigea précipitamment vers l'appareil, inquiète, présageant une mauvaise nouvelle.

- Madame Roussel ? C'est Albertine.

Au son de la voix de la servante de son père, Adélaïde frémit, consciente que quelque chose de grave était arrivé. Jamais Albertine ne l'avait appelée au travail.

- Qu'y a t-il Albertine ? dit la jeune femme d'une voix tremblotante.

- C'est votre père madame, il vient d'avoir une attaque. Il s'est effondré sur la table en prenant son petit déjeuner !

À ces paroles, Adélaïde sentit une forte angoisse lui couper la respiration. Elle s'adossa contre le mur et se laissa glisser au sol, le souffle coupé. Après un long silence durant lequel la jeune femme se projetait les images terrifiantes de la scène, elle remit machinalement le combiné du téléphone à son oreille et trouva la force de prononcer :

- Et comment est-il maintenant ?

- Pas très bien ! Je crois qu'il est mort !

Adélaïde poussa un cri d'horreur qui alerta son mari Lucien, non loin de là, et qui n'eut que le temps de prendre sa femme dans ses bras avant qu'elle ne s'évanouisse. Il s'empara du combiné :

- Allô... qui est à l'appareil ? Que se passe t-il ?

À l'annonce de la tragique nouvelle, Lucien fit un effort considérable pour garder son calme.

- J'appelle le médecin tout de suite.

- C'est pas la peine monsieur, je m'en suis occupé. Il ne va pas tarder à arriver.

- Merci Albertine, nous arrivons !

Il raccrocha, s'occupa de sa femme qui avait depuis repris connaissance et griffonna rapidement un mot qu'il accrocha sur la porte d'entrée du magasin : « **FERMÉ POUR CAUSE DE DÉCÈS.** » Ils fermèrent la boutique et gagnèrent Aubagne en moins de vingt minutes par l'autoroute.

En arrivant chez Victor, le médecin était déjà sur place pour constater l'heure du décès. Les deux époux trouvèrent une Albertine en pleurs et toute retournée.

- Oh madame, quel malheur, dit la quinquagénaire en se jetant dans les bras d'Adélaïde qui avait du mal à tenir debout.

- Oui Albertine, répondit-elle en se dégageant de l'étreinte de la bonne. Elle s'approcha ensuite lentement de son père, redoublant de sanglots et d'une voix tremblotante prononça :

- Nous ne pouvons pas le laisser ainsi, il faut l'allonger sur le lit.

- Attendons plutôt les pompes funèbres madame, ils sont en route, dit le médecin.

Adélaïde, ne pouvant supporter la position déshonorante du vieil homme préféra s'éloigner.

Dès leur arrivée, les pompes funèbres installèrent Victor Maurin sur un divan au fond du salon et s'affairèrent à sa toilette. Albertine monta dans la chambre du défunt et choisit, dans la vieille armoire provençale, des vêtements propres et convenables.

Pendant que les pompes funèbres préparaient la dépouille pour la présentation mortuaire, Lucien, Adélaïde, Albertine et le médecin attendaient silencieusement dans la cuisine. Albertine leur servit un café.

- Nous le garderons ici, dans sa maison jusqu'à l'enterrement. Je ne veux pas qu'il aille à la morgue ! Ici c'est plus digne !

- Tu as raison ma chérie, répondit Lucien bouleversé par le chagrin de sa femme.

- Je m'installerai ici avec Jacques pour le veiller.

- Tu crois que c'est un endroit pour un enfant ?

- Ne t'inquiète pas, la porte du salon sera condamnée, il ne verra pas son grand-père dans cet état ! Marcel et toi vous en sortirez très bien à la boutique sans moi. Il n'y a pas beaucoup de monde en cette période de l'année.

- Soit alors ! lui répondit son mari. Mais tu ne vas pas t'ennuyer toute seule ici ?

- Non, j'aurai le temps de réfléchir et pour m'occuper l'esprit je ferai un peu de tri et de rangement dans les affaires de papa. Albertine sera là de temps en temps et me tiendra compagnie.

- Et pour Jacques ça ne fait rien s'il manque l'école ?

- Il ne reste que deux jours avant les vacances de Noël, ce n'est pas bien grave !

- Comme tu veux alors !

Le médecin et Albertine écoutaient la conversation entre les deux époux sans intervenir.

- Bien, j'en ai terminé, je vais prendre congé, dit le médecin en se levant et se dirigeant vers la sortie après avoir salué tout le monde.

Les Roussel et Albertine attendirent encore quelques instants avant que les pompes funèbres prennent également congé.

Lucien avait du mal à abandonner sa femme, seule dans cette grande maison.

- Je reviendrai demain t'ammener Jacques, dit-il en embrassant sa femme.

- Je t'en remercie.

- Et ta voiture ?... Il faut bien que tu puisses te déplacer ne serait-ce que pour faire les courses !

- Ne t'inquiète pas, il y a Albertine et nous n'avons pas besoin de grand-chose... Il y a suffisamment à manger ici pour nous deux. Et puis, s'il le faut, je prendrai la voiture de papa.

Lucien n'insista pas, Adélaïde avait raison. Puis il comprenait que sa femme avait besoin de se retrouver seule avec son chagrin et ses souvenirs.

# CHAPITRE 73

Hélène Fereng nettoyait maintenant la table de la cuisine sur laquelle son fils et elle mangeaient tous les jeudi midi depuis qu'Antoine avait quitté le domicile parental. Ce repas hebdomadaire était important pour la mère et le fils qui ne se voyaient qu'à cette occasion.

Antoine la regardait effectuer ses gestes avec la lenteur coutumière d'une femme lassée par la vie et qui n'en attendait plus rien. Il aurait voulu avoir une conversation sérieuse avec elle mais hésitait à l'entreprendre.

- M'man, tu crois pas qu'il est temps pour nous de récupérer ce qui nous a été volé ?

- Que veux-tu dire mon fils ?

- On ne pourra jamais changer le passé, je le sais. Je parle de l'affection d'un père et d'un mari pour toi. C'est à une autre qu'il a donné son amour et sa vie et il t'a abandonnée sans scrupules... là-dessus, on ne peut plus rien y changer ! Mais matériellement, tu pourrais améliorer ta vie.

- S'il m'a abandonnée, c'est parce qu'il était très jeune à l'époque. Dix-huit ans, tu penses... C'était encore un gosse ! J'en avais sept de plus que lui. Qu'est-ce que tu veux récupérer ?

- Regarde où tu vis m'man. Une toute petite bicoque dans les ruelles du centre ville... Tu crois pas que tu aurais droit à mieux que ça !

- Ecoute Antoine, ma vie est derrière moi aujourd'hui et elle me convient très bien. Je suis âgée maintenant et cela fait longtemps que des rêves, je n'en ai plus ! Alors, oublie tes rancœurs et poursuit la tienne comme tu l'as toujours fait. Tu as une bonne situation dans laquelle tu t'es montré excellent, ne gâche pas tout dorénavant. Tu n'as manqué de rien dans ton enfance... ton père a toujours assumé financièrement ton éducation et c'est grâce à lui si tu es ce que tu es. Marie-toi, fonde une famille et laisse le passé à sa place !

- Enfin m'man, tu n'aimerais pas vivre dans un endroit plus confortable, un peu plus grand, plus lumineux avec un petit jardin où tu pourrais cultiver un potager ou planter des fleurs. Je sais pas moi... toutes les femmes aiment ça ! Ça occuperait ta retraite et ça t'aérerait.

- Antoine tu me fatigues ! Arrête avec tes projets délirants. Je me suis habituée à cette vie-là et je n'ai pas envie de me casser le dos sur des salades ou des tomates !

Antoine persistait.

- N'empêche que s'il ne t'avait pas abandonnée, tu n'aurais jamais épousé ce connard qui m'a servi de père et qui t'a maltraitée toute ta vie.

Hélène foudroya son fils du regard. C'en était trop ! Elle se leva de table et, face au quadragénaire lui rétorqua :

- De quel droit juge-tu mon existence...Et si on parlait un peu de la tienne hein !... Prendre des pots avec les copains tous les soirs... incapacité à assumer une famille... plus aucunes ambitions... Ah ça te va bien de donner des leçons aux autres ! Sans parler de l'incendie chez Victor Maurin... Crois-tu que je ne sais pas que c'est toi qui en est l'auteur !

Là-dessus Antoine ne sut que répondre. Jamais sa mère ne lui avait parlé de la sorte, avec autant de franchise !

- Comment veux-tu que j'ai mis le feu, tu sais très bien que je travaillais à ce moment-là !

- Non... je n'en sais rien justement ! Je ne te reconnais plus ! Je m'aperçois que je ne sais rien de ta vie, juste ce que tu veux bien m'en dire. Jusque-là, je ne me suis jamais posée de questions mais depuis le jour où ton oncle a fait son esclandre, je découvre en toi un tout autre homme !

Antoine n'en démordait pas. Il s'entêtait.

- Quoique tu en penses ou que t'en dises, maintenant qu'il est sous terre, la maison me revient de moitié avec sa fille.

- Sa fille comme tu dis est ta demi-sœur !

- Vouai... demi-sœur ou pas, je n'ai pas l'intention de me laisser spolier une fois de plus. Cette pimbêche a tout eu. Je la vois passer de temps en temps avec ses grands airs de princesse et ça me fout la rage.

- Il ne sort jamais rien de bon de la haine Antoine. Tu détruis ton âme et ta santé. Tu crois pas que tu devrais plutôt apprendre à la connaître et vous entendre.

- Je me fiche pas mal de m'entendre avec cette orgueilleuse. Je vais réclamer mon bien quoiqu'il advienne.

- Et tu comptes t'y prendre comment ? Arriver la bouche en cœur et lui dire « Coucou, je suis votre frère et je veux ma part d'héritage ». Si ça se trouve, elle n'est même pas au courant du passé de son père, elle aussi !

- Il y a des lois pour ça non ?

- Je t'aurai prévenu Antoine, laisse tomber et avance ! Prends ta vie en main !

- C'est justement ce que je suis en train de faire !

Hélène Fereng adopta un silence de désaprobation se rendant

bien compte que son fils n'abandonnerait pas. Il était tellement envahi par la haine !

Antoine se leva et claqua la porte derrière lui. Restée seule, Hélène se laissa submerger par la vague de sanglots qu'elle retenait depuis un bon moment déjà.

# CHAPITRE 74

Antoine Fereng mettait une attention particulière à soigner l'image qu'il souhaitait donner de lui à une foule épleurée et recueillie, venue tout spécialement rendre un dernier hommage à un homme solitaire et mystérieux.

Droit et fier dans son sombre costume cravate, face à un miroir psyché situé dans l'angle de sa chambre, le pompier jouissait de sa belle et imposante silhouette qui se dressait devant lui. Il avait acheté cet habit uniquement pour la cérémonie et n'aurait certainement plus jamais l'occasion de le porter. Son intention était de se fondre dans la masse sans attirer l'attention. Pouvoir observer sans être vu.

Pour rien au monde le pompier n'aurait manqué ces funérailles. Jusqu'à présent, il s'était plutôt tenu discret, préférant ne pas se faire connaître et attendre son heure. Voici que maintenant elle se présentait à lui. C'était l'occasion unique d'approcher cette famille dont il avait été exclu depuis son plus jeune âge.

Curieusement, sa vengeance incendiaire du mois de juillet ne l'avait pas satisfait comme il l'avait pensé. Son forfait avait été exécuté avec une grande précision et n'avait laissé aucune trace. La police n'avait jamais trouvé le coupable mais restait persuadée que cet acte avait été occasionné par un professionnel.

L'homme quitta la chambre avec détermination, attrapa son pardessus et chapeau sur la patère à côté de l'entrée et tourna la poignée de la porte non sans avoir jeté un dernier coup d'œil dans la pièce.

Parcourant le long couloir divisant les appartements du palier, Antoine Fereng s'engouffra dans l'ascenseur qui le mena trois étages plus bas au rez-de-chaussée. Il traversa le parking d'un pas énergique et emprunta les petites ruelles qui menaient à l'église sur les hauteurs de la ville. L'air glacé de ce mois de décembre pénétra vigoureusement ses poumons et le revigora.

*

Il n'y avait pas grand monde ce lundi 21 Décembre aux funérailles de Victor Maurin. En dehors de la famille, seuls quelques amis proches, des voisins et des commerçants de la ville emplissaient le tiers de la grande église Saint-Sauveur.

La cérémonie fut courte et émouvante. Le discours funèbre du prêtre s'élevait ostentoirement au-dessus d'une foule receuillie et retombait religieusement dans les volutes de fumée d'encens.

Adélaïde Roussel, accompagnée de Lucien son mari, Jacques son fils et Marcel son beau-père, se tenait face à l'autel au premier rang, le visage déformé par le chagrin et les yeux remplis de larmes.

À la sortie de l'église, les paroissiens se regroupèrent autour de la famille afin de présenter leurs condoléances et manifester leur compassion.

Au terme de ces témoignages de sympathie, le cortège se rendit tristement au cimetière Saint-Pierre de Marseille pour l'inhumation du corps et les derniers adieux au disparu. Les cendres de Victor Maurin furent déposées aux côtés de celles de son épouse Marguerite, au fond du caveau familiale.

Les fidèles se tenaient là, autour de la sépulture refermée lorsqu'Adélaïde prit soudainement conscience de l'abscence de Jacques à ses côtés. Affolée, la jeune femme regarda dans toutes les directions, appela désespérément son fils et aperçut enfin le petit garçon en compagnie d'un homme se tenant un peu en retrait de l'assistance.

De grande taille et doté d'une carrure avantageuse, l'individu avait un air patibulaire sous une apparence agréable. La jeune femme fut surtout surprise par la forte ressemblance de l'inconnu avec son propre père. La quarantaine passée, l'homme avait un visage anguleux, des joues creuses et une mâchoire prononçée sur un large cou se dressant au-dessus de robustes épaules. Les yeux étaient clairs et emplis de morgue. Le crâne était couvert d'une chevelure rousse taillée en brosse.

La jeune femme s'approcha de Jacques et le tira vers elle sans pouvoir détacher son regard de cette présence mystérieuse qui lui faisait froid dans le dos. *Que faisait cet homme aux obsèques de son père ? Qui était-il ? Il détonnait tellement avec le reste de l'assistance...*

- Mais enfin Jacques, que fais-tu là ? Tu sais bien que je ne veux pas que tu t'éloignes sans me le dire !

- Je voulais juste caresser le petit chien qui est là ! Regarde maman comme il est rigolo !

- Tu ne dois pas t'éloigner de moi sans me le dire... Tu le sais bien ça !

- Ne vous inquietez pas madame, je le surveillais, dit l'homme avec un sourire amer.

- À qui ai-je l'honneur ? demanda Adélaïde.

- Antoine Fereng.

- Vous connaissiez mon père ?

- Très peu... mais nous avions une connaissance en commun.

- Ah ! Et de qui s'agit-il ?

- Hélène Fereng.

- Je ne connais pas... Une parente à vous ?

- Ma mère !

Anéantie par cette révélation et le physique de l'homme, Adélaïde resta sans voix. La main de Jacques toujours dans la sienne, elle rejoignit son époux et son beau-père restés encore auprès de la tombe de Victor.

Une collation fut offerte à tous les invités présents ce jour-là, dans la maison de Victor, sur le chemin du Bec Cornu. Albertine et Honoré le jardinier s'affairaient à ce que les convives ne manquent de rien.

Poussée par une curiosité tenace et, malgré elle, Adélaïde cherchait du regard l'homme qu'elle avait rencontré au cimetière. Elle n'aurait su dire pourquoi cet inconnu la hantait à ce point. Avec discrétion, elle tournait la tête dans toutes les directions, essayant d'apercevoir la large et robuste silhouette masculine. Ce fut au bout de quelques minutes que son cœur s'emballa lorsqu'elle l'aperçut, là, derrière elle, appuyé contre un pilier du salon. La jeune femme fut frappée par son allure générale et crut voir un fantôme. L'espace d'un instant elle le confondit avec son père et si ça n'avait été les obsèques de ce dernier, elle aurait pu jurer qu'il était dans cette pièce, face à elle et bien vivant.

L'homme la dévisageait avec insistance. Troublée par cette pression qu'elle sentait peser sur sa personne, Adélaïde ne pouvait cacher son malaise.

*

En quittant ce monde, Victor Maurin n'avait pas eu le temps de confier sa lettre d'adieu à sa fille Adélaïde. Après l'écriture de ses confidences, il avait dissimulé l'enveloppe entre le mur et le miroir de sa chambre. Loin d'envisager l'éventualité d'un aussi rapide coup du sort, le vieillard était persuadé de pouvoir anticiper sa mort et d'avoir le temps de confier sa lettre au moment où la maladie s'installerait en lui de façon plus persistante.

# CHAPITRE 75

*Mai 1967*

Après le décés de son père dont elle avait du mal à se remettre, Adélaïde fut étonnée de voir débarquer dans sa boutique, la police à une heure aussi matinale ce mardi-là. Elle était loin d'imaginer ce que les forces de l'ordre pouvaient bien leurs vouloir.

Un lieutenant, accompagné d'une jeune femme et d'un brigadier avaient envahi les lieux parmi la clientèle. Brandissant leur carte de police, les policiers imposèrent aux deux commerçants quelques minutes de leur temps.

Adélaïde, toute troublée, put lire sur les cartes des agents : Lieutenant Guy Marcellin, Brigadier Denis Costello et Gardien de la Paix, Edith Lambert.

- Navré de vous importuner sur les lieux de votre travail, madame, monsieur dit le lieutenant en saluant Adélaïde et son mari Lucien qui se tenait un peu à l'écart au fond de la salle. Nous aimerions vous poser quelques questions au sujet d'un individu qui serait peut-être venu chez vous il y a une quinzaine d'années pour vous acheter une bâche. L'adresse sur l'étiquette - enfin ce qu'il en reste - mentionne qu'elle provient d'une boutique de Marseille. Je sais que ce que nous vous demandons est très vague mais cet homme est notre principal suspect dans une enquête policière vieille de plus d'une décennie.

- Je ne sais que vous dire lieutenant, cela remonte à si loin, répondit Adélaïde.

- Nous en sommes conscients madame ! Mais peut-être que quelque chose d'inhabituel, de bizarre vous aurait frappé ! Je vous en prie, faites un effort ! insista le lieutenant.

La jeune femme resta silencieuse, regardant son mari Lucien qui se rapprochait d'elle, dans le cas où celui-ci se souviendrait de quelque chose.

- Mon père ne nous avait-il pas parlé, il y a quatre ans, d'un certain homme qu'il avait cru reconnaître dans la boutique ? avança timidement Lucien.

- Oui, c'est exact... maintenant que tu en parles ça me rappelle vaguement quelque chose mais...

Adélaïde fut interrompue par le carillon de la porte d'entrée poussée par Marcel Roussel, le père de Lucien, lorsqu'il fit irruption dans la boutique. Le vieil homme fut étrangement surpris par les regards interrogateurs qui s'abattaient sur lui.

- Tu tombes bien papa. Nous avons besoin de ta mémoire. Ces messieurs-dames, voudraient savoir si nous nous souvenons d'un certain individu qui aurait acheté une bâche ici, il y a une quinzaine d'années. Il me semble que tu en avais fait allusion à une certaine époque.

Après deux secondes de réflexion, Marcel n'hésita pas un seul instant. Bien sûr qu'il s'en souvenait. Comment aurait-il pu oublier un être pareil.

- Ah pour sûr que je m'en souviens ! Des yeux comme ça, ça ne s'oublie pas ! Un regard qui vous faisait froid dans le dos !

- Vous pourriez le décrire ? continua le lieutenant.

- Evidemment !... Grand, musclé, brun, les cheveux gominés et tirés en arrière. Toujours très bien habillé... Beaux costumes bien taillés et Borsalino sur le chef. De la classe quoi ! détailla Marcel, une main sur le front pour faire appel à sa mémoire.

- Aucun signe particulier... cicatrice, tatouage, bijou, tic, handicap ?... Je ne sais pas moi, quelque chose qui le définisse particulièrement, demanda Edith l'air ferme et assuré.

Marcel Roussel réfléchit encore, silencieusement, pendant que tout le monde attendait une révélation capitale émanant de son cerveau en ébullition.

- Maintenant que vous le dites, il me semble qu'il avait une gourmette en or avec son prénom gravé dessus.

- Et... ? interrogea Edith avec un regard impatient.

- Eh bé... là je ne sais plu ! C'est flou ! Fabien... François... Fernand... Francis... un nom commençant par F et de deux syllabes, ça j'en suis sûr, mais c'est tout !

- C'est bien, vous nous aidez beaucoup monsieur Roussel, ajouta le lieutenant tout en prenant des notes sur son carnet.

- Et la bâche, vous pourriez nous en dire plus ? renchérit le brigadier. Sa couleur, par exemple, son épaisseur, sa rigidité...

- Marcel, c'est vous qui l'aviez servi... moi, je ne saurais rien dire là-dessus, précisa Adélaïde.

- Elle était blanche et de qualité ordinaire, je crois.

- Est-ce que vos bâches portent le nom de votre boutique ?

- Oui, nous faisons ça depuis l'ouverture de la boutique. C'est un gage de confiance pour nous qui renforce notre image de marque. Nous insistons beaucoup sur la qualité de notre matériel.

- Je vois, dit le policier. Y a t-il d'autres magasins qui pratiquent également ce ... ?

- ... Non, autant que je sache, nous sommes les seuls !

Les policiers se regardèrent, l'air satisfait. Ils n'auraient donc pas besoin de parcourir plus longtemps toutes les boutiques de la ville à la recherche de celle qui les intéressait. Pour une fois, la chance leur avait souri. Ils étaient tombé rapidement au bon endroit. Cette description correspondait bien à la bâche retrouvée sous le chalutier.

- Nous vous remercions pour toutes ces précisions. Nous allons vous laisser tranquilles maintenant.

- Lieutenant ! Pourquoi toutes ces questions ? Qu'a fait cet homme ?

- Nous ne pouvons pas vous en dire davantage, madame, cela pourrait entraver le bon déroulement de l'enquête. Tout ce que nous sommes autorisés à vous communiquer, est que cet homme pourrait bien avoir un lien avec le naufrage du chalutier et de son cadavre retrouvés au large de Cassis.

Cette révélation jeta un froid dans les esprits. Sur ce, les policiers saluèrent l'assistance et tournèrent les talons vers la sortie.

- Au fait, à part son regard dur et sauvage, de visage, il ressemblait à quoi ? ajouta Edith qui voulait savoir si l'homme de la photo que lui avait montrée sa tante Geneviève au restaurant, ressemblait à celui qui était venu dans la boutique. Dans ce cas, le nom sur la gourmette serait celui dont avait parlé son oncle Patrick. Il s'appellerai donc Francis Poli et serait un ami du mari de sa tante.

- Visage carré, larges mâchoires, nez aplati, sourcils anguleux, déclama Marcel intarissable.

Edith manifesta un léger sourire de satisfaction, c'était bien le même homme.

*

Ce même jour, Delphine débarqua dans la boutique des Roussel au moment où les policiers en sortaient. Elle venait ici renouveler les toiles de chiliennes à la demande de Charles.

- Que se passe t-il, il y a un problème dans le quartier? C'est pleins de policiers partout ? demanda la jeune femme à la commerçante.

- Oui en ce moment ils traînent beaucoup par ici. C'est cette affaire de chalutier qui les rend nerveux !

- Ils ne l'ont pas retrouvé à Cassis ? Que font-ils à Marseille ?

- Oui bien sûr ! Mais ils recherchent un homme qui habiterait le quartier et qui serait lié à ce bateau.

- À mon avis, il ne doit plus traîner par ici ! supposa Delphine.

- Avec la presse qui s'en donne à cœur joie, il sait très bien où on l'attend ! Il a probablement quitté le pays avant même qu'on ai eu le temps de contrôler les frontières.

- Vous avez entièrement raison ! Ils ont un signalement ?

- Maintenant ils en ont un ! C'est pour ça qu'ils sont venus nous poser des questions. Marcel mon beau-père a pu leur faire un portrait très précis ! Et puis la bâche dont le cadavre était enveloppé proviendrait du magasin.

- Oh mon Dieu ! Cela doit vous mettre mal à l'aise, je comprends ! compatit Delphine.

- Oui, j'en suis toute retournée !

Delphine la regarda avec un sourire complaisant puis changea de sujet.

- Vous êtes d'Aubagne ?

- Oui, répondit la commerçante étonnée par la question.

- Je vous pose la question parce que je vous ai aperçue une fois chez la pâtissière en face de la grand-place... il y a maintenant presque six ans. Vous parliez de votre papa. Je suis d'Aubagne également.

- Ah oui ? De quel côté des collines ?

- Nous sommes sur le chemin de la Carreirade d'Allauch après la Louve, vous voyez ?

- Oui oui... Très bien ! Nous, nous sommes au-dessus du Bec Cornu. À vol d'oiseau, nous ne sommes pas bien loin.

- En effet !

- Mon papa y habitait encore il y a quelques mois... Malheureusement il vient de nous quitter tout récemment.

- Oh, j'en suis désolée... Toutes mes condoléances.

- Je vous en remercie, c'est très aimable.

- Bon... il faut que je me dépêche maintenant. Je dois récupérer les enfants à la sortie de l'école.

- Nous nous rencontrerons peut-être à Aubagne, un de ces jours ? déclara la commerçante avec un large sourire.

- J'en serai ravie... Aubagne n'est pas si grand !

Delphine s'empara de ses paquets et quitta rapidement la boutique.

# CHAPITRE 76

Louis était toujours préoccupé par l'image de la femme qu'il avait vue sur la photo que lui avait présentée sa sœur Geneviève. Il n'arrivait pas à se souvenir pourquoi ce visage lui rappelait quelqu'un. Il se torturait les méninges lorsque son téléphone sonna.

- Allô papa... c'est Edith.

- Oui ma chérie... que se passe t-il ?

Le commissaire était toujours inquiet lorsque sa fille lui téléphonait. Son instinct de flic lui faisait constamment envisager le pire.

- Rien de grave... ne t'inquiète pas. Je tenais à t'informer que ce matin nous sommes allés interroger les boutiquiers de Marseille revendeurs d'articles maritimes et nous avons eu beaucoup de chance. La bâche proviendrait de la boutique « *Tout pour la Mer* » et, tiens-toi bien, le patron s'est souvenu de l'homme qui l'avait achetée. Il s'agirait bien du même individu que celui que tu as vu sur la photo en compagnie de Patrick. Il s'appellerait Francis comme tu le supposais. Monsieur Roussel père m'a confié que cet homme portait une gourmette sur laquelle était gravé, s'il se souvient bien, le prénom de « Francis ».

Louis sentit son cœur s'accélérer. Les renseignements d'Edith le confortèrent dans ses intuitions. Se pourrait-il que l'ami de Patrick soit l'homme du chalutier et celui qu'il avait arrêté pour drogue quelques années plus tôt. Qui était le cadavre retrouvé dans la bâche ? Le policier se reprochait à l'époque des frères Pichu, de ne pas avoir enquêté davantage dans cette direction. Mais il n'avait pas, à ce moment-là, tous les éléments dont il disposait maintenant.

- Je te remercie ma chérie... Cela confirme donc ce que je supposais.

- Oui, toujours ton fameux flair ! Il faut que je te quitte, on me fait signe.

Après avoir raccroché, Louis s'affala sur son fauteuil, les deux pieds sur la table qui lui servait de bureau et récapitula toutes les informations récentes qui s'emboîtaient maintenant comme un puzzle où chaque pièce retrouvait sa place.

À la suite des révélations d'Edith et de la lecture des articles du Provençal que lui avait envoyés Geneviève, Louis n'avait plus de doute sur l'implication de Francis Poli dans la disparition de Marie-Louise. Le policier se disait qu'il fallait impérativement qu'ils se réunissent sa sœur, sa fille et lui-même pour faire le point.

Le commissaire se pencha sur son bureau, attrapa le combiné du téléphone et composa le numéro du journal Le Provençal où travaillait sa sœur Geneviève.

- Louis... que me vaut cet appel matinal ? résonna la voix de la journaliste à l'autre bout du fil.

- Un autre repas au soleil sur le port, ça te tente ?

- Si tu me prends par les sentiments... Tu sais que je résiste à tout sauf à la tentation !

- Et en plus, c'est moi qui régale... Juste parce que j'ai besoin de te soudoyer, ne considère pas ça comme une habitude !

- Dans ce cas, j'ai bien l'intention d'en profiter... Ça va te coûter cher !

- N'exagère pas quand même... la paye d'un commissaire a des limites... D'autant plus que je compte inviter Edith et Brigitte aussi, nous devons regrouper nos informations afin d'y voir plus clair dans le déroulement des évènements.

- Qu'est-ce que tu veux que je fasse pour toi, commissaire ?

- J'ai lu les articles que tu m'as envoyé et après une enquête sur l'identité de la femme et de la gosse qui ont été tuées, pendant l'arrestation de ce voyou, tiens-toi bien, c'étaient la femme et la fille de Francis.

- Tu es sérieux là ?

- Francis était venu les attendre au train ce jour-là. Il ne les avait pas revues depuis longtemps et était impatient de les retrouver. Sa femme avait passé avec sa fille un mois chez sa mère en Belgique. L'homme avait pris le risque de se montrer en public et cela leur a coûté la vie. Si nous n'avions pas été prévenus par un coup de fil anonyme nous ne l'aurions jamais attrapé et cette catastrophe n'aurait jamais eu lieu... Ainsi que tout ce qui s'ensuivit d'ailleurs ! murmura Louis comme s'adressant à lui-même.

- Wouaaaah ! Serait-il possible qu'il ait voulu se venger en s'en prenant à Marie-Louise et votre enfant ? C'est gros quand même !

- Pas tant que ça, si tu raisonnes comme un malfrat ! La vengeance est leur leitmotiv à ces gens-là, même s'il y a eu accident.

- Quatre innocentes tuées gratuitement !

Louis appliqua un temps de silence pendant lequel ses pensées vagabondaient et se perdaient dans le passé.

- Allô Louis... t'es toujours là ?

- Oui oui... excuse-moi, je réfléchissais...

- Bon, je te laisse, j'ai du travail ! Tiens-moi au courant pour le resto quand tu auras choisi la date... Je t'embrasse !

Louis envisageait déjà la suite des évènements. Mettre à tout prix la main sur Francis et pour cela retrouver la femme de la photo.

# CHAPITRE 77

*Décembre 1952*

Jeune et tout juste lieutenant de police en 1946 à la PJ de Marseille, Louis Lambert avait organisé dans la précipitation, le traquenard et l'arrestation de Francis Poli à la gare Saint-Charles. Suite à des différends entre les services des stups et ceux de l'antigangs, les informations avaient été omises volontairement et le piège avait dérapé. Les forces de l'ordre avaient tiré sans sommation faisant de nombreux dommages colatéraux.

*

À sa sortie de prison cinq ans plus tard en 1951, Francis Poli n'eut de cesse de venger la mort de sa femme et sa fille. Le truand mit toute son énergie à cette tâche et déploya un réseau d'espions chargé de passer au crible la vie et les habitudes du policier responsable de son malheur.

Résidant sur son vieux chalutier dans le port de Marseille, il menait une vie discrète en attendant de mettre à excécution son plan morbide si longtemps ruminé. Le trafiquant côtoya la même salle de sport que le beau-frère du commissaire et développa des relations amicales avec ce dernier afin de lui soutirer diverses informations pouvant le servir. Il connaissait maintenant presque tout de la vie du flic : son domicile, ses relations, ses lieux préférés, l'école de sa fille, la résidence de son ex-femme... Il n'avait plus qu'à attendre le moment opportun.

Le bandit trouva en ce Noël 1952, l'occasion inespérée de passer à l'action. Il savait par Patrick Cigliano que l'épouse de Louis Lambert serait seule en ville ce jour-là et la fila dans les rues commerçantes de la cité entre la Préfecture et la Canebière.

Vers la tombée du jour, l'individu aborda la jeune femme discrètement en pleine foule et, une arme pointée dans le dos, l'obligea à le suivre sans faire d'histoires.

Marie-Louise Lambert avançait docilement malgré les douleurs soudaines qui l'assaillaient dans le bas ventre. La pression du bébé lui déchirait les entrailles. L'homme la guida violemment, sans ménagement, la tenant maintenant par la taille, l'arme toujours braquée contre elle. Ils marchaient côte à côte, enlacés et silencieux parmi la masse des flâneurs qui déambulait sur les trottoirs, le regard aimanté par les vitrines scintillantes de cette veille de Noël.

Au bout de la rue de Rome, ils descendirent la Canebière pour rejoindre le Vieux-Port, se dirigèrent ensuite vers le Quai du Port au niveau de la mairie, là où le bandit avait amarré son chalutier.

L'homme dut aider la jeune femme à se hisser à bord et l'incita à pénétrer à l'intérieur. Marie-Louise, le visage pâle, crispé par la douleur et l'angoisse, se laissa conduire sans opposition.

- Assieds-toi là, lui dit l'homme froidement en lui désignant une banquette installée derrière une petite table fixée au plancher.

Marie-Louise s'excécuta sagement, le dos penché en avant et

les bras noués autour du ventre. De temps à autre, une grimace venait figer son visage et la jeune femme se mordait les lèvres pour ne pas hurler.

- Tu as faim, soif ? lui demanda le ravisseur. Je viens de faire un plein de provisions.

Sans le regarder, Marie-Louise secoua la tête, les yeux baissés, remplis de larmes.

Francis était embarrassé. Sa vengeance maintenant assouvie, il ne savait pas très bien comment allait se dérouler la suite des évènements. Il ne voulait pas faire de mal à la jeune femme, ce n'était pas un tueur d'innocents. Il se disait qu'il envisagerait la situation au jour le jour, suivant le déroulement des évènements.

- Si tu te tiens tranquille, je ne te ferai aucun mal. Ce n'est pas à toi que j'en veux mais à ton mari. Je lui prends ce qu'il m'a pris ! Une vie pour une vie !

Marie-Louise gardait le silence, terrassée par la douleur.

- Ça ne va pas ? lui dit soudainement l'homme s'apercevant du malaise de la jeune femme.

- Je peux m'allonger ? murmura t-elle à bout de forces. L'homme lui fit un signe affirmatif.

- Qu'est-ce que t'as ?

- C'est le bébé... Je crois que je ne vais pas tarder à accoucher !

- Tu plaisantes là, j'espère ?... Déconne pas !... C'est prévu pour quand ?

- Trois semaines en principe.

Francis pâlit à son tour. Il n'avait pas prévu l'évènement aussi tôt et espérait avoir le temps de s'organiser.

La soirée était bien avancée maintenant et le froid se faisait plus intense. L'homme s'agitait sur sa banquette, se leva, tourna en rond sur lui-même avant de prononcer une nouvelle fois :

- Tu ne veux toujours rien manger ?

- Non... J'ai froid...

Le bandit se leva et alla chercher deux couvertures qui se trouvaient dans les casiers à l'arrière du bateau. Comme elles étaient un peu humides, il lui glissa un ciré en-dessous pour éviter que l'humidité ne l'atteigne.

- Repose-toi ... mais ne t'avise pas de me jouer un sale tour !... Je ne serai pas toujours aussi complaisant ! Demain je m'occuperai de t'apporter ce dont tu as besoin.

Marie-Louise n'avait pas l'intention de tenter quoi que ce soit vu le peu de forces qui l'habitait en cet instant. Elle ferma les yeux et s'abandonna dans une légère somnolence, entrecoupée de nombreux soubresauts.

# CHAPITRE 78

*Mai 1967*

Le restaurant était bondé, lorsque Louis arriva Quai de Rive -Neuve sur le Vieux-Port de Marseille. D'un coup d'œil, il fit le tour des tables à la recherche de Geneviève, Edith ou Brigitte avec qui il avait rendez-vous en ce milieu de journée. Il aperçut sa sœur déjà attablée dans un coin de la salle près des fenêtres, lui faisant de grands signes pour attirer son attention.

Le lieu était bruyant et enfumé. Des commerçants, des bureaucrates, des journalistes, des habitants du quartier... se retrouvaient là au moment du déjeuner et discutaient affaires. Louis et sa famille ne dérogeaient pas à la règle. Le policier rejoignit Geneviève en se faufilant de biais entre les tables, évitant toute maladresse inopportune.

Dehors, un soleil de printemps peinait à s'imposer face à un air réfrigérant occasionné par un fort mistral venant du nord. Les passants luttaient avec force pour ne pas être emportés par les violentes rafales qui les déséquilibraient.

Louis prit place en face de sa sœur, dos à la salle, faisant face à un immense miroir dans lequel se reflétait la faune marseillaise qui s'agitait dans son dos.

- Ça fait longtemps que tu attends ? lui demanda t-il en posant son blouson sur le dossier d'une chaise.

- Pas vraiment... dix minutes tout au plus.

- Désolé, j'ai eu du mal à me garer. À cause du vent, je n'ai pas pris la moto... J'ai la voiture de fonction. Tu as déjà commandé quelque chose ?

- Pas encore, je vous attendais !

- On commande quelque chose à boire ou on attend Edith et Brigitte ?

- Brigitte ne pourra se joindre à nous, elle a été retenue à l'hôpital. Nous n'avons qu'à commander maintenant, nous recommanderons plus tard avec Edith si elle tarde ! Ça la fera venir !

- C'est bon j'appelle le serveur alors ! proposa Louis.

Il se retourna et fit signe au garçon qu'il guettait à travers le miroir.

- Qu'est-ce que tu prends ? demanda t-il à Geneviève lorsque le barman se posta devant eux.

- Pour moi, ce sera une pression, dit la femme.

- Pour moi aussi.

- Et pour moi également, renchérit Edith qui venait d'arriver.

- Bien, trois pressions alors ! s'exclama le policier en se tournant vers le serveur. Et si vous avez également quelques cacahuètes, ce serait parfait !

Le serveur acquiesça et s'en retourna.

- Malheureusement, je n'ai pas beaucoup de temps, déclara Edith la fille de Louis d'un ton déçu... Bouvier, mon patron, nous a collé une réunion surprise à 13 h30... pas question d'y déroger ! Il est à prendre avec des pincettes en ce moment ! Cette affaire de chalutier et de cadavre attaché à sa coque, le met dans tous ses états. Ils sont toujours à la recherche de

Francis. Les recherches en Italie et en Corse n'ont pas abouti. L'homme avait pris la fuite ! Bouvier a une forte pression au niveau de sa sphère supérieure qui lui demande des résultats rapides.

- Justement, c'est à ce sujet que je vous ai demandé de venir. Je voulais que nous fassions un peu le point sur tout ce que nous avons chacun de notre côté. Edith, on commence par toi si tu es pressée. Que donnent vos recherches ? Avez-vous découvert l'identité du mort ?

- C'est une morte... Oui, on a presque maintenant la quasi certitude que ce cadavre est celui d'une femme.

- Je le savais !... Sur quoi se base le légiste ?

- La taille du squelette... Enfin, du peu qu'il en reste ! La pauvre victime avait beau être enveloppée et ficelée dans une bâche, ça n'a pas empêché la nature d'accomplir ses ravages.

- Pourra t-on un jour l'identifier ?

- J'ai bien peur que non ! répondit la jeune flic à son père qui affichait une mine désespérée. Mais, on vient de découvrir à qui appartenait le bateau. Et là encore mon cher père, tu avais raison ! C'est bien celui de Francis Poli qu'on ne retrouve pas. S'il a séjourné quelques temps en Italie chez son ami Robert Jourdan, maintenant il a bel et bien disparu.

Un silence s'installa autour de la table qui fut rompu par la venue du serveur leur apportant les boissons et prendre la commande du repas. Le service était rapide, les tables se remplissaient et se désemplissaient presque aussitôt. La clientèle ne disposait que d'un rapide moment de pause pour déjeuner avant de reprendre le travail.

- Vous avez choisi messieurs-dames ?

Les deux policiers et la journaliste sortirent brutalement de leurs réflexions, étonnés par la question.

- Euhhh... non pas vraiment... Nous sommes désolés.

Ils ouvrirent rapidement la carte et après avoir consulté brièvement son contenu, choisirent les menus du jour.

- Donc, récapitulons, renchérit Louis une fois que le serveur les eut quittés. De ton côté Edith, nous savons que le macchabé du chalutier était une femme. Que la bâche qui l'enveloppait venait de la boutique « Tout pour la Mer » située Quai de Rive-Neuve. Marcel Roussel père, patron de la boutique, a fait une description détaillée de l'homme qui a acheté cette bâche quinze ans plus tôt et qui ressemble comme une goutte d'eau à notre suspect de la photo. Que cet individu portait une gourmette en or sur laquelle était gravé son prénom « Francis » et qu'il est le propriétaire du chalutier. Même si ce n'est pas le cadavre de Marie-Louise qui est accroché sous la coque ce n'est quand même pas bon pour notre homme !

Louis hésita avant de continuer :

- De ton côté Geneviève, nous savons, grâce à la photo de la soirée au club de sport, que ton mari Patrick était ami avec ce Francis Poli. Qu'il travaillait aussi avec un dénommé Robert Jourdan, collectionneur d'art que la police a interrogé en décembre dernier et qui nous a avoué avoir hébergé Francis Poli dans sa villa en Italie. Nous savons également que lorsque la police italienne a débarqué à la villa, notre homme s'était fait la malle et depuis, plus aucune trace.

De mon côté, vu que l'affaire du chalutier n'est pas mon enquête et que je n'ai que des intuitions et suppositions, je peux m'avancer en disant que d'après les rapports de police de l'arrestation de Francis en 1946 et les coupures de journaux que tu m'as fait parvenir Geneviève, mon flair me persuade une fois encore de la responsabilité de Francis dans l'enlèvement de Marie-Louise. Oui mais voilà, je n'ai pas de preuves.

Les deux femmes l'écoutaient avec passion et curiosité.

- C'est là où j'aurais besoin de toi, Geneviève. Enfin plus exactement de Brigitte. Hormis sa présence qui m'aurait fait plaisir, j'aurais bien aimé lui demander un petit service, enchaîna t-il.

- Quel genre de service ? questionna Geneviève.

- Je sais qu'elle n'était pas encore à l'hôpital à cette époque, tout juste à l'école primaire mais je me demandais si, maintenant, en tant qu'infirmière, elle pouvait avoir accès aux cahiers des entrées et sorties des patients de l'année 1952.

- Où veux-tu en venir ?

- Puisque nous ne pourrons jamais connaître l'identité du cadavre du chalutier - bien que je reste persuadé qu'il s'agit de Marie-Louise - un doute m'obsèdera toujours. Il faut que j'en ai le cœur net ! On sait tous que Marie-Louise était enceinte... Que sa grossesse était presque à terme. Si Francis ne l'a pas tuée, elle a dû être admise dans une maternité. Hôpitaux ou cliniques : Hôtel Dieu, Nouvelle Charité (aujourd'hui Ste Marguerite), Conception ou ailleurs... Et dans ce cas cela aura été notifié sur des cahiers. On pourra ainsi suivre sa trace. Je saurai alors si elle est toujours vivante - bien que j'en doute fort... - j'aurai la certitude que ce n'est pas la victime du chalutier et que Francis Poli n'y est pour rien. Ce serait ma preuve à moi. Mais il faudrait repartir à zéro, dit le policier sur un ton défaitiste.

Les deux femmes se regardèrent et acquiescèrent par un hochement de tête.

- Ça tient la route, en effet, dit Geneviève.

- De mon côté, ajouta Edith, je vais également faire le tour des hôpitaux et cliniques de Marseille. Cela va me prendre du temps alors si Brigitte peut me donner aussi un petit coup de main, ce ne sera pas de refus.

- Je lui en parlerai.

- Merci.

- La grosse inconnue dans tout ça, poursuivit Louis, est : qui est la femme de la photo ? Je n'ai toujours pas réussi à mettre un nom dessus.

Puis se tournant vers Edith.

- Tu as un peu de temps cet après-midi ? J'aurais besoin de ton aide aussi. Je souhaiterais faire une enquête de voisinage sur les quais du port auprès des amis de Francis... Ceux de l'époque où il avait son chalutier. Cela fera plus sérieux si nous sommes deux et avec une femme, les langues se délient mieux.

Edith sourit devant l'argument de son père.

- Bien sûr...

Ils continuèrent à déguster leur filet mignon en croûte que le serveur leur avait discrètement apporté. Le vent soufflait toujours dehors avec violence. Ils prirent un café et sortirent à l'assaut des rafales.

# CHAPITRE 79

*Décembre 1952*

Marie-Louise luttait contre les contractions qui se faisaient maintenant de plus en plus rapprochées. La douleur persistante lui arrachait des hurlements aigus qui traversaient l'habitacle du navire et venaient mourir dans les eaux gelées du Vieux-Port.

Francis ne savait que faire.

- Tiens bon, je vais chercher de l'aide.

Le malfrat pensait faire appel à la femme d'un copain, infirmière à la Conception. Avec un peu de chance, elle serait chez elle pour le soir de Noël. Il quitta le bateau à la recherche d'une cabine téléphonique et dut faire le tour du quartier pour trouver un appareil en état de marche. Il composa le numéro du domicile de son fidèle ami Fred. Quand la voix de son pote retentit à l'autre bout du fil, l'angoisse qui le tenaillait depuis une heure commençait à s'affaiblir lentement. Sans détour, il entra dans le vif du sujet.

- J'ai besoin de toi Fred. J'ai un gros pépin. Ta femme est là ?

- Qu'est-ce qui t'arrive Francis ? C'est quoi ce gros pépin ?

- J'ai besoin des services de ta femme. Je peux pas t'en dire plus au téléphone, je te revaudrai ça ! Le colis que j'ai ramené est en piteux états.

- Merde, c'est la tuile ça ! Nous arrivons !

Quand Francis regagna le bateau trois quarts d'heure plus tard, le travail d'accouchement avait commencé. Fred et Marie-Jo sa femme arrivèrent dans la demi-heure qui suivit. Ils trouvèrent la jeune femme abattue, sans force et à demi-consciente.

- Pourquoi n'est-elle pas à l'hôpital ? demanda Marie-Jo.

- C'est arrivé tout d'un coup, maintenant.

- Il faut la transporter d'urgence! s'exclama Marie-Jo.

- Pas question ! lui dit son mari.

- Mais pourquoi ?

- On te dit non ! Ne cherche pas à comprendre et aide-la à accoucher.

- Vu son état, je ne suis pas assez compétente ! Elle va y rester ! Il lui faut un médecin !

- Tu la fermes ! On ne peut pas s'adresser à un médecin... t'as compris !

Marie-Jo obtempéra de mauvais gré et réclama du linge et de l'eau bouillante. Francis, nerveux, s'exécuta puis sortit sur le pont suivi de Fred. Les deux hommes se murèrent dans un silence pesant, fumant cigarettes sur cigarettes pendant que Marie-Jo aidait la jeune maman à expulser l'enfant. Vingt minutes plus tard les cris stridents du bébé résonnaient dans la cabine du bateau couvrant le clapotis des eaux dormantes du Lacydon.

- C'est une fille, annonça l'infirmière mais ta femme, Francis, n'est pas en bon état ! Il faut l'hospitaliser à tout prix, c'est une question de vie ou de mort, elle perd tout son sang.

- On t'a déjà dit d'oublier l'hôpital, t'a pas encore compris ! Et ne parle de cette soirée à personne ! lui insigna son mari.

- Je te remercie de ton aide Marie-Jo, lui dit Francis les yeux hagards. Je compte sur toi pour ta discrétion. On ne s'est jamais vu ce soir de Noël.

Marie-Jo dévisagea les deux hommes avec effroi.

- Dis-moi juste ce que je dois faire maintenant pour elle, poursuivit Francis.

Marie-Jo se retourna vers la jeune femme et après examen prononça :

- Tu n'as plus rien à faire... C'est fini !

Un lourd silence s'abattit comme une chape de plomb sur les trois amis.

- On fait quoi maintenant ? articula péniblement Fred.

- Marie-Jo, tu peux garder l'enfant quelque temps ? Il faut que je règle d'abord le problème de la mère.

- Tu n'y penses pas !... Il n'est pas question que je sois mêlée à cette affaire !

- Tu y es mêlée que tu le veuilles ou pas ! lui rétorqua son mari. Et tu feras ce qu'on te dit !

Mue par l'angoisse, l'infirmière obtempéra malgré elle.

- Donnez-moi une semaine et je viendrai récupérer la petite... je vous le promets ! Merci pour l'aide... Et rappelez-vous, on ne s'est jamais vu ce soir !

Le couple hocha la tête en signe d'acquiescement. Marie-Jo lava et enveloppa l'enfant dans plusieurs couvertures de fortune et les époux quittèrent le bateau dans un mutisme pesant.

Resté seul, Francis réfléchissait à la manière dont il allait se débarrasser du corps de Marie-Louise.

# CHAPITRE 80

*Mai 1967*

Les interrogatoires menés par Edith et Louis Lambert auprès des voisins de quai de Francis Poli sur le port de Marseille, n'avaient pas eu de grands retours. Certes, à-peu-près l'ensemble des interrogés connaissait l'homme mais chacun s'entendait pour affirmer que le marin était un individu courtois, discret et sans histoires.

L'enlèvement de Marie-Louise ayant eu lieu la veille de Noël, aucun pêcheur ne se trouvait sur le port ce soir-là. S'il y avait eu quelque chose à voir ou entendre, pas un ne pouvait en témoigner. Deux jours plus tard, le chalutier du brigand avait disparu et fut remplacé par la suite par un beau voilier flambant neuf qui n'avait plus aucun rapport avec la pêche.

- Oui ça m'avait étonné, confia le vieil homme aux policiers qui l'interrogeaient.

- Il ne vous en avait pas touché un mot auparavant ? questionna Louis.

- Non, justement... C'est ça qui m'avait surpris ! Je vous dirai qu'il n'était pas tenu de le faire... mais quand même... Un bateau comme celui-là, ça ne s'achête pas sur un coup de tête !

- Il vous a donné une explication sur les raisons qui l'ont poussé à changer de bateau ?

- Vouai... mais j'y ai pas cru... Soi-disant, il n'aimait plus la pêche.

- C'était un passionné de pêche ?

- Oh pour ça oui ! Il partait souvent en mer aux aurores... S'il m'en avait parlé, je lui aurais racheté, moi, son bateau ! Ça m'aurait intéressé ! La passion, ça vous quitte pas comme ça du jour au lendemain ! Monsieur voulait subitement faire de la voile !

- Vous a-t-il paru différent depuis ? formula Edith.

- Vouai ! Plus distant.

- Y a-t-il encore des gens sur le port qui l'ont connu à cette époque ?

- Peut-être... faut voir ! Là-bas, sur le troisième quai, y a bien Dédé. Ils allaient quelquefois à la pêche ensemble ! indiqua l'homme en désignant le quai d'un mouvement de bras.

- On vous remercie monsieur Bittau. Bonne fin de journée. Le vieux marin les salua d'un mouvement de tête et les regarda s'éloigner en direction du troisième quai sur la droite.

À leur approche, les policiers trouvèrent le marin occupé à un grand nettoyage des restes de sa pêche matinale. Au milieu de cordes, de sceaux et de filets, l'homme agitait un long tuyau d'eau qu'il manipulait avec vigueur sur toute la surface du pont.

- Monsieur Dédé ? s'écria Louis Lambert d'une voix ferme. L'homme se retourna surpris, posa son tuyau, emprunta la passerelle et se dirigea vers le robinet pour en couper l'eau. L'individu était petit, costaud avec un visage rond sous une casquette de marin. Face à ses interlocuteurs, il leur adressa un regard sans expression.

- Police criminelle, s'exclama Edith en présentant sa carte.

L'individu marqua un temps de surprise.

- Oui ? prononça t-il d'une voix à peine audible.

- Nous aimerions vous poser quelques questions.

- À propos de quoi ?

- De votre relation avec Francis Poli !

- Qu'est-ce que vous voulez savoir ?

- Parlez-nous de lui... Vous le connaissez depuis longtemps ?

- Oui... bien une vingtaine d'années.

- Quels sont vos rapports avec cet homme ?

- Des rapports amicaux.

- Amicaux jusqu'à quel point ?

- Des rapports de pêcheurs, rien de plus... pourquoi ?

- Vous souvenez-vous d'un certain 24 décembre 1952 ?

Dédé ouvrit de grands yeux étonnés.

- 24 décembre 1952 ?... À part que c'est la veille de Noël, je ne vois pas ce que ça pourrait me rappeler ! Comment pourrai-je m'en souvenir ?

- Oui, je sais, ça date pas d'hier !

- Ben non !

- C'est la fameuse année où votre ami Francis a changé de bateau.

- Ah oui... là je situe mieux ! Et alors ?

- Cette veille de Noël, auriez-vous entendu ou vu quelque chose de bizarre... d'inhabituel sur les quais... des cris peut-être venant de l'intérieur du bateau ?

- Absolument pas... Je ne suis jamais sur mon bateau le soir de Noël !

- Et après... les jours qui ont suivi ?

- Deux jours après les fêtes, je suis allé voir mon chalutier, je voulais m'assurer qu'il n'avait pas subi de dégâts... il y avait eu une forte tempête et...

L'homme semblait hésiter, Edith le pressa.

- Et... ?

- Quand je suis arrivé, j'ai aperçu le chalutier de Francis qui quittait la rade. J'étais étonné car le temps ne s'y prêtait pas et Francis le savait très bien. Je ne comprenais pas pourquoi il prenait ce risque. Apparement il s'en est sorti car par la suite, il m'a dit avoir vendu le chalutier.

- Et quelques jours plus tard, il avait un nouveau bateau... un voilier ! Ça ne vous a pas paru bizarre ?

- Si... mais ce ne sont pas mes affaires. Chacun fait ce qu'il veut !

- On vous remercie monsieur Dédé. Bonne fin de journée.

Les flics s'en retournèrent déçus. Ces interrogatoires n'avaient rien donné sur la fameuse nuit du 24 Décembre. Peu de témoins se trouvaient sur le Vieux-Port ce soir-là.

# CHAPITRE 81

Il n'était pas encore très tard dans la matinée, lorsque Dina se précipita tant bien que mal, affolée, sur le bord du chemin, en quête d'un secours providentiel.

C'était un jour de semaine ordinaire. Les enfants étaient en classe, Charles au bureau et Delphine en ville.

Lorsque la sexagénaire quitta sa petite maison pour rejoindre la maison principale, elle fut épouvantée en pénétrant dans le logis par le désastre qu'elle découvrait. Prise de panique la pauvre femme s'enfuit d'un pas mal assuré jusqu'au bout du jardin. La demeure des Roubaud respirait l'abandon. Ses façades aux ouvertures constamment closes, révélaient une abscence prolongée. Que faire ? Difficile d'espérer de l'aide à cette heure de la matinée ! La sexagénaire se retrouvait malgré elle, bien seule face à l'horreur. En désespoir de cause, elle se positionna alors sur le bord de la route et attendit patiemment le passage d'un véhicule.

Elle était là, désemparée, impatiente, lorsqu'un quart-d'heure plus tard la silhouette d'une joggeuse apparut au tournant du virage surplombant la côte du petit chemin. Sur l'instant, la vieille dame ne reconnut pas l'ombre qui s'avançait vers elle à petites foulées.

- Eh bien, ma brave Dina, que vous arrive t-il ?

- Y a le feu à la maison... monsieur et madame ne sont pas là... Je ne sais quoi faire ! s'exclama la servante dans tous ses états mais soulagée par le secours de la providence.

- Vous n'avez pas appelé les pompiers ?

- Non, j'avais bien trop peur que le feu me dévore ! Il est partout !

La joggeuse qui n'était autre qu'une voisine du quartier, rassura la vieille dame.

- Oui, je comprends ! Le feu a déjà tout envahi ?

- Oh oui ! Ça brûle de tous les côtés !

Natacha Eiglier restait perplexe. Embarrassée, elle ne savait où trouver du secours.

- Ne bougez pas... je reviens ! dit-elle en s'éloignant en courant.

Dina, à moitié réconfortée, se laissa choir, les bras ballant, sur un petit muret attendant les secours éventuels.

*

Lorsque les pompiers débarquèrent sur place, le feu avait déjà bien entamé sa démarche destructrice. Les danses macabres des flammes avaient dévoré la toiture dont les poutres consumées luttaient encore pour leur survie. Le feu s'était étendu sournoisement du rez-de-chaussée jusqu'au premier étage laissant sans scrupule son empreinte sur tous les vestiges du passé. Il avait rampé sur la surface des murs pour se hisser finalement le long du grand escalier de bois. De gauche à droite, il avait embrasé ensuite le sanctuaire des enfants et tous leurs souvenirs. Rien n'avait survécu à cette rage démoniaque.

Peu à peu, le voisinage s'agglutinait aux alentours, apportant son lot de consolation tout en jouant les curieux.

Lorsque Delphine arriva à proximité du cabanon, elle crut que son cœur allait la lâcher. Elle n'eut pas plus tôt posé les pieds à terre que Dina se précipita vers elle.

- Madame, madame... c'est une catastrophe ! Je suis arrivée trop tard !

- Que s'est t-il passé ? arriva à articuler Delphine le visage décomposé.

- C'est le poêle à mazout, ont dit les pompiers !

Dina exposa tout le déroulement des faits, sans omettre un seul détail.

- Je savais qu'il ne fallait plus l'utiliser... c'était dangereux ! gémit Delphine. Même avec ce vent on pouvait s'en passer. Charles est tellement têtu !

- C'est quand même pas normal de mettre du chauffage en mai ! rétorqua Dina.

Pendant que les deux femmes se lamentaient sur le sinistre, Delphine aperçut Natacha Eiglier, la joggeuse qui se dirigeait vers elles.

- Delphine, je ne sais que vous dire devant ce désastre... si vous avez besoin de quoi que ce soit, n'hésitez pas à m'appeler. Si je peux vous rendre service ce sera très volontiers.

- Je ne sais comment vous remercier. Sans votre intervention cela aurait pu être pire !

- Le hasard a voulu que je passe par-là, c'est tout ! Je suis sincèrement désolée pour vous !

Delphine lui adressa un léger sourire empli de douleur et dans son tourment, pensa à remercier le ciel qu'aucun membre de la famille n'eut été à la maison.

- Il faut que je prévienne Charles maintenant... Je ne sais comment lui annoncer la nouvelle. Je ne vois pas où je vais pouvoir trouver un téléphone... je suppose que celui de la maison ne fonctionne plus !

- Si j'avais été en voiture, je vous aurais emmenée chez moi ! prononça Natacha Eiglier. Mais parmi tous vos voisins, il y en aura bien un qui vous laissera téléphoner.

Les trois femmes abandonnèrent le sinistre en quête d'un téléphone, laissant les pompiers terminer leur besogne.

À son retour Delphine fut abordée par un homme de large corpulence.

- C'est toujours impressionnant, hein, ce genre de tragédie ! On pourrait même dire que ça a quelque chose de fascinant, vous ne trouvez pas ?

Delphine se retourna en sursautant et dévisagea longuement son interlocuteur ne sachant pas très bien où il voulait en venir. Sa remarque était particulièrement déplacée.

- Fascinant ? Je ne trouve rien de fascinant à voir sa maison brûler ! C'est un spectacle horrible !

- Un feu a une action positive. Il a l'avantage de pouvoir effacer, nettoyer nos fautes, nos erreurs. Pouf ! Plus rien ! En un rien de temps il a remis les compteurs à zéro. Le passé n'a jamais éxisté ! Disparu sous ses formes les plus matérielles mais pas oublié ! S'ensuit alors une nouvelle naissance pleine d'espoir. Grâce aux flammes nous avons la chance de bénéficier de plusieurs vies. C'est comme une rédemption. Les cieux nous accordent une seconde chance.

Delphine n'aimait pas cet homme ni son discours funèbre. Le personnage se mouvait dans des gestes incohérents, les yeux remplis d'une expression reflétant la folie.

Antoine Fereng parlait avec fougue et emportement, subjugué par ses propres propos.

*

Charles était effondré. Tant d'années de travail réduites en cendres. *Qu'allait-il se passer maintenant ? Qu'allaient-ils devenir et où habiter le temps de tout reconstruire ?* Il en était là de ses réflexions, lorsqu'il s'entendit interpeller par une voix réconfortante qui l'extirpa de ses pensées négatives.

- Monsieur Rollin ?...

Charles se retourna subitement et se trouva face à un grand personnage qui le fixait d'un air compatissant de sa haute taille.

- Oui ? articula Charles d'une voix monocorde qui avait du mal à sortir. Il avait l'impression que ses cordes vocales ne lui obéissaient plus.

- Vous ne pourriez pas savoir le plaisir que vous me feriez en acceptant de venir, vous et votre famille, loger à la maison.

Le père de Lisie, le regard meurtri, dévisagea monsieur Jansen qui lui adressait un large sourire amical. Devant une telle sollicitude, l'homme, gêné, ne put toujours pas trouver ses mots. Ce fut Delphine qui, à ses côtés, vint à son secours.

- C'est trop aimable à vous docteur mais nous serions embarrassés. Nous ne voulons pas vous déranger.

- Hop pop pop... vous ne nous dérangerez pas le moins du monde ! Tout le rez-de-chaussée est inhabité et, ma femme et moi serions ravis de vous accueillir.

Delphine se tourna alors vers son mari en attente d'une réponse. Charles avait maintenant repris le dessus contraint et forcé.

- Je ne sais comment vous remercier docteur, dit l'homme les yeux pleins de reconaissance.

- Vous n'avez pas à me remercier, ceci est tout à fait normal... Si nous ne nous aidions pas entre voisins !... L'appartement est prêt, vous pouvez vous y installer dès ce soir.

Charles prit chaleureusement les mains de monsieur Jansen

entre les siennes en signe de reconnaissance et de grosses larmes commencèrent à l'envahir.

Lorsque les Rollin après l'intervention des pompiers, s'aventurèrent dans leur logis, les deux époux constatèrent avec désolation les vestiges de leur ancienne vie. Tout avait brûlé ! La majorité des meubles gisaient là, calcinés et inondés par les lances des pompiers. Dans les chambres, les penderies offraient au regard quelques morceaux d'étoffe rescapés, encore accrochés à des restes de cintres.

Mais le plus dur pour la famille était la perte de leurs souvenirs. La perte des albums photos.

# CHAPITRE 82

*Juillet 1967*

Les Rollin avaient pris maintenant leur quartier chez les Jansen depuis déjà deux mois. Après la visite des experts suite au sinistre, les assurances couvraient majoritairement la reconstruction du cabanon. Charles, grâce à cet apport financier avait pu faire appel à des entreprises pour les gros travaux.

*

Comme chaque été, Christophen Jansen et son épouse Léna organisaient une grande fête provençale dans leur propriété du Garlaban. Une bonne partie de la ville était conviée ainsi que les voisins et leurs enfants. S'ajoutaient à cette liste, les connaissances du corps médical et paramédical d'Aubagne à Marseille.

L'après-midi de l'évènement, l'effervescence générale était à son apogée. Des tables avaient été dressées sur la pelouse située sur le devant du mas. Quelques silhouettes équines ornaient en toile de fond ce magnifique décor champêtre au son du Galoubet et du Tambourin.

Une piste de danse avait été aménagée pour la représentation que devait donner en milieu de soirée, le groupe folklorique d'Aubagne dont faisaient partie les enfants.

Toute la maisonnée participait aux derniers préparatifs de la fête afin de faire de cet évènement un moment inoubliable.

Les invités en grande tenue arrivèrent par petits groupes.

José et Irène Masset étaient accompagnés de leurs enfants, Denise, Frank et Martine. Eliane s'était jointe également à sa famille, laissant sa petite fille Sophie de cinq mois en garde à sa belle-mère Bernadette Pichu. Pour rien au monde, la jeune maman n'aurait voulu rater l'évènement et l'occasion de se distraire un peu.

Adélaïde et Lucien Roussel en tant que récents voisins depuis la mort de Victor Maurin avaient été conviés également à la réception. Le petit Jacques âgé maintenant de huit ans ne savait comment contenir sa joie face à cette féerie. Encore un peu timide aux premiers instants, le petit garçon ne tarda pas à délaisser les genoux de sa maman pour rejoindre le groupe d'enfants qui couraient dans la prairie.

Louis Lambert arriva parmi les derniers en compagnie de sa fille Edith qu'il avait sollicitée pour l'acompagner. Le commissaire était toujours très mal à l 'aise dans ce genre de réception mondaine. L'homme avait fait la connaissance des Jansen deux ans auparavant lors de l'incendie dans le massif du Garlaban. Le policier avait décliné la précédente invitation sous un prétexte quelconque, mais cette année, il ne pouvait s'y soustraire sans risquer de désobliger ses hôtes.

Charles aussi n'était pas très à l'aise dans les mondanités. Delphine et lui se mélangeaient aux invités qui ne cessaient d'affluer tandis que les premiers arrivants avaient déjà pris place autour des tables. Les deux époux se joignirent à Adélaïde,

Lucien et quelques autres connaissances de voisinage. Ils saluèrent également le commissaire et sa fille avant de s'attabler en compagnie des Roussel.

À la vue du petit Jacques, Lisie fut une fois de plus bouleversée. C'était la deuxième fois, à quelques années d'intervalles, qu'elle croisait l'enfant. Il avait maintenant cinq ans de plus. Elle ne savait si elle devait lui parler, le questionner et peut-être comprendre pourquoi il hantait son existence. Mais là, il était bien réel ! Jacques, de son côté, n'avait pas l'air de la connaître.

La foule présentait tout ce qu'il y avait de plus hétéroclite dans la société. Toutes les classes sociales s'y mélangaient sans distinction.

Christophen était aux anges. L'hôte se déplaçait d'un invité à l'autre avec un immense sourire de bienveillance mettant à l'aise les plus intimidés. Son épouse et lui s'acquittaient des présentations d'usage avec beaucoup d'attention, mettant en contact les convives partageant les mêmes centres d'intérêt.

Lorsque le chirurgien présenta le commissaire aux Masset, Louis sentit ses jambes se dérober sous lui. Il observa, bouleversé, la jeune femme qui se tenait face à lui. La providence venait de lui servir sur un plateau ce qu'il cherchait depuis des mois. Il avait devant lui la femme de la photo ! Elle avait pris de l'âge bien sûr, changé de coiffure, de couleur de cheveux mais son regard lui, ne trompait pas. Cette triste expression des yeux, il la retrouvait là, maintenant, face à lui. Il en était sûr, c'était bien la même personne. Puis il jeta un regard insistant vers sa fille Edith, espérant trouver en elle une étincelle de soupçon allant dans son sens. Mais le gardien de la paix était plutôt décontenancée par la pâleur soudaine de son père.

Sensibilisée par des années de pratique la jeune policière ne tarda pas à comprendre au trouble de son père qu'il se passait quelque chose d'important. Elle n'eut pas de mal à faire rapidement le rapprochement.

Prenant soin de ne laisser paraître aucune émotion sur son visage, la jeune femme restait silencieuse tout en souriant aimablement aux Masset. Le commissaire se ressaisit, se forçant comme sa fille à afficher un sourire de politesse. Il salua les Masset et articula péniblement :

- Nous nous connaissons déjà, dit-il en tendant une main ferme vers Irène. Vous allez bien chère madame ? Plus de disparition de voiture ? ironisa l'homme.

Irène lui sourit en lui tendant également la main.

- Non ce n'est pas tous les jours Noël... heureusement !

Edith, par un esprit méthodique dû à sa fonction de flic, recollait un à un les fragments de l'histoire.

« *Voilà une femme à qui on avait volé sa voiture, ladite voiture retrouvée quelques mois plus tard sur les hauteurs de Corbières avec son voleur, calciné à l'intérieur.*

*Il se trouve que cette femme était également l'ex-petite amie de Francis Poli, le présumé kidnappeur de Marie-Louise, l'ancienne épouse de son père.* » Les morceaux se regroupaient. « *Mais quel rôle avait bien pu jouer cette femme dans l'affaire ?* » Edith aurait voulu avoir des réponses très rapidement mais ce n'était ni le lieu ni le moment pour un interrogatoire. Elle regarda son père faire bonne figure à son entourage et tous deux se laissèrent emporter par les réjouissances de la soirée.

Les surprises du commissaire ne devaient pas s'arrêter là ! Il reçut le coup de grâce lorsque Martine, la fille d'Irène vint se joindre à eux.

À la vue de l'enfant l'homme ne put contrôler l'émotion qui le submergeait. Il se sentait gagné par un soudain malaise. Des goutelettes de sueur perlaient sur son front. Il retira sa veste, dénoua sa cravate, ouvrit le col de sa chemise et s'épongea le visage à plusieurs reprises.

Ce trouble n'avait pas échappé à Irène. *Pourquoi cet homme dévisageait-il ainsi Martine ?*

Le policier crut voir sur la paupière de la jeune fille une tache de naissance semblable à celle que possédait Marie-Louise et située au même endroit sur l'œil droit. Ce genre de tache ne courait pas les rues... Et puis... cette ressemblance extraordinaire dans les expressions avec Marie-Louise...

- Je vous demande pardon, se crut obligé d'ajouter Louis. Martine m'a fait terriblement penser à une personne qui m'était très chère. L'espace d'un instant j'ai cru la revoir... Je suis vraiment désolé !

- Je comprends, répondit Irène rassurée. Il n'y a pas de mal.

Après un court moment d'hésitation, le commissaire osa émettre une question délicate :

- Quel âge as-tu Martine ?

- Quinze ans, répondit l'adolescente bouleversée par le comportement de cet homme qui la dévisageait ouvertement.

- Puis-je te demander en quel mois tu es née ? insista t-il.

C'était au tour d'Irène de se sentir bouleversée. Toutes ces questions de la part du commissaire commençaient à l'inquiéter. *Que voulait-il savoir ? Que cherchait-il ?* Du passé de Martine avant ses deux ans, elle n'en connaissait rien. *Il ne fallait pas que cet homme soit trop curieux !* Avec Francis, ils n'avaient eu le temps de fêter l'anniversaire de la fillette que deux fois seulement et c'était en Décembre. Après... Francis avait disparu.

- En décembre, répondit l'adolescente.

- En quelle année ? insista encore le commissaire.

Martine, gênée hésitait à répondre. Elle chercha sa mère du regard ne sachant trop que faire, espérant un secours de sa part. Mais Irène avait déjà quitté la table discrètement. Elle avait peur. Jusqu'où pouvait aller cet homme avec ses questions intrusives ? Faute de soutien, Martine avoua.

- 1952 monsieur.

Le sang de Louis ne fit qu'un tour. *Se pourrait-il que ce soit ça ? Ce à quoi je pense ? Impossible... ce ne peut être qu'une coïncidence !*

Le policier se sentait de plus en plus oppressé. Sa respiration devenait difficile sous la pression incontrôlable de son cœur qui s'emballait. Edith, affolée, aida son père à s'allonger sur un transat situé à l'écart des invités. La jeune femme lui tendit un verre d'eau que Louis avala d'un trait.

- Tu te sens mieux maintenant ?

- Est-ce-que tu as remarqué ?

- Remarqué quoi papa ?

- Tu n'as donc rien vu ?

- Si, toi, dans un piteux état ! Que s'est-il passé ?

- Martiiine !

- Eh bien quoi Martine ?

- Tu n'as donc rien remarqué ?

- Non.

- Je comprends, tu étais bien trop jeune pour te souvenir ! Rentrons maintenant.

# CHAPITRE 83

À l'arrivée des beaux jours, Adélaïde Roussel et son mari Lucien avaient pris la décision de s'installer au Bec Cornu, chez feu les parents de la jeune femme.

Après la mort de Victor, les époux avaient choisi de conserver la maison. Adélaïde ne s'était pas résolue à la vendre. Puis Jacques leur fils aimait tellement cet endroit, il y avait tellement de souvenirs avec son grand-père que s'en séparer aurait été une déchirure pour le petit garçon.

La famille était venue s'y installer dès la fin de l'année scolaire et Lucien prenait la route Aubagne-Marseille, matin et soir. Le trajet de la maison à la boutique ne prenait pas plus d'une demi-heure. Cela en valait la peine.

Lucien avait engagé un apprenti pour remédier à l'abscence d'Adélaïde à la boutique, les quelques mois d'été.

Adélaïde occupait ses journées en promenades dans les collines en compagnie de son fils Jacques, ravi de faire découvrir à sa maman tous les noms et utilités des plantes que son grand-père lui avait enseignés auparavant.

La jeune femme avait entrepris la lourde besogne d'un tri drastique dans les affaires de ses parents. Depuis tant d'années d'accumulation, il était temps de se débarrasser des effets inutiles. Elle envisageait également, pour leur confort personnel, d'effectuer quelques menus travaux de rafraîchissement.

Albertine, la bonne de son père, venait lui apporter son aide dans cette indiscrétion posthume.

C'est en décrochant le miroir qui trônait au-dessus de la commode de la chambre de son père, que la fille de Victor Maurin découvrit avec stupéfaction une enveloppe tombée à ses pieds. Intriguée, la jeune femme ramassa le pli et constata qu'il lui était adressé. D'une main tremblante, elle le décacheta et en sortit un feuillet qu'elle déplia lentement et commença à parcourir.

*Ma chère Adélaïde, ma fille chérie.*

*Je suis un vieil homme maintenant et ne vais pas tarder à quitter ce monde et tous ceux qui ont fait le bonheur de ma vie. Il est temps pour moi de faire preuve de courage et de t'avouer ce qui a miné mon existence jusqu'ici. Je te confie cette lettre avant de partir afin que tu connaisses la vérité et que tu fasses ce qu'il te semblera juste après la lecture de mes aveux.*

*Lorsque j'étais tout jeune adolescent...*

À ce moment-là, Albertine fit son apparition dans la pièce faisant sursauter Adélaïde perdue dans sa lecture. La jeune femme cacha précipitamment la lettre dans la poche de sa robe, comme un enfant surpris faisant une bêtise. Elle attendrait plus tard pour connaître la suite du mystère entourant la vie de son père.

La journée fut un supplice pour la jeune femme. Elle aurait voulu que les heures défilent plus vite. Malgré la tâche qui s'imposait à elle face à ce rangement indispensable et la surveillance de Jacques, elle n'arrivait pas à se concentrer sur ce qu'elle faisait. Son esprit était ailleurs. *Qu'allait-elle découvrir dans cette lettre ? Pourquoi son père ne la lui avait-il pas remise plus tôt ? Allait-elle enfin connaître la vérité ? Toutes ces années de mystères allaient-elles maintenant s'éclaircir ?*

- Avez-vous encore besoin de moi, madame Adélaïde ?

La voix d'Albertine fit sursauter une fois de plus Adélaïde qui ne sortait pas de ses réflexions.

- Oh, excusez-moi Albertine. Non vous pouvez y aller maintenant... ça suffira pour aujourd'hui ! Voulez-vous que je vous raccompagne ?

- C'est inutile madame, la marche me fera du bien. Et puis, je n'ai pas long à faire en coupant par les champs !

- Soit Albertine... alors à demain ! Merci.

La vieille bonne prit son sac et se dirigea vers la porte menant au jardin. Adélaïde quitta la chambre de son père sur les pas de la brave femme et alla rejoindre Jacques, très occupé à observer la vie intense d'une fourmilière à l'angle de la bâtisse.

- Il faut rentrer maintenant Jacques. Il commence à se faire tard.

- Encore un peu maman.

- C'est l'heure que tu manges, chéri... Tu veux que je te serve ton repas dehors sur la petite table ?

- Oh oui ! s'exclama l'enfant.

- Bon, eh bien, va te laver les mains en attendant et mets une petite veste !

Le petit garçon abandonna son poste d'observation et partit accomplir sa tâche d'hygiène dans l'évier de la cuisine. Pendant ce temps Adélaïde installa le couvert de l'enfant sur une petite table basse de fortune devant la maison afin que le petit garçon puisse continuer à observer les insectes tout en mangeant.

La jeune femme s'installa à côté de son fils sur une chaise longue et, profitant de ce moment de répit avant que son mari ne rentre, impatiente, elle entreprit de poursuivre la lecture de la lettre.

*... Lorsque j'étais tout jeune adolescent, le destin a voulu que je me retrouve avec mon ami Eugène Pelagio, témoin d'un acte sordide.*

*Nous nous promenions alors, Eugène et moi, dans les collines, affairés à disposer nos pièges à gibier, lorsque non loin de là, nous entendîmes des bruits de voix qui, poussés par le vent, vinrent jusqu'à nos oreilles. Intrigués, nous nous sommes approchés et, cachés derrière un buisson, nous avons assisté au pire.*

*Deux hommes se suivaient, fusil de chasse en bandoulière sur l'épaule. Nous les avions reconnus. Il s'agissait de Gustave Pichu et Gaston Foulon. Le ton de leur voix était fort, les deux hommes se disputaient verbalement d'abord puis en sont venus aux mains. Nous avons vu Gustave Pichu asséner un coup de crosse sur la tête de son cousin, le tirer ensuite par les pieds vers le ravin et le jeter au fond. Nous étions abasourdis, comme figés sur place, puis, tout à coup, avons détalé à toutes jambes jusqu'à la maison. Nous nous étions promis de n'en parler à personne et comme tu le sais, ma chère enfant, nous avons tenu notre promesse. Après la découverte du cadavre par des promeneurs et le passage de la police, Eugène et moi sommes retournés sur les lieux par curiosité. Sur place, j'ai trouvé un couteau que les forces de l'ordre avaient oublié d'emporter. Je l'ai gardé, le trouvant très beau mais, quelques mois plus tard, pris d'inquiétude, je suis allé le jeter n'importe où dans les buissons au Garlaban.*

*La suite, ma chérie tu la connais. Les journaux en ont suffisamment parlé. Je te laisse, en âme et conscience, faire de ces aveux ce qu'il te semblera bon. Peut-être est-il temps maintenant d'avertir la police qui jusque-là nage dans le flou le plus total.*

*Il y a une autre chose aussi que je ne t'ai pas dite, ni même à ta mère. Tu vas penser que ma jeunesse n'a été qu'une suite de crimes inavoués et tu n'auras pas tort. Je ne suis pas bien fier de mes actes passés et n'ose pas t'en demander pardon, sous peine de passer pour un hypocrite.*

*Il y a bien longtemps de ça, bien avant ta mère, j'ai connu une jeune femme du village des Olives lors d'une soirée de printemps. J'étais comme d'habitude avec mon ami Eugène Pelagio et l'insouciance de notre jeunesse nous a amenés à boire plus que de raison.*

*Cette jeune femme est venue vers moi, désœuvrée, me demandant si je voulais bien lui offrir un verre. La trouvant très jolie et peu farouche, j'ai succombé à ses charmes qui, je dois l'avouer, étaient nombreux. Nous avons quitté la soirée. Eugène étant dans les bras d'une autre demoiselle, je ne l'ai pas attendu. J'ai passé la nuit avec cette personne et ne l'ai plus jamais revue ensuite, jusqu'au jour, deux mois plus tard environ, elle est venue me trouver pour m'annoncer sa grossesse. Je n'ai pas voulu y croire ! Le peu d'expérience dû à mon jeune âge a fait que si cela était vrai je n'ai pas pris mes responsabilités. Je n'ai pas voulu reconnaître l'enfant mais faisais parvenir quand même à sa mère, tous les mois, une petite somme d'argent. Je ne sais maintenant ce qu'il en est, je n'ai jamais plu revu cette femme mais le remords m'a toujours habité.*

*C'est pour te dire ma chère enfant que, peut-être dans cette ville ou ailleurs, un frère ou une sœur y vivrait sans que tu le saches.*

*J'espère ma fille chérie que tu ne porteras pas un jugement trop sévère envers ton vieux père. J'ai toujours été très fier de toi et, sans ta présence et celle de mon petit-fils Jacques, je n'aurais pu survivre au décès de ta pauvre mère. Continue à être celle que tu es, douce, intelligente et généreuse.*

*De tout mon cœur, papa.*

À la lecture de ce texte, Adélaïde restait abasourdie. Enfin, elle savait ce qui avait tant tourmenté son père jusqu'ici. Elle fut tirée de sa rêverie par l'arrivée soudaine de Lucien son mari qui rentrait de Marseille après une journée de travail à la boutique sur le Vieux-Port. Sans même lui dire bonsoir, elle lui tendit les feuillets qu'elle tenait encore en main d'un geste lent et machinal.

# CHAPITRE 84

Après la fête chez les Jansen, Louis Lambert avait hâte d'interroger Irène Masset. Cette femme devrait lui en apprendre beaucoup sur les mystères qui avaient entouré l'existence de Francis Poli. Le temps de se remettre de ses récentes émotions, sa curiosité n'avait pu attendre. Il convoqua la jeune femme la semaine suivante sous un prétexte quelconque.

Assise en face du policier, Irène ne pouvait décrocher son regard de la photo de Francis Poli, toujours accrochée sur le mur en face d'elle. Tremblante, elle redoutait les raisons de cette convocation.

- Je vous remercie madame d'être venue, dit le policier d'un ton affable en la fixant droit dans les yeux. Je dois vous avouer que la raison pour laquelle je vous ai fait venir, n'était qu'un prétexte, poursuivit-il en sortant une photo de son tiroir. La vraie raison, la voici, dit-il en posant son index sur le visage de la jeune femme. Vous reconnaissez cette photo ?

Irène tressaillit à la vue de son visage sur l'image. Louis Lambert ne la quittait pas des yeux épiant la moindre réaction sur ses traits.

- Oui.

- Que pouvez-vous me dire au sujet de cet homme ? Je sais

que vous le connaissez !

Irène se mit à pleurer tout à coup devant tant de pression et de souvenirs refaisant surface. Après un long moment de silence entrecoupé de sanglots, elle raconta au policier toute sa vie avec Francis Poli. Louis Lambert fut à son tour blanc comme un linge lorsque la jeune femme entreprit le chapitre de Martine, l'enfant que lui avait laissé Francis avant de disparaître. Le commissaire n'avait plus de doute, il était convaincu maintenant que Martine était l'enfant que Marie-Louise portait avant de disparaître. La tache de naissance que la fillette portait sur la paupière en était la preuve. Pour l'instant, il se garda bien de révéler à la jeune femme le reste de ses déductions.

- Où se cache t-il maintenant ?

- Je n'en ai aucune idée ! Je ne l'ai plus revu depuis le dernier rendez-vous que nous avions eu sur le port... J'y suis retournée encore deux fois mais il n'est jamais revenu. C'était en avril 1966 au printemps dernier.

- Vous avez bien du l'entendre quelquefois parler de lieux, de projets... Il n'avait pas de projets ?

- S'il en avait, j'en faisais pas parti ! Jamais il ne m'a parlé d'avenir. Je l'aimais plus que ce qu'il m'aimait. Vous savez commissaire, vous ne le connaissez pas comme moi je l'ai connu. Nous n'avons pas eu à faire au même homme. Même s'il ne m'incluait pas dans ses projets, c'était un homme très généreux et respectueux, il ne m'a jamais mal traitée ! Il m'aimait quand même un peu sinon il ne m'aurait jamais confié sa fille.

À ces mots, le commissaire tressaillit une fois de plus. Trop bouleversé par cet interrogatoire, Louis mit un terme à l'entrevue.

- Je vous remercie madame Masset, vous pouvez y aller maintenant... Je vous libère ! Toutefois, ne quittez pas la région sans me prévenir. Je n'ai rien contre vous mais j'aurai certainement encore besoin de votre témoignage.

L'homme se leva et raccompagna la jeune femme jusqu'à la porte. Son esprit était confu, ses idées embrouillées, il avait besoin de calme. Il prit ses clés et regagna son domicile.

# CHAPITRE 85

Les révélations d'Irène Masset et la découverte de l'existence de la petite Martine avaient suffi à ébranler la solidité mentale du policier. Enfin il voyait une issue à ce long méandre brumeux d'une quinzaine d'années. Le mystère enfin s'éclaircissait. Restait maintenant à mettre la main sur Francis Poli pour connaître tous les détails de l'affaire. Le commissaire déglutit une bonne rasade de whisky en se laissant choir sur le canapé du salon, les deux pieds sur la petite table basse qui trônait face à lui. Une petite musique de jazz en fond sonore lui permettait de se soustraire à l'agitation commune des habitants de la ville qui déambulaient à pied ou en voiture sous les fenêtres de son appartement du centre ville d'Aubagne.

Le policier mit du temps à émerger de sa léthargie avant de se décider à appeler sa fille Edith. Il avait besoin de parler à quelqu'un, d'entendre une voix familière.

- Papa ? prononça la jeune femme en ne reconnaissant pas la voix  morne de son père à l'autre bout du fil.

- Oui c'est moi... Je ne te dérange pas ?

- Tu tombes bien, j'allais sortir en mission. Tu m'attrapes au vol ! Comment vas-tu ?

Sans répondre à la question, le commissaire prononça :

- Sais-tu qui j'ai reçu cet après-midi dans mon bureau ? Irène Masset ! s'exclama t-il sans attendre la réponse de sa fille.

- Oui... raconte...

- Elle m'a tout détaillé, depuis sa rencontre avec Francis jusqu'à sa disparition. Je veux bien la croire quand elle dit ne rien savoir sur les agissements de son compagnon. En revanche je ne lui ai rien dit sur la disparition de Marie-Louise. Je l'ai questionnée au sujet de Martine et elle m'a avoué que Francis la lui avait confiée quand la petite avait deux ans. Cette enfant est ma fille !... Celle que Marie-Louise portait dans son ventre lorsqu'elle a disparu ce fameux 24 décembre 1952.

- Ça semble évident... Mais dis-moi, tu es au commissariat là ?

- Non je suis rentré ! Après ces révélations, j'avais besoin de me retrouver seul et réfléchir.

- Veux-tu que je passe après mon service ?

- Tu es bien gentille ma chérie, ce ne sera pas nécessaire ! Tu as bien assez à faire de ton côté !

- Ça ne me dérange pas au contraire... ça m'évitera de passer une soirée de plus, seule avec mon flingue !

- Dans ce cas c'est très volontiers alors !

- Je t'embrasse, à tout à l'heure !

Louis resta un moment pensif, le combiné du téléphone encore dans les mains. Il finit par le poser sur son axe et reprit ses réflexions.

*

Assis face à face, le père et la fille gardaient un silence religieux accompagné du cliquetis des glaçons cognant contre le bord du verre dans une danse rythmée. Ce fut Edith qui rompit ce calme de circonstance.

- Elle ne sait rien sur l'endroit où pourrait se trouver Francis ?

- Non... apparemment... et je veux bien la croire... il ne lui parlait pas beaucoup de sa vie privée. Après sa planque en Italie où la police italienne, comme tu le sais, est arrivée trop tard, il a totalement disparu. Tu m'as dit toi-même que même l'interrogatoire de son ami Robert Jourdan, le collectionneur d'art, n'avait rien donné. Il n'en sait pas plus que nous. Je ne sais pas pourquoi mais je suis persuadé qu'il se cache pas loin d'ici.

- Qu'est-ce qui te fait dire ça ?

- On revient toujours chez soi... c'est comme ça !

Edith resta perplexe devant cet argument un peu fébrile lorsque le grelot du téléphone retentit brusquement.

- Louis c'est Geneviève ! Tu ne devineras jamais ce que vient de me dire Patrick !

- Non... mais je suis curieux ! Vas-y !

- Ce soir, à la fermeture de la boutique, un gosse s'est amené et lui a remis un mot et un trousseau de clés. Le message, je l'ai sous les yeux. Je te le lis ?

- Evidemment !

*Un vieux pote de la salle de sport a besoin d'un service.*
*Je compte sur ta discrétion et ton amitié pour me venir en aide.*
*Dans l'incapacité de me rendre à Marseille en cemoment, je te serai reconnaissant de me livrer Judith la nuit prochaine à l'extrémité Ouest de Corbières. Je t'y attendrai vers 23 h.*

*Merci*

*F...*

- Qui est Judith ?

- Le nom de son nouveau bateau m'a dit Patrick.

- Wouahhh ! Nous le tenons !

- On dirait bien ! J'espère que ça va bien se passer cette fois !

- Je l'espère aussi ! Ton mari a fait du bon boulot ! J'en avertis tout de suite Edith, elle est à côté de moi. Je te remercie et te tiens au courant. Bonsoir à demain.

Lorsqu'il raccrocha, Edith ouvrait de grands yeux interrogateurs attendant impatiemment le compte rendu de son père.

- Ça alors ! On en espérait pas tant ! Servi sur un plateau... Il était temps ! Je préviens immédiatement la centrale. Heureusement, il nous laisse une marge de temps pour se préparer. Il n'est plus ce qu'il était ce pauvre Francis... Il se fait vraiment vieux !

- Qu'est-ce que t'as contre les vieux ma chérie ? lui rétorqua son père avec un sourire de satisfaction. Visiblement, l'homme était ravi. L'affaire allait enfin connaître son dénouement !

# CHAPITRE 86

L'homme était arrivé l'avant-veille à bord d'un pointu loué à un pêcheur du port de Niolon à l'ouest de Corbières. Il l'avait amarré dans une petite crique à l'abri des regards et pouvait attendre tranquillement la venue de son voilier *Le Judith*.

Abrité du mistral par la falaise qui surplombait la mer, il profitait d'un site avantageux avec vue panoramique sur toute la baie.

La température en ce début de nuit avait légèrement baissé, laissant place à une douce fraîcheur qui, pour quelques heures encore, rendrait silencieux le chant assourdissant des cigales.

C'était le moment décisif où sa vie se jouait. Si tout se passait comme prévu, demain il serait loin et pourrait dire adieu à tout ce qui avait été son ancienne existence. Il prendrait la mer pour un long voyage, direction l'Espagne, l'Afrique du Nord puis l'Afrique du Sud où il y finirait sa vie. Ce n'était pas ce qu'il avait prévu pour ses vieux jours et devait renoncer à ses projets de retraite sur le Vieux-Port de Marseille, coulant des jours heureux à bord du *Judith*. Mais depuis la découverte du chalutier, ses plans d'avenir prenaient l'eau.

Muni de jumelles, il scrutait la mer et les alentours guettant le moindre évènement suspect. Il n'avait qu'une confiance relative en son copain Patrick qu'il n'avait plus revu depuis des années. Allait-il lui rendre ce service ? Ne le trahirait-il pas ? Après tout, il ne lui devait rien mais c'était le seul de sa connaissance qui pouvait piloter son bateau et il ne pouvait faire autrement que d'en courir le risque.

Le temps s'écoulait lentement et vers 22 h 30 environ, la silhouette d'un plaisancier troua l'horizon étoilé en direction de la baie de Corbières. Francis Poli fut un instant rassuré. Patrick avait bien eu son message et en apparence lui venait en aide. Mais le truand, par expérience, ne pouvait maîtriser la montée d'inquiétude qui le submergeait. Tout s'était trop bien déroulé jusqu'à présent. Une dernière étape restait encore à franchir et pas des moindres. Il regardait le bateau accoster, les sens en alerte, mais tout semblait calme. Les muscles bandés, il attendit à l'affut, une demi-heure de plus, le temps de s'assurer que Patrick Cigliano soit bien seul à bord et qu'il n'y ait aucune présence policière aux alentours. Envahi par une poussée soudaine d'adrénaline, le bandit se mua avec précaution en direction du voilier. La lune brillait aux trois quarts et diffusait un faisceau de lumière scintillant sur les eaux sombres encerclant les rochers.

Trois sifflements consécutifs brisèrent le silence nocturne.

Patrick sortit sur le pont du bateau et à son air gêné et réservé, Francis comprit aussitôt qu'il y avait anguille sous roche. L'homme chercha à s'enfuir parmi les rochers et fut aussitôt encerclé par les effectifs de police en embuscade aux alentours. Deux individus, sortirent peu après des entrailles du voilier à la suite de Patrick.

- Il ne nous échappera pas cette fois-ci ! s'exclama le commissaire Lambert en s'adressant à sa fille Edith et son beau-frère Patrick qui, assis la tête entre ses deux mains, les coudes appuyés sur les genoux avait quelques scrupules au sujet de son rôle dans ce piège.

- Tu vas pouvoir avoir enfin les réponses à toutes tes questions papa ! répondit Edith en enlaçant son père.

- Je l'espère de tout mon cœur ma chérie. Puis s'adressant à Patrick. « Je te remercie Patrick pour ton aide... Je sais que ce n'est pas facile pour toi d'avoir joué le rôle de traitre... Je t'en serai toujours reconnaissant », dit le flic en déposant une petite tape amicale dans le dos de son beau-frère.

L'antiquaire ne répondit rien, la tête toujours entre ses mains et le regard dirigé au sol.

Encerclé de toute part, ne voyant aucune issue autour de lui, le malfrat, dans un élan désespéré, plongea dans l'abîme des vagues qui venaient s'échouer sur les blocs de roche et disparut dans les eaux noires de la petite crique. Zodiacs et plongeurs de la police nationale cernèrent la zone maritime autour de l'emplacement où l'homme avait sauté. Au moyen de puissants projecteurs ils exploraient la surface de l'eau et daguaient les profondeurs.

L'homme émergea quelques mètres plus loin et, caché par une obscurité bienveillante, se hissa sur les rochers aux arêtes saillantes. Il rejoignit sa petite barque amarrée à l'abri dans une minuscule anse mais à son arrivée, le malfrat était attendu par quelques agents postés en faction aux alentours. Malgré les injonctions des gendarmes l'incitant à se rendre, le fugitif, bien décidé à ne pas se laisser prendre, joua le tout pour le tout en prenant à nouveau la fuite. Il s'effondra face contre terre sous l'assaut des balles projetées par les forces de l'ordre.

Lorsque le commissaire arriva sur les lieux guidé par le son sourd de la pétarade, il fut saisi d'une panique soudaine devant ce cadavre qui ne parlerait plus jamais. Tous ses espoirs, dorénavant, partaient en fumée !

- Mais bordel de merde... il ne fallait pas tirer ! Je vous avais dit que je le voulais vivant !

Pris de désespoir, le policier se laissa choir sur la première pierre venue, le regard perdu vers un horizon sans avenir, juste éclairé par le pinceau lumineux d'une belle lune. Il ne disait rien, trop anéanti par ce qui venait de se passer, observant le manège incessant de la police et de la gendarmerie occupées à relever les derniers détails de cette sinistre arrestation. Un fourgon de la morgue vint se poster à proximité pour emmener la dépouille de l'homme le plus recherché de ces dernières années.

# CHAPITRE 87

Comme tous les matins depuis de nombreuses années, la vagabonde se tenait là, debout, devant la porte du petit bistrot à l'angle de la Canebière et du boulevard Garibaldi, attendant son ouverture.

Commencer par un bon café avant sa errance journalière et sa mendicité coutumière. Une journée comme toutes les autres avec son lot de déboires et de danger.

La vie dans la rue pour une femme seule n'était pas sans risques. Après son café matinal, elle le savait, elle parcourerait les chaussées de son quartier, descendrait peut-être jusqu'au port et reviendrait s'installer à sa place habituelle, non sans avoir fait quelques menues courses au passage : une baguette de pain, du fromage, quelques biscuits et son vin. Et puis se serait la nuit, les terribles nuits d'angoisse...

La sans-abri sirotait lentement son café, voulant prolonger ce moment de sociabilité où elle avait l'impression, pour un cours instant, d'être une cliente comme une autre. Passé le pas de la porte, elle redeviendrait une personne sans identité, sans existence, noyée dans la foule et l'indifférence générale.

Marie-Jo, les yeux dirigés en direction de la rue, observait à travers la fenêtre, la masse humaine qui émergeait de sa longue nuit de sommeil. La sienne avait été courte, sans repos réparateur. Elle se sentait fatiguée et inutile. Soudain son regard se porta sur la presse quotidienne qu'un livreur venait d'apporter. Le visage qu'elle découvrit en première page la fit frémir comme jamais. Elle le reconnaissait. Elle n'avait pu l'oublier tout comme cette fameuse nuit de Noël 1952 qui avait changé sa vie. Tout le passé lui revint en pleine face et en plein cœur. Elle le traînait depuis déjà quinze ans mais là, il refaisait surface, la sortait de son somnanbulisme comme si les affres de la culpabilité ne voulaient pas qu'elle oublie. À côté de la photo, la Une titrait : **MORT TRAGIQUE DE L'HOMME LE PLUS RECHERCHÉ.**

Elle se saisit d'un exemplaire et lut l'article d'un bout à l'autre. Une boule atroce s'installa dans ses entrailles. Elle revivait au fur et à mesure de sa lecture tous les évènements tragiques de cette nuit sordide. Tous les détails ressurgissaient maintenant des abysses de sa mémoire. Elle avait besoin d'un verre. Elle commanda un ballon de rouge, lut et relut les petites lignes encore plusieurs fois afin d'en extraire toutes les informations utiles mais il n'y avait aucun doute, il s'agissait bien du même homme. Elle avala d'un trait le reste de son vin qui stagnait encore au fond de son verre et, toute tremblante, quitta le bistrot.

L'air lui fit du bien. Elle ne savait que faire. Sans but très précis, la mendiante se retrouva machinalement sur le port et, comme une automate, empruntait son trajet coutumier. Vers midi, elle regagna son emplacement sous le porche d'un magasin et gorgées après gorgées, la clocharde regardait défiler la vie à travers un prisme de couleurs de plus en plus brumeux.

Totalement avinée, la malheureuse déblatérait à tue-tête des propos incompréhensibles brandissant le journal à bout de bras et s'accusant du meurtre.

*

Après cette nuit tragique du 24 Décembre 1952, Marie-Jo n'avait pu reprendre une vie normale. La culpabilité l'avait rongée d'une façon perfide et cruelle. Sa vie à son travail s'en était ressentie et elle fut renvoyée pour faute professionnelle. Son mari en prison pour trafic de drogue, son couple aussi n'avait pas résisté au drame. Seule et sans ressources, elle se retrouva bien vite à la rue et ne put en sortir.

*

C'est avec le plus grand désespoir qu'elle haranguait les passants, les prenant à témoin en leurs adressant des propos incohérents dans un langage violent et agressif.

Aussitôt la pauvre femme se retrouva ceinturée par quatre gendarmes qui l'amenèrent en cellule de dégrisement.

Mais les discours de la SDF avaient malgré tout suscité la curiosité du gardien de la paix Edith Lambert. La jeune flic sollicita une entrevue avec la clocharde.

Suite à sa nuit passée en cellule, Marie-Jo se retrouvait en ce milieu de matinée, totalement déstabilisée dans ce minuscule bureau du commissariat central de Marseille.

La pièce était sombre et aveugle, éclairée uniquement par la lumière crue d'un vieux néon qui se donnait beaucoup de mal pour accomplir sa fonction.

Après avoir noté l'identité et les renseignements d'usage concernant la vagabonde, Edith Lambert s'appliqua à un interrogatoire poussé sur les dires de la pauvre femme. Marie-Jo maintenant dégrisée semblait mal à l'aise en présence de cette femme en uniforme, assise face à elle et qui la dévisageait d'un regard pesant.

- J'aimerais en savoir davantage sur les invectives que vous prononciez hier à la populace avant que l'on vous embarque.

La clocharde, recroquevillée sur sa chaise et tête baissée, hésita à répondre, bien consciente de la portée de ses aveux. Sous la pression de la jeune policière, la pauvre femme déblatéra timidement, avec réserve, le récit des évènements déroulés la nuit de ce mortel Noël 1952. Elle n'omit aucun détail comme soulagée de se débarrasser d'un poids si encombrant.

La policière en avait le souffle coupé. Il s'agissait bien de sa belle-mère Marie-Louise, la seconde épouse de son père. Tout coïncidait. Le doute n'était plus possible !

Après la mort tragique du seul témoin, Francis Poli, lors du piège mené par la police dans l'anse de Corbières, la providence venait enfin rétablir le maillon manquant. Un autre témoin et pas des moindres avait surgi comme par enchantement du chapeau d'un prestidigitateur au moment où ils ne l'attendaient plus.

- Et l'enfant, la petite... qu'est-elle devenue ?

- On l'a gardée presque deux ans avec Fred. Francis venait la voir régulièrement, il nous versait de l'argent pour son éducation, puis un jour, il est venu la récupérer. Il disait qu'il avait une femme et un appartement maintenant et qu'il voulait fonder une famille. On s'y était attaché à la petite mais le fait qu'il la reprenne nous arrangeait un peu malgré tout. Notre couple, après cette histoire était parti en vrille et j'avais perdu mon travail. Plus rien n'a été comme avant.

- Pourquoi n'êtes-vous pas venue le dire à la police ?

- Parce que Fred menaçait de me tuer si je disais quoi que ce soit à la police. Mais je suis soulagée maintenant.

- Vous me dites que nous avons arrêté votre mari pour drogue il y a plus de deux ans ? Qu'il est dans nos locaux depuis ce temps-là ? Edith n'en revenait pas. Depuis tout ce temps, elle avait le complice du meurtre de Marie-Louise sous les verrous, à proximité, sans le savoir.

- Vous savez que vous êtes complice d'un enlèvement et d'un meurtre ?

- Oui je le sais.

- Je vais être obligée de vous garder.

- Pour moi, dans la rue ou en prison c'est du pareil au même.

# CHAPITRE 88

Suite aux révélations de la clocharde Marie-Jo, le gardien de la paix Edith Lambert était toute retournée. Comment annoncer à son père l'affreux scénario qui s'était joué ce fameux 24 Décembre 1952 contre Marie-Louise. Jamais son père ne pourra encaisser cette impensable vérité.

La jeune femme, après l'interrogatoire de la prévenue, se retrouva seule dans son bureau, totalement anéantie face à ce tortueux dilemme. Elle réfléchissait à la façon la moins douloureuse d'annoncer la nouvelle au policier. *Mais y'en a t-il une dans un tel cas ?* se demandait la jeune flic. Elle se leva et, résolue, quitta le commissariat central de Marseille.

*

En pénétrant dans son appartement du centre-ville d'Aubagne, Louis Lambert ce soir-là, fut agréablement surpris d'y trouver sa fille. La policière l'attendait, un verre à la main, dans une demi-obscurité.

Passé cet instant d'étonnement, devant la mine décomposée d'Edith, le commissaire comprit immédiatement que quelque chose n'allait pas. À son tour, il se servit un whisky et s'assit.

Le silence entre eux perdura encore quelques instants. À

travers les baies vitrées laissées grandes ouvertes pour bénéficier d'une température clémente, on entendait le vacarme incessant de la ville s'agitait à l'extérieur. Edith ne savait comment amorcer la conversation.

- Ce que je vais te dire est très grave... Je ne sais comment te l'annoncer sans te faire souffrir horriblement.

Louis Lambert resta de marbre. Plus aucune émotion ne traversa son visage. La soudaine pâleur de son teint commençait à recouvrir sa face anguleuse dont les lèvres tremblaient déjà. Ses mains aussi tremblaient.

Edith commença son récit sur l'interrogatoire de la mendiante, dévoilant au compte goutte tous les détails de l'affaire pendant que Louis écoutait gravement.

Au fur et à mesure qu'il entendait la voix douce et mesurée de sa fille, l'attention du policier faiblissait comme s'il n'arrivait plus à encaisser toutes les horreurs qui venaient le percuter de plein fouet. Un vertige latent l'envahit progressivement, voilant son esprit d'un flou opaque. L'homme avait du mal à maîtriser sa douleur. Des sentiments de rage et d'abattement se bousculaient en lui, attendant le ko total. À la fin du récit, l'homme s'effondra, lâchant violemment son verre qui vint s'écraser sur le carrelage du salon dans un éclat de cristaux kaleidoscopiques.

Edith se précipita sur lui, l'allongea sur le canapé, lui desséra cravate et col de chemise et prévint les secours.

Louis fut emmené aux urgences de la Timone à Marseille et fut remis quelques jours plus tard d'une attaque cardiaque.

# CHAPITRE 89

Irène Masset s'était organisée pour se retrouver seule chez elle dans sa villa de la Carreirade d'Allauch. Les enfants étaient en vacance à l'étranger pour plusieurs jours et son mari, comme très souvent, en voyage d'affaires. Elle avait envoyé Martine chez une amie et se préparait à recevoir la visite du commissaire Louis Lambert. *Que pouvait bien lui vouloir encore ce policier ?*

*

Après une convalescence de quelques jours, Louis Lambert et sa fille Edith, roulaient tranquillement en ce début d'après-midi de juillet, sur les tortueux chemins de campagne, longeant les collines au pied du Garlaban.

Le policier avait maintenant pris la décision redoutable d'informer Irène Masset sur les origines de sa fille Martine. La mission s'avérait difficile et demandait du tact et de la douceur. C'est pourquoi, Edith avait tenu à être là.

Le père et la fille arrivèrent devant la grille du parc au bout duquel, une vaste bâtisse se dressait sous de vieux pins protecteurs. La maison n'avait rien de prétentieux et dégageait un calme mystique. Seul un vent léger manifestait la vie en berçant le riche feuillage d'une végétation abondante.

Au premier coup de sonnette, une jolie femme d'une quarantaine d'années ouvrit la porte, dénonçant par-là qu'ils étaient impatiemment attendus. Elle s'avança d'un pas assuré vers les visiteurs, ouvrit la grille qui émit un léger grincement et, avec un timide sourire, les pria d'entrer. Les policiers suivirent leur hôte dans la maison et pénétrèrent dans un grand hall au fond duquel se devinait un lumineux salon. Irène les précéda dans la pièce où, sur une table basse, les attendait déjà un plateau garni d'un délicat service à café et quelques biscuits. Un peu gênés Louis et Edith cherchaient une contenance de circonstance à adopter pendant qu'Irène, d'un signe de la main, les invita à s'asseoir.

- J'ai pensé que vous apprécierez bien une tasse de café ? Est-ce que je me trompe ? proposa Irène.

- Ce sera très volontiers, répliqua Louis en adressant un large sourire crispé.

La jeune femme s'occupa à remplir trois tasses sous le regard attentif de ses visiteurs.

- Vous m'avez dit au téléphone que vous aviez des révélations personnelles à me communiquer. Je dois avouer que vous m'intriguez commissaire !

- Oui, j'en suis désolé mais vous devez absolument entendre ce que nous avons à vous dire... Il s'agit encore de votre ancien ami Francis Poli !

- Ce ne sera donc jamais terminé ?... J'aimerais tant mettre un terme à cette période de ma vie ! Maintenant que Francis est mort, je souhaiterais pouvoir faire mon deuil définitivement. Vous comprenez, j'y étais encore attachée et sa disparition m'afflige toujours beaucoup !

- Oui mais voilà chère madame, vous ne savez pas tout ! Depuis peu, nous avons du nouveau et cela vous concerne...

concerne votre fille Martine. C'est pourquoi nous vous avions demandé d'être seule.

Irène tendit les tasses d'une main tremblante et se laissa choir dans le fauteuil face à ses visiteurs, les fixant avec inquiétude.

- Nous avons une sombre histoire à vous raconter. Si vous n'aviez rien su du passé de votre ancien compagnon avant votre rencontre, je suis désormais dans le devoir de vous en informer afin que vous puissiez comprendre la suite de ses agissements.

Louis commença d'un ton grave à narrer à la jeune femme la première arrestation de Francis dans laquelle la femme et la fille du truand avaient été tuées suite à une bavure policière.

Irène écoutait religieusement, avec de temps en temps des exclamations d'effroi trahissant le tourment dans lequel elle se trouvait.

- Voilà pour le début de l'histoire ! conclut le commissaire à la fin de son compte rendu. L'agent Edith Lambert, ici présente, va prendre la suite du récit.

Irène s'empara d'une cigarette qu'elle avait du mal à allumer entre ses deux mains toujours aussi tremblantes.

Edith exposa à son tour les révélations de la sans-abri Marie-Jo.

Elle n'omit rien sur l'enlèvement de Marie-Louise ni sur son terrible accouchement. Quand Irène prit connaissance des tragiques conditions dans lesquelles Martine vit le jour, elle n'était plus que l'ombre d'elle-même.

- Tous les faits et dates concordent, précisa le commissaire. Cette femme nous a fait un portrait précis de la captive et les faits se sont déroulés la nuit du 24 décembre 1952, le jour où mon épouse, qui était elle aussi enceinte, a disparu. Le portrait robot que nous a fait cette pauvre femme est entièrement identique à celui de Marie-Louise, sans oublier la tache de naissance sur la paupière, elle-même identique à celle de Martine. Les coïncidences sont étonnantes, non ? Vous ne trouvez pas ?

Irène resta figée, aussi figée et pâle que la banquise, ne pouvant articuler une seule parole. Le commissaire reprit :

- C'est pourquoi, chère madame, lorsque j'ai fait connaissance avec votre fille chez les Jansen, en découvrant sa tache de naissance au-dessus de sa paupière, j'ai eu un malaise. Je n'ai plus aucun doute dorénavant sur l'identité de Martine... Je suis entièrement persuadé qu'il s'agit bien de ma fille. Parlez-moi d'elle... ses goûts, sa santé, son groupe sanguin... tout ce qui pourrait m'aider à trouver des indices signifiant notre lien de parenté, Marie-Louise et moi, avec Martine.

Irène toujours assomée par ces révélations, prit le temps de chercher dans sa mémoire. Mais, anéantie par les agissements morbides de l'homme qu'elle avait tant aimé, elle n'arrivait pas à se concentrer. Comme une automate, elle prononça avec un certain détachement, indifférente à tout ce qui se passait maintenant autour d'elle :

- Elle est de groupe sanguin AB+, un groupe sanguin très rare. Seul 3% de la population possède ce groupe !

Ce fut au tour du policier de se sentir mal.

- Marie-Louise aussi avait ce groupe sanguin, prononça t-il doucement comme se parlant à lui-même.

- Il y a bien autre chose aussi mais je ne sais si cela a de l'importance !

- Dites toujours... tout a de l'importance !

- Elle a aussi horreur du chocolat ! continua Irène.

Louis tressaillit. Toutes ces coïncidences n'en étaient sûrement pas ! Il rajouta :

- Qui plus est, physiquement, Martine ressemble étrangement

à ma défunte épouse. Je vais devoir vous demander de faire effectuer une prise de sang à votre fille, dit-il d'une voix ferme.

L'homme était lui aussi anéanti. Au plus profond de lui-même, il était convaincu maintenant que Martine était bel et bien son enfant. Mais des coïncidences et une simple prise de sang ne sont pas des preuves... seulement des indications sans fondement.

Les deux policiers prirent congé d'Irène, laissant derrière eux une femme torturée et blessée.

# CHAPITRE 90

*Août 1967*

Il était encore tôt dans la matinée lorsqu'une jeune femme d'une trentaine d'années, grande et svelte se présenta au commissariat central d'Aubagne. Avec une certaine réserve, la nouvelle venue demanda discrètement à voir le commissaire Louis Lambert.

- Il n'est pas encore arrivé, lui répondit-on.

La femme ne put cacher sa déception.

- À quelle heure doit-il arriver ?

- Je ne peux vous dire, cela dépend. Il n'a pas d'heure précise. Puis-je lui faire une commission ? proposa le brigadier qui se tenait devant elle.

La jeune femme hésita puis se reprit :

- Non, je vous remercie... je repasserai.

- C'est à quel sujet ? insista le brigadier.

- Dites-lui juste que j'ai des informations au sujet du meurtre du Garlaban.

- Vous ne voulez pas commencer à nous faire votre déposition maintenant ? Je suis certain que ça le fera venir !

- Non je préfère m'adresser à lui en personne.

Après ces demi-révélations Adélaïde sortit sous le regard contrarié de l'homme de police qui, figé, la regardait s'éloigner sans savoir comment la retenir.

- Eh merde ! s'exclama René Pignon en tapant du poing sur le comptoir de l'accueil. Le patron va me passer un savon.

- Qu'est-ce qui se passe ? questionna le second brigadier Marc Michaud qui se tenait non loin.

- La femme qui vient de sortir... elle dit qu'elle a des informations sur le meurtre du Garlaban.

- Oui et alors ?

- Comment ça « oui et alors ! » T'es con ou quoi ? Ça fait des années que le patron trime sur cette enquête et voilà que cette bonne femme rapplique avec des informations nouvelles et qu'elle repart sans avoir voulu me parler ! s'enflamma l'agent. Je vois déjà la suite ! Si elle se ravise et ne revient pas, je vais me retrouver sur les ronds-points à faire le pitre, les bras en croix !

- Si ça se trouve, s'en est encore une qui veut se rendre intéressante ! Rappelle-toi, toutes les allumées qui se sont présentées durant ces années, affirmant qu'elles savaient tout, qu'elles avaient tout vu, qu'elles connaissaient l'assassin !

- Je ne crois pas... elle... c'est différent ! Elle n'a pas l'air d'une timbrée. C'est plutôt le genre sérieux !

- Qu'est-ce qui te fait dire ça ?

- J'en sais rien, c'est comme ça... ça se sent ces choses-là... une forte impression.

- Ah alors... dans ce cas... si on marche aux impressions maintenant !

*

Louis Lambert quitta la salle bruyante et ventilée du café de l'horloge pour se retrouver assailli à l'extérieur par les vapeurs étouffantes d'un mois d'aôut qui commençaient déjà à rendre l'air irrespirable.

Après la fin tragique du malfrat Francis Poli, le commissaire était tombé dans un marasme profond pensant qu'il ne saurait jamais la vérité concernant la disparition de sa femme. Cet état de fait l'avait miné jusqu'au moment où sa fille Edith l'avait informé des révélations faites par la sans-abri Marie-Jo.

Lorsqu'il arriva au commissariat, la nouvelle lui tomba dessus comme un second cadeau du ciel.

- Non patron, elle est repartie !

- Elle n'a pas laissé son nom ?

- Euh... non.

- Vous ne lui avez pas demandé... c'est ça ? Mais bon sang Pignon à quoi vous pensez ? Son nom... il fallait lui demander son nom merde ! C'est la première des choses à faire ! Depuis le temps que vous travaillez ici... vous n'avez pas encore appris ça ? Ahh... comment avancer avec ces bras cassés !

- Elle a dit qu'elle repasserait... chef !

- Je l'espère pour vous Pignon ! Dans le cas contraire, je vous réexpédie à la circulation !

- Je sais patron !

Lambert ne décolérait pas. *Qui pouvait bien être cette femme ? Et qu'avait-elle à lui apprendre sur cette affaire ?*

La chaleur malgré la ventilation des palmes suspendues au plafond ne faisait qu'empirer et rendait tout le monde nerveux. Le commissaire rejoignit son bureau, provoqua quelques courants-d'air avec les fenêtres des autres pièces et se plongea dans ses dossiers. Machinalement, il s'empara de celui du cadavre du Garlaban qu'il relut scrupuleusement pour la énième fois dans l'espoir d'y trouver un nouvel élément qui aurait pu lui échapper.

Sous l'effet du rafraîchissement procuré par les entrées contraires d'air, coudes posés sur le dessus de la table et tête appuyée entre ses deux mains, le policier, les yeux rivés sur les petites lettres des rapports de police, avait la certitude maintenant que cette affaire était sur le point de révéler sa dernière énigme.

Soudain, comme un sixième sens, il ressentit à travers la pièce une présence intrusive qu'il n'avait pas entendue arriver. Relevant discrètement la tête après ses mûres réflexions, le policier aperçut la silhouette fluette de la femme qui se tenait prostée dans l'embrasure de la porte et semblait ne pas oser le déranger.

Instinctivement le flic comprit qu'il s'agissait de la même personne qui s'était présentée quelques heures plus tôt et dont lui avait parlé Pignon. Il se leva, se dirigea main tendue vers l'inconnue tout en se présentant.

- Je suis ravi que vous soyez repassée chère madame. Je dois avouer que j'avais peur que vous ayez changé d'avis.

- J'ai failli le faire en effet.

- Grand bien vous fasse... vous avez évité le pire à l'un de mes agents !

- Pardon ?

Sous le regard étonné de la jeune femme, Louis s'excusa :

- Non je plaisantais ! Bon revenons à ce qui vous amène. Vous auriez des informations à me communiquer sur l'affaire du Garlaban, m'a t-on dit ?

Après s'être assise sous l'invitation du policier, la jeune femme lui tendit la lettre de son père. L'homme, surpris, s'empara des feuillets et entamma une lecture dans le plus grand mutisme. Un silence d'église enveloppait le petit bureau du flic. On entendait au loin le bruit sourd d'un cliquetis de machine à écrire et les murmures étouffés des autres policiers s'affairant dans les pièces voisines.

Après quelques interminables minutes qui permirent à Adélaïde de faire connaissance avec les lieux, Louis Lambert prononça :

- Si j'ai bien compris, ce sont les aveux de votre père ?

- C'est excact !

- Vous savez que se sont des révélations capitales que vous m'ammenez là chère madame ?

- J'en suis consciente.

- Ce que vous venez de me fournir est la preuve irréfutable que cet évènement est bien un crime et non un accident !

Adélaïde regarda l'homme et hocha la tête en signe d'approbation. Louis reprit :

- Votre père aurait été bien inspiré de faire ces révélations de son vivant ! Ça aurait fait gagner du temps à la police et surtout permis d'arrêter le coupable. Maintenant ce dernier est sous terre et ne répondra jamais de ses actes ! Sans compter à tout le mal que ce Gustave Pichu a fait subir à ce pauvre François Foulon en le privant d'une présence paternelle prématurée.

Adélaïde ne savait plus où se mettre. Elle devait endosser les erreurs de son père Victor et une petite rancœur envers son géniteur s'empara d'elle sournoisement. Mais elle était heureuse d'apporter la lumière sur tant de mystères et se promit de réparer tout le mal qui avait été fait par manque de courage.

- Vous avez dû avoir un choc immense en apprenant l'existence d'un frère ou d'une sœur ? Votre père était décidément un homme aimant les secrets ! Qu'allez-vous faire maintenant à ce sujet ?

- Je crois avoir une piste... En tous les cas, un gros doute !

- Que voulez-vous dire ?

- D'abord que c'est un frère et, je peux m'avancer, en disant qu'il vivrait dans la région.

- Vous l'avez déjà rencontré ?

- Oui, aux obsèques de mon père. Je dois avouer qu'il m'a laissé une mauvaise impression ! À ce moment-là, je ne savais pas qui il était... Je n'avais pas encore pris connaissance de la lettre de mon père. Il m'a dit s'appeler Antoine Fereng.

- Pourquoi avez-vous ressenti une mauvaise impression ?

- Son attitude, ses yeux ! Quelque chose dans son regard avait l'air malsain... Ce n'était pas un regard franc... mais pernicieux.

- Vous a-t-il dit quelque chose qui serait venu corroborer votre impression ?

- Non, mais j'étais très mal à l'aise en sa présence. En plus, la ressemblance physique avec notre famille m'avait totalement décontenancée.

- L'avez-vous revu depuis ce jour ?

- Non.

- Et que comptez-vous faire maintenant ?

- Je vais prendre contact avec lui... Je voudrais malgré tout en savoir un peu plus sur tous les mystères qui ont entouré mon enfance et qui risquent de perdurer si je reste sans rien faire.

- Méfiez-vous quand même madame Roussel. Dans le cas où vos impressions seraient justes, on ne sait ce qui peut arriver.

- Que voulez-vous dire commissaire ?

- Moi aussi j'ai des intuitions et des ressentis et d'après les révélations que vous venez de me faire, je me demande si cet Antoine Fereng ne serait pas l'auteur de l'incendie qui est parti de chez votre père. Dans ce cas l'homme peut être dangereux. Suite à notre enquête après ce désastre d'il y a deux ans, nous avons déterminé que le mode opératoire était celui d'un professionnel. Il va falloir que j'enquête à son sujet, sur son passé et sa profession. En attendant d'en savoir plus, je préfèrerais que vous vous teniez loin de cet homme. C'est un conseil !

- Je vous remercie pour votre avertissement commissaire mais je dois savoir... J'ai moi aussi des questions sans réponses ! Puis-je m'en aller maintenant ?

- Vous le pouvez ! J'en ai fini pour l'instant ! Je vous tiendrai au courant de mes recherches.

- Je vous remercie... Au-revoir commissaire.

- Au-revoir madame Roussel... Soyez prudente !

Le commissaire raccompagna la jeune femme jusqu'à la porte de sortie.

Enfin apaisé par cette rencontre inespérée, le commissaire avait là, maintenant, le dénouement de sa deuxième enquête.

Après avoir fermé la porte derrière Adélaïde, d'un signe discret de la main, l'homme indiqua à Pignon, qui se faisait tout petit au fond de la salle, de le suivre dans son bureau.

- Je te donne l'occasion de redorer ton blason Pignon ! Trouve-moi tous les renseignements existants sur un dénommé Antoine Fereng.

- Oui chef !

# CHAPITRE 91

Adélaïde était contente d'elle. Elle avait l'impression d'avoir pris la bonne décision en faisant connaître à la police les aveux de son père. Elle se sentait plus légère, débarrassée d'un poids encombrant qui l'avait habitée depuis tant d'années. Désormais, elle connaissait tous les secrets de son père. Restait maintenant à découvrir qui était l'homme du cimetière. Elle possédait son identité, il ne lui restait plus qu'à découvrir son téléphone et son adresse. Elle s'empara du botin, tourna rapidement les pages du catalogue jusqu'à la lettre F et aussitôt le nom de Fereng se dessina entre toutes les écritures. *Mais comment s'y prendre, comment rentrer en contact avec lui ?* se demandait la jeune femme. Puis une idée sauvatrice lui traversa l'esprit. À nouveau, elle s'empara du botin et chercha Hélène Fereng, la mère d'Antoine et maîtresse de son père le temps d'une soirée pendant leur jeunesse.

*

La femme habitait une petite maison de ville dans une étroite ruelle du vieil Aubagne. Adélaïde se rendit sur place et eut la chance de trouver Hélène Fereng, seule chez elle. C'était une vieille femme grande et mince d'une certaine prestance. Malgré une tenue simple qui dénonçait des ressources limitées, la femme portait ses vêtements avec élégance. Elle se tenait droite et fière, face à une Adélaïde mal à l'aise. Il n'y avait aucun doute la-dessus, elle avait dû être très belle !

Coiffée de longs cheveux blancs réunis en natte derrière ses épaules, de grands yeux bleu-vert qui affichaient un regard franc et indiquaient une volonté tenace, la femme s'exprimait par une multitude de gestes et un léger accent étranger. - Bonjour madame, je me présente... Adélaïde Roussel. Je suis la fille de Victor Maurin.

À ces mots, Adélaïde crut déceler chez la vieille femme un trouble manifeste qu'elle avait eu du mal à contenir. Elle reprit aussitôt ne voulant pas laisser à son interlocutrice, le temps de parler.

- Pourrais-je entrer ? Je voudrais m'entretenir avec vous au sujet de votre fils.

Là, Adélaïde crut que la vieille dame allait lui refermer la porte au nez. Elle n'avait plus revu son fils depuis leur dernière dispute.

- Je vous en prie, insista t-elle. Je ne suis pas venue en ennemie, j'aurais juste voulu vous poser quelques questions. Mon père vient de décéder et il m'a laissé une lettre dans laquelle il m'apprend votre existence. J'ai vu votre fils à ses funérailles et maintenant je fais le rapprochement avec la lettre que je viens tout juste de découvrir. Comprenez le désarroi dans lequel je me trouve !

La vieille femme parut se radoucir et fit un pas en arrière pour laisser entrer la visiteuse. Elle la fit pénétrer dans la cuisine et lui désigna une chaise en face d'elle. Adélaïde sentit que la partie était gagnée. Son hôte semblait traversée par une soudaine curiosité. Elle parla enfin :

- Pourrais-je voir cette lettre ?

- Il ne m'est pas possible de vous la montrer, il y a dessus des passages personnels mais je peux vous lire celui qui vous concerne. La vieille dame acquiesça. Adélaïde sortit la lettre de son sac à main et commença la lecture du passage concernant Hélène et son fils. À la fin du récit, elle paraissait très émue.

- Oui, c'est bien ça... ça s'est passé exactement comme votre père le décrit. Je n'ai jamais manqué de rien, votre père a su se montrer généreux mais Antoine a beaucoup souffert de l'abscence d'un père et s'il n'y avait pas eu le fameux soir où mon frère a dévoilé le pot aux roses, il ne saurait rien aujourd'hui encore. Depuis ce moment mon fils chéri est devenu sombre et en colère. Il ne parlait que de vengeance.

Adélaïde écoutait avec une attention toute particulière les explications d'Hélène Fereng.

- Où pourrais-je le rencontrer ? demanda t-elle. Je désirerais faire sa connaissance plus intimement.

La vieille dame sembla hésiter puis confia :

- Vous le trouverez au *Café des Arts*, il s'y rend souvent. C'est là qu'ils se retrouvent après le travail avec ses collègues.

- Que fait-il comme travail ?

- Il est pompier.

- Il est pompier ? s'écria Adélaïde à qui la nouvelle avait porté un coup. *Ce qu'a dit le policier serait donc vrai ? « Seul un professionnel a pu mettre le feu avec autant de soin ».* À son tour, elle eut du mal à contenir son émotion.

- Oui pourquoi ? Ça vous surprend ?

- Non, c'est pas ça mais ça m'a rappelé quelque chose... c'est sans importance... excusez-moi. Je vous remercie madame de m'avoir reçue.

Adélaïde se leva et se dirigea vers la sortie, bien déterminée à aller faire un petit tour au *Café des Arts* sur la grand-place de la ville.

*

Adélaïde observait de loin l'intérieur de la brasserie, espérant apercevoir la silhouette de l'homme qui occupait intensément ses pensées depuis quelques mois déjà. Dissimulée derrière un abribus, elle scrutait attentivement les tables qui occupaient l'espace de la terrasse du bistrot. L'individu n'avait pas l'air d'être présent ce jour-là. Mais elle était bien décidée à patienter le temps qu'il faudrait. Son plan était d'investir les lieux une fois que le quadragénaire serait sur place et qu'il pourrait la voir entrer dans l'établissement. À ce moment-là, elle en était sûre, il quitterait sa table pour venir se joindre à elle et elle pourrait enfin avoir une conversation avec son demi-frère, d'égal à égal, maintenant qu'elle était au courant de tout.

Soudain, elle le vit s'approcher dans sa tenue de pompier, l'air altier, le pas décidé. Sous l'effet de l'émotion elle inspira alors plusieurs longues bouffées d'oxygène afin de retrouver une tension normale. Elle le laissa s'asseoir en compagnie de ses amis puis, quelques instants plus tard, se décida à son tour à rejoindre la terrasse. Installée à sa table, elle commanda une pression pour se donner du courage, alluma une cigarette et se saisit dans son sac d'une revue féminine. Une fois sa commande servie, elle vit se dessiner face à elle, l'ombre massive d'Antoine Fereng qui, comme elle l'avait prévu, l'aborda.

- Tiens tiens... Adélaïde Maurin ! Pardon... je devrais plutôt dire Adélaïde Roussel !

- Monsieur Antoine Fereng ! Quelle bonne surprise ! s'exclama la jeune femme après avoir avalé une rasade de bière bien fraîche pour masquer sa nervosité.

- Puis-je m'asseoir un instant avec vous ?

- Je vous en prie... allez-y !

L'homme se saisit de la chaise en face d'Adélaïde et les deux coudes appuyés sur la table, se pencha vers elle.

- Nos chemins se croisent souvent en ce moment. Que fait une jolie femme comme vous toute seule en début de soirée dans un bar ?

- Je peux vous retourner la question ! D'après vous, les femmes ne doivent pas s'attabler à une terrasse ?

- Vous êtes la dernière personne que je pensais trouver ici !

- C'est exact... je ne viens jamais... mais là, en passant devant je me suis laissée tenter... Avec cette chaleur j'ai eu envie d'une boisson très fraîche ! Vous voyez, monsieur **MON FRÈRE**, que les femmes peuvent avoir également les mêmes besoins que les hommes ! lui répliqua t-elle d'un ton narquois. Elle avait marqué un point. L'homme parut déstabilisé face aux propos de la jeune femme.

- Vous êtes donc au courant ?

- Oui depuis peu, je dois l'avouer ! Cette découverte m'a fait un choc !

- Pas autant qu'à moi, je vous assure !

- Je veux bien le croire ! Devons-nous pour autant nous faire la guerre ? Sommes-nous obligés de nous haïr ? Après tout, nous ne sommes que des victimes innocentes !

- Certaines mieux loties que d'autres !

- Je vous l'accorde... contrairement à vous, j'ai eu le privilège de bénéficier d'un père. Et je dois reconnaître que ce qu'il a fait n'est pas à son honneur.

- Je suis content que vous voyez les choses comme ça !

- Je ne pourrai jamais réparer le tort qu'il vous a fait mais si je peux vous aider dans quoi que ce soit, ce sera très volontiers. Apprenons à nous connaître d'abord.

L'homme ne parut pas convaincu. Pour lui, c'était trop tard. Peu lui importait de connaître cette femme. Il préférait garder sa colère qui était tout ce qu'il lui restait.

- Il m'importe peu de vous connaître. Ce qui m'importe est de rentrer dans mes droits. Maintenant que cet homme est mort, je veux récupérer ce qui me revient.

La jeune femme fut meurtrie par ces propos. L'homme se leva, jeta un dernier regard haineux à Adélaïde sans la saluer et s'en alla.

Elle resta là, sans voix, accablée par l'échec de cette entrevue sur laquelle elle avait mis tant d'espoir. Elle finit par quitter le café pour regagner, résignée, son domicile.

# CHAPITRE 92

À son arrivée dans son bureau du centre-ville, Louis Lambert découvrit sur sa table un dossier bien en vue, intitulé *Antoine Fereng.*

Sans attendre, le policier l'ouvrit et parcourut un à un les quelques feuillets qu'il contenait. Un rapport élogieux sur les états de service du capitaine Antoine Fereng, détaillait toutes les missions de l'officier durant sa longue carrière. Louis Lambert ne savait qu'en penser. L'homme était bien noté et avait gravi méthodiquement et brillamment tous les échelons du corps des sapeurs-pompiers.

Le commissaire referma le dossier, songeur mais satisfait. Cette lecture venait attester les conclusions que le policier s'était forgé sur l'auteur de l'incendie du Garlaban. C'était bien un professionnel qui en était à l'origine ! Et qui est le mieux placé pour allumer un incendie qu'un pompier ! Pignon avait bien bossé... il n'avait plus rien à craindre ! Louis ne doutait plus maintenant et se disait qu'il devait avoir un entretien avec l'homme.

Il en était là de ses réflexions lorsque le téléphone sonna.

- Commissaire Louis Lambert, j'écoute !

Une petite voix à l'autre bout du fil avait du mal à s'affirmer.

- Bonjour commissaire... c'est Adélaïde Roussel.

- Bonjour madame Roussel, je peux faire quelque chose pour vous ?

- Non, c'est moi qui vous amène des informations.

Louis resta perplexe, il se demandait ce que la jeune femme pourrait lui apporter de plus.

- J'ai rencontré Antoine Fereng.

Il y eut un temps de silence pendant lequel le commissaire attendait la suite.

- Je vous écoute, prononça t-il calmement.

- Je l'ai rencontré au *Café des Arts,* ayant appris par sa mère qu'il s'y rendait souvent.

- Je vous avais conseillé de ne pas approcher cet homme.

- Je le sais commissaire mais dans un lieu public, il n'y a pas de danger.

Le commissaire ne répondit rien à cet argument mais insista sur les découvertes d'Adélaïde.

- Comment l'avez-vous retrouvé ?

- Ce n'est pas bien difficile ! Il suffit d'un botin et vous avez un nom, un téléphone et une adresse.

Le commissaire ne releva pas l'ironie.

- J'ai même commencé par sa mère... elle aussi est dans le botin, continua Adélaïde toujours sur le même ton.

- Qu'avez-vous appris ?

- Que sa mère l'adore !

- Très intéressant en effet !

- Qu'il avait changé totalement de comportement le jour où il a appris que son père était vivant et l'avait abandonné.

- Il y a combien de temps qu'il a fait cette découverte ?

- Ça remonte à un peu plus de deux ans.

- L'année de l'incendie chez votre père.

- Oui.

- Et dans quelles dispositions était-il ?

- Je dois avouer, pas très bonnes ! Sarcastique, haineux !

- J'ai bien peur qu'il ne veuille plus sortir de cet état d'âme désormais.

- Tout ce qui l'intéresse, est de récupérer ce qui lui revient de l'héritage.

- Qu'allez-vous faire dans ce cas-là ?

- Mon mari et moi avons décidé de le rembourser. Nous allons faire un crédit pour cela.

- Vous n'avez pas le choix effectivement. C'est la loi !

- J'ai également appris par sa mère qu'il était pompier.

- Je l'ai découvert aussi. Vous avez certainement là, chère madame, l'auteur de l'incendie chez votre père !

- J'en ai bien peur commissaire.

- Je vais le convoquer et s'il s'avère que c'est notre homme, désirez-vous porter plainte ?

- Il n'y a pas eu de morts commissiare, je ne vais pas rajouter de peine à cet homme qui en a suffisamment eu ces derniers temps. Non commissaire, je ne porterai pas plainte !

- Bon dans ce cas, je vous tiendrai malgré tout au courant de son interrogatoire.

- Je vous remercie commissaire... au-revoir.

# CHAPITRE 93

Antoine Fereng était inquiet ce matin-là en se préparant pour se rendre à la convocation que lui avait envoyée le commissaire Lambert. Il se demandait ce que le policier pouvait bien avoir à lui dire.

Il quitta son appartement bien décidé à ne pas se laisser intimider par cet homme de loi.

En arrivant dans les locaux de la police judiciaire, le pompier se laissa conduire auprès du commissaire qui l'attendait déjà en compagnie d'un agent posté au fond de la salle, face à une machine à écrire. À son entrée, le policier, sans un mot, l'invita à s'asseoir en lui désignant une chaise d'un geste de la main. Antoine Fereng obéit à contrecœur à l'invitation du policier et prit le premier la parole :

- Que veut dire cette convocation ?

- Je vous remercie monsieur Fereng de vous être déplacé... J'ai quelques questions à vous poser concernant votre relation avec feu monsieur Victor Maurin et sa fille Adélaïde Roussel. Je suis au courant de votre lien de parenté avec cette famille. Madame Roussel est venue me voir m'apportant une lettre de son père lui révélant cet état de fait et bien d'autres que je ne suis pas autorisé à vous divulguer. Madame Roussel m'a parlé de votre rencontre au *Café des Arts* et elle n'en a pas gardé un très bon souvenir. Elle avoue ne pas comprendre votre antipathie envers elle.

- Vous me convoquez pour une question d'antipathie ?

- Pas exactement, seulement dans le cas où cette antipathie mènerait à des actes préjudiciables.

- De quels préjudices parlez-vous ?

- Je parle d'incendie monsieur Fereng... de feu de forêt volontaire.

- D'incendie ? En quoi ça me concerne ? Je suis payé pour les éteindre, non pour les allumer... vous devez le savoir ! Pourquoi aurais-je mis le feu chez des gens que je ne connais qu'à peine ?

Louis Lambert nota cette remarque. À aucun moment il n'avait accusé le prévenu de ce forfait. Ceci était presque un aveu.

- L'incendie date de deux ans et demi. Si j'en crois votre mère, c'est l'époque où vous avez appris votre filiation avec les Maurin.

- Vous avez contacté ma mère ?

- Pas moi... non. La connaissance de ces nouveaux faits était une bonne raison pour vous venger ! Il paraîtrait que vous n'avez pas très bien pris la chose !

- Evidemment que je ne l'ai pas bien prise ! Croyez-vous qu'on puisse apprendre de pareilles choses sans en être affecté.

- Jusqu'au point de vouloir vous venger ? Où étiez-vous ce fameux 7 juillet 1965 ?

- J'en sais rien moi ! À mon travail certainement !

- Justement, nous nous y sommes rendus à votre travail ! Effectivement vous y étiez, votre nom figure sur le registre des présences... mais voilà, vous l'avez quitté beaucoup plus tôt et l'incendie s'est déclaré peu après votre départ !

Antoine Fereng semblait déstabilisé pour la première fois de l'entretien. Il avait quitté son ton hautain qu'il affichait depuis le début de l'entrevue.

- Je n'ai rien à vous répondre... je ne me souviens de rien !

- C'est dommage pour vous, je vais devoir vous mettre en garde à vue. Ça m'ennuie beaucoup d'ailleurs, au vu de vos excellents états de service.

L'homme ne répondit point.

- J'attends vos aveux monsieur Fereng. Madame Roussel dit qu'elle ne portera pas plainte.

- Vous ne pouvez pas me garder, ce n'est pas réglementaire !

- Tout ce qu'il y a de plus réglementaire, je vous assure ! affirma le commissaire en faisant signe à deux agents de conduire le prévenu en cellule.

Antoine Fereng ne décolérait pas. L'homme se laissa emmener en proférant injures et menaces à l'encontre de l'officier.

Louis Lambert n'était pas déçu de pouvoir mettre au trou pour quelques heures cet individu si désagréable.

# CHAPITRE 94

Adélaïde Roussel se sentait bien seule désormais et sa vie avait pris un tout autre sens suite aux révélations de son père. Son horizon n'était plus entaché de mystères comme auparavant mais prenait désormais une couleur bien grise. Elle avait l'impression d'avoir perdu toute l'insouciance de sa jeunesse et avoir vieilli d'une dizaine d'années en quelques mois.

Elle se tenait là, face à l'autel, son fils Jacques à ses côtés, écoutant religieusement l'homélie d'un jeune prêtre fougueux, totalement investi dans son rôle de prédicateur.

Tandis que l'homme d'église palabrait sur l'Enfer, le Paradis et la Miséricorde du Seigneur, la jeune femme ne pouvait contrôler les pensées pesantes qui l'assaillaient. Elle faisait défiler les évènements un à un, essayant de trouver un sens à tout ce gâchis.

Adélaïde n'était pas pratiquante mais espérait maintenant trouver un peu de réconfort dans la religion. La jeune femme avait fait dire une messe ce dimanche matin pour le repos de l'âme de ses parents ainsi que pour le sien. *Comment son père, qu'elle avait cru jusque-là exemplaire, avait-il pu donner le change à tout son entourage ?* C'était une question pour laquelle elle n'aurait jamais de réponse !

Après la communion, l'assemblée se dirigea lentement vers la sortie, Adélaïde et Jacques à sa suite.

Parmi la foule, Delphine crut apercevoir la frêle silhouette de madame Roussel qu'elle eut beaucoup de mal à reconnaître tellement la jeune femme avait changé. Leurs regards se croisèrent et si ça n'avait été la présence de Jacques, Delphine aurait pensé se méprendre. Elles se dirigèrent l'une vers l'autre entourées des enfants sous les notes mélodieuses des grands-orgues.

Les deux femmes ne s'étaient plus revues depuis la fête chez les Jansen il y a maintenant un peu plus d'un mois. Ce soir-là, elles avaient occupé leur temps à faire plus ample connaissance en parlant de choses et d'autres. Delphine avait relaté l'incendie de leur maison et leur emménagement chez les Jansen. Adélaïde ne s'était pas lassée de décrire tous les bienfaits de leur vie à la campagne et la tristesse qu'elle ressentait depuis la disparition de son père.

- Je suis heureuse de vous revoir ! s'exclama Adélaïde lorsque les deux mamans se retrouvèrent enfin sur le parvis de l'église.

- C'est également un plaisir pour moi, répondit Delphine. C'est étonnant que nous ne nous soyons pas rencontrées plus souvent en ce lieu !

- Vous savez, je ne suis pas très assidue dans la pratique de la religion... je dois l'avouer ! Ce n'est pas bien de ma part... c'est vrai ! s'exclama t-elle avec un léger sourire qui avait du mal à se dessiner. Depuis le décès de mon père, j'essaie de trouver du réconfort où je peux. Comme je vous l'avais dit, il me manque terriblement. Mais vous-même, venez-vous régulièrement à l'église ?

- Le plus souvent possible mais pas autant que je le voudrais.

- Où en êtes-vous de vos travaux ?

- Ils avancent ! Charles a fait appel à des entreprises pour les plus gros. Pour le reste, il devra une fois de plus s'y atteler. Il tient particulièrement à aller vite afin de ne pas abuser trop longtemps de la généreuse hospitalité des Jansen.

- En effet, c'est vraiment très gentil de leur part ! Que diriez-vous de venir passer un après-midi à la maison avec Paul ? Jacques serait ravi.

À cette proposition inattendue Jacques et Paul qui s'étaient connus à la fête chez les Jansen sautèrent de joie. Lisie, de son côté, était une fois de plus, déstabilisée par la présence du petit garçon qu'elle rencontrait pour la troisième fois. Cela faisait bien longtemps qu'elle n'avait plus eu de cauchemars et cette apparition fortuite les lui remettait en mémoire. Il avait bien grandi lui aussi et ressemblait de plus en plus à l'enfant de ses dessins.

- À les voir, je crois qu'ils n'y trouvent aucune objection. J'ai même l'impression du contraire... je me trompe Jacques ? ajouta Adélaïde.

- Non maman... Ils peuvent venir aujourd'hui ?

- Ce ne sera pas possible aujourd'hui Jacques. Je suis désolée, nous ne pouvons pas, répondit Delphine d'un air navré.

- Que diriez-vous de jeudi 14 h ? proposa Adélaïde. Et si Lisie veut venir également, elle est la bienvenue bien sûr !

- Ça me convient parfaitement, répliqua Delphine qui subitement changea de physionomie à la vue de l'homme qui se tenait un peu plus loin en face d'elle.

- Que se passe t-il ? questionna Adélaïde qui remarqua le changement d'expression sur le visage de Delphine.

- Cet homme là-bas derrière vous, désigna discrètement la maman de Lisie, je le connais. Il était là chez nous le jour de l'incendie. C'est un pompier. Il m'a tenu des propos malsains en rapport avec le feu et ses grâces sur l'être humain.

Adélaïde, poussée par la curiosité, ne put s'empêcher de se retourner. À son tour, elle pâlit en reconnaissant son frère qui les fixait ostensiblement.

- Vous le connaissez ? questionna Delphine, à qui le trouble d'Adélaïde n'avait pas échappé.

- Non, répondit celle-ci, submergée par l'émotion.

Delphine sentait bien que la maman de Jacques lui mentait. Elle ne voulut pas la mettre plus longtemps mal à l'aise et n'insista donc pas.

- Bon... eh bien... à jeudi alors ! conclut-elle en saluant sa nouvelle amie.

- Oui, à jeudi, répéta machinalement Adélaïde, le regard toujours porté sur Antoine.

# CHAPITRE 95

- Bon Lisie, que fais-tu ? Tu nous accompagnes ou non ? Nous n'allons pas tarder à partir ! s'exclama Delphine en emballant le gâteau qu'elle venait de préparer. Paul, tu es prêt ? ajouta t-elle en cherchant partout le jeune garçon du regard. *Mais où est-il maintenant ?* se demanda la jeune femme impatiente.

Paul avait disparu.

- Lisie, tu n'as pas vu ton frère ?

- Non.

- Peux-tu chercher dans le jardin... Ou peut-être aux écuries !

Lisie s'exécuta mais ne trouva pas son frère.

Delphine, contrariée, se dirigea vers la voiture pour y déposer le gâteau et être sûre de ne pas l'oublier. En ouvrant la portière, Paul l'attendait impassible et calme sans se douter un seul instant qu'on le cherchait partout. Avec son petit sourire en coin, il était ravi que l'on prenne enfin le départ.

Lisie était indécise. Elle s'était un petit peu fâchée avec Adèle la veille et espérait pouvoir se réconcilier dans la journée. Malheureusement, elle n'avait pas trouvé l'adolescente chez elle et en avait conclu qu'elle avait dû s'absenter avec sa maman.

La maison était vide lorsqu'elle s'était rendue au premier étage. Seule la grand-mère d'Adèle s'agitait dans la cuisine, rangeant la dernière vaisselle du repas de midi. Comme la vieille dame était Corse et ne parlait que ce langage, Lisie ne comprit rien à ses explications. Elle s'en retourna, non sans avoir exprimé un sourire de politesse et, déçue, se dit qu'elle se rabattrait sur la visite chez les Roussel.

Cela faisait plus d'un mois que les Rollin logeaient chez les Jansen. Ils y restèrent six mois. Pour les enfants, ce rapprochement était une véritable aubaine. Cette parenthèse dans la vie routinière de Lisie alimentait ses désirs de changement et l'adolescente aurait bien voulu que cela dure le plus longtemps possible.

Enfin la jeune fille prit sa décision et grimpa dans la voiture sous le regard contrarié de Paul qui n'avait pas l'intention de partager son petit ami avec qui que ce soit.

La température était encore élevée en cette fin août. La voiture roulait doucement sur les petits chemins sinueux des collines, évitant les malencontreuses pierres pointues qui menaçaient les pneux. Delphine se perdit un peu, manœuvra plusieurs fois et après un bon quart d'heure de retard, la petite famille emprunta le chemin de pierres menant chez Victor Maurin.

- Maman... maman... ils arrivent ! s'exclama Jacques qui trépignait d'impatience.

À l'appel du petit garçon, Adélaïde s'avança sur le perron et vint accueillir ses invités.

Delphine, très attachée aux convenances, n'aimait pas être en retard. Ce fut avec un air gêné qu'elle descendit du véhicule et se confondit en excuses.

- Je suis navrée de ce retard, je vous prie de bien vouloir m'en excuser. Au moment de partir, nous ne trouvions plus Paul. Il s'était caché dans la voiture et nous l'avons cherché partout.

Pour finir, je me suis un peu perdue parmi tous ces chemins.

- Ne vous en faites pas, ce n'est pas grave. Ce qui compte, est que vous soyez là !

- J'ai fait un gâteau, j'espère que cela me fera pardonner !

- C'est très gentil, il ne fallait pas ! J'en ai moi-même fait un. Nous ne manquerons pas de sucreries !

Delphine sourit et les deux femmes s'installèrent sous la treille en prolongement de la maison. Un petit courant d'air venait s'infiltrer à travers les ouvertures ce qui rendait l'atmosphère plus supportable. Les deux mamans prirent place sur des fauteuils de jardin, un œil rivé sur les enfants. Lisie s'était jointe aux deux femmes ne sachant trop que faire.

Après une demi-heure de palabres anodins, Adélaïde proposa de faire visiter la maison à ses invitées. Delphine fut enchantée. Elle aimait beaucoup la décoration et était toujours très curieuse de visiter de nouvelles demeures. Lisie les suivit, elle aussi poussée par la curiosité.

Adélaïde, les fit entrer par le salon, une pièce de taille moyenne, meublée simplement avec une banquette et deux fauteuils devant une grande cheminée en pierre. La lumière pénétrait discrètement par trois petites fenêtres qui laissaient passer juste ce qu'il fallait de jour sans toutefois divulguer trop de chaleur les mois d'été. Contre les cloisons, de petits meubles d'appoint complétaient l'agencement du lieu et un discret buffet habillait une alcôve donnant sur la cuisine. De nombreuses photos tapissaient les murs de leurs vieux souvenirs, mélangeant paysages, personnages et animaux d'une époque antérieure.

Delphine et Lisie s'attardèrent devant cette exposition hétéroclite de l'histoire qui leur permettait de s'immiscer dans la vie et le passé des gens. Soudain le cœur de Lisie s'accéléra devant la photo de Victor Maurin et Eugène Pelagio adolescents.

La jeune fille en était certaine maintenant, il s'agissait bien des deux garçons qu'elle voyait dans ses cauchemars et dont elle avait reproduit, tant bien que mal, le visage dans ses dessins.

- Lisie ? Que se passe t-il ? Ça ne va pas ? s'enquit Delphine inquiète.

Lisie tentait désespérément de contenir son émotion, gênée d'être le centre des regards. Malheureusement son trouble la submergea et l'adolescente se mit à trembler sous l'effet de cette crise d'angoisse.

- Tiens jeune fille, allonge-toi là, lui conseilla Adélaïde en la soutenant par le bras et lui désignant le canapé où avait été déposé Victor après son décès. Je vais te chercher un verre d'eau, ceci te détendra.

Adélaïde s'absenta quelques instants et revint une minute plus tard avec la boisson glacée qu'elle tenait à pleine main. Lisie avala le liquide doucement, le tenant de sa main toujours tremblante et sembla se calmer au fur et à mesure que l'eau s'écoulait au fond de sa gorge.

- Elle est morte, dit Jacques en faisant irruption dans la pièce avec Paul.

Adélaïde et Delphine se retournèrent, consternées par cette remarque impromptue. Au mépris des interdictions de sa maman à l'époque le jeune garçon avait malgré tout aperçu son grand-père dans la même position et avait tout de suite compris de quoi il s'en retournait.

- Non, elle n'est pas morte... pourquoi dis-tu ça Jacques ?

- Papi était comme ça et après on ne l'a plus jamais revu !

Les deux femmes regardèrent l'enfant avec étonnement ne sachant que répondre à une telle réflexion. Adélaïde emmena les garçons goûter dehors pendant que Delphine restait seule avec Lisie.

- Comment te sens-tu maintenant ma chérie ?

- Mieux... beaucoup mieux, dit l'adolescente.

- Que s'est-il passé ?

- Ce sont les photos maman. J'ai reconnu les deux garçons de mes cauchemars.

- Encore ces vieilles histoires ! Je croyais que cela t'était passé !

- Oui, moi aussi... mais en les revoyant ici, je les ai reconnus.

À ce moment-là, Adélaïde revint les bras chargés des gâteaux préparés par les deux mamans.

- Elle va mieux ? dit-elle en se penchant sur Lisie encore un peu pâle. Que t'est-il arrivé ?

- Ce sont de vieilles histoires, répondit Delphine d'un ton las. Lorsque Lisie était enfant, elle faisait de nombreux cauchemars dont il était question de deux enfants qui ressemblaient étrangement à ceux sur la photo qu'elle vient de voir.

- C'est mon père et son ami Eugène lorsqu'ils étaient eux-mêmes adolescents. C'est impensable que votre fille ait pu rêver d'eux.

- En effet, moi-même je ne comprends pas !

- Pourquoi Lisie aurait-elle rêvé de mon père et son ami Eugène ? Elle ne les connaissait pas !

- Les rêves sont incontrôlables et déroutants, nous le savons tous. Elle voyait deux enfants roux qui se cachaient et avaient très peur. Tous ses dessins en témoignaient et je dois avouer qu'ils étaient étrangement ressemblants avec cette photo.

Ce fut au tour d'Adélaïde de se sentir mal. *Se pourrait-il que Lisie ait percé les secrets de son père ? Que pouvait-elle savoir ?* La fille de Victor Maurin ne pouvait accepter cette improbable possibilité.

Cet épisode avait crée un malaise entre les deux jeunes femmes. Delphine se rendait bien compte maintenant que la vie d'Adélaïde était entourée de mystères. Cela la déstabilisait profondément. Quant à Adélaïde, les rêves de Lisie l'inquiétaient.

Un vide s'était installé brutalement entre les deux mamans.

# CHAPITRE 96

*Septembre 1967*

Cette fin d'été annonçait encore une température clémente pour un mois de septembre. Les terrasses des cafés sur le port de Cassis ne désemplissaient pas. Quelques touristes prolongeaient encore avec langueur leurs vacances au soleil pendant que les autochtones avaient repris leurs activités professionnelles.

Attablés parmi la foule des derniers estivans, le commissaire Louis Lambert et sa famille s'étaient retrouvés en ce lieu pour un repas dominical et fêter - si  on peut dire – la fin de deux affaires qui les avaient tenus en haleine depuis presque deux décennies.

Il restait encore quelques interrogatoires périphériques à mener mais les principaux acteurs des faits avaient été découverts. Certes la mort de Francis Poli ne ramènera pas Marie-Louise, l'épouse du commissaire, ni la découverte de l'assassin du Garlaban, celle de Gaston Foulon. Mais ces affaires ne revêtaient plus de mystère !

- J'ai bien cru que ce jour n'arriverait jamais, dut avouer Geneviève, la sœur de Louis. Je peux le dire maintenant !

- Cela a été long en effet, mais nôtre entêtement a fini par payer, ajouta le commissaire.

- Tu vas pouvoir te reposer un peu papa, renchérit Edith, la fille de Louis.

- Moi j'ai encore des points obscurs ! s'exclama Brigitte, la fille de Geneviève et Patrick Cigliano. Par exemple, le rôle qu'a joué Irène Masset dans tout ça. Comment n'a t-elle jamais pu se rendre comte des activités de son compagnon Francis Poli ? Pourquoi n'a t-elle pas posé plus de questions sur l'enfant de Francis ?

- Tout simplement par lâcheté ! Elle ne connaissait Francis que depuis quelques mois et, peut-être avait- elle peur des réponses. Elle l'aimait et ne voulait pas prendre le risque de le perdre en étant suspicieuse. Irène avait très bien deviné qu'avec un homme comme Francis, il ne fallait poser aucune question. Elle préférait donc ne rien savoir, expliqua Louis Lambert.

- Et maintenant, qu'est-ce que tu vas faire concernant Irène et Martine ? questionna Geneviève.

- Martine sait que José Masset n'est pas son vrai père. Irène le lui avait dit. Elle lui a toujours fait croire que son père biologique était mort de maladie.

- Et l'enfant sait-elle qu'Irène n'est pas sa vraie mère non plus ?

- Pas encore ! Irène n'a jamais eu le courage de le lui révéler. Elle avait peur que la petite se sente deux fois orpheline mais maintenant elle va devoir tout lui expliquer. D'autant plus que j'entre en scène.

- Elle va perdre une mère mais récupérer un père ! Si elle s'y retrouve la pauvre petite !

- Oui, tout ce désastre à cause d'une bavure policière !

- Et après, lorsqu'elle sera au courant, comment comptes-tu faire pour rentrer en contact avec elle ?

- C'est Martine qui décidera si elle veut me connaître. Nous allons y aller doucement... il faut lui laisser le temps de digérer toutes ces émotions !

- Et toi papa, qu'est-ce que tu ressens ?

- Moi je ne sais plus très bien où j'en suis ! J'ai tellement attendu ce moment que maintenant qu'il est là, je suis totalement désorienté. Je ressens un grand vide et beaucoup de joie en même temps. Je crois que je vais prendre quelques jours de congé pour remettre de l'ordre dans mes pensées et en profiter pour me reposer !

- Sage décision ! Et si tu as besoin de nous, tu sais que tu peux compter sur ta famille.

Patrick Cigliano, toujours honteux de sa part prise dans l'affaire du trafiquant de drogue, n'osait intervenir et gardait un silence respectueux durant tout cet échange. Son fils David avait calqué son attitude sur la sienne. Mais une question taraudait Patrick.

- Et qu'est devenu Robert Jourdan ?

- En cabane pour un moment ! Ça lui apprendra à donner asile à un assassin. Complicité de meurtre ça va chercher loin, sans compter ses escroqueries dans le marché de l'art... Ça lui a rapporté gros ses activités culturelles ! Il n'est pas prêt d'en sortir ! précisa Louis.

- Et Marie-Jo et Fred, les deux ex-époux ? demanda Geneviève.

Ce fut Edith cette fois qui répondit.

- Au trou également pour un moment ! Je vais quand même essayer de faire quelque chose pour la femme qui a été malgré elle impliquée dans cette affaire et qui, à cause d'un mauvais mariage, s'est retrouvée mêlée à tout ça. Quant à son mari Fred, il a pris perpète. Trafic de drogue, vol à main armée, complicité de meurtre... et j'en passe... Il n'est pas prêt de revoir les rives de la Côte Bleue celui-la !

- Et ton enquête sur le Garlaban papa ? Que de mystère sur cette affaire ! Ah ces paysans et leur langue de bois !

- Ça c'est du passé ! L'éclaircissement de cette affaire ne change rien au présent sauf pour Rose Raspino ! Je ne sais si la découverte de ses nouvelles origines sont un bien ou un mal pour elle ! Dire que tous ces personnages étaient liés par un réseau de fils souterrains ! Par exemple, les Roussel étaient liés à Francis Poli par l'achat de la bâche de ce dernier dans leur boutique. Ils étaient liés aussi au meurtre du Garlaban par les secrets de Victor Maurin. Les frères Pichu étaient liés à Francis Poli par la drogue et aux Masset par la fréquentation d'Eliane Masset avec Hector Pichu. Les Rollin, aux Foulon, par le décès de François et le rachat de son cabanon aux Pichu. Lisie Rollin, à travers ses dessins, avait tissé un lien avec les Roussel et, Rose Raspino avec les Pichu et les Foulon grâce à la boîte métallique retrouvée dans les combles de la maison de Charles Rollin. Un fil d'Ariane qui nous a pris sept ans de recherche. On n'a pas tiré sur le bon bout du fil dès le départ !

La tablée resta silencieuse après cette explicite plaidoirie.

- Et Irène, que devient-elle maintenant après toutes ces révélations. Je suppose que son mari est au courant et qu'il doit mal avaler tout le passé de sa femme et sa fille adoptive !

- En effet, il l'a mal pris... Leur couple n'y a pas résisté et Irène compte demander le divorce. En plus, elle ne supporte plus cette vie solitaire. La pauvre, avec Francis elle était souvent seule et cela a perduré avec José Masset.

- Dis donc, elle t'a fait toutes ces confidences ? Vous devez être proches pour qu'elle te raconte tout ça ! J'ai l'impression que tu l'aimes bien cette Irène... Je me trompe ?

Le policier parut gêné.

- Bon les enfants, que diriez-vous d'une petite promenade digestive sur la plage maintenant... Je me sens un tout autre homme !

- Ça me fait plaisir de te voir comme ça papa ! L'amour te va bien !

- Attendez... Nous avons oublié quelqu'un ! s'exclama encore Brigitte qui ne cessait de remettre de l'ordre dans toutes ces affaires. Nous avons oublié Antoine Fereng !

- Lui, il a de la chance d'avoir une sœur comme Adélaïde. Nous avons dû le relâcher faute de preuves mais gardons l'œil sur lui. Un sacré lascar qui devra mettre de l'eau dans son vin s'il ne veut pas finir au trou lui aussi. Bon... allons faire peur aux poulpes maintenant... je ne sais pourquoi mais j'ai une âme d'enfant aujourd'hui ! s'exclama l'homme.

# GLOSSAIRE

<u>**Famille PICHU**</u> :

**Augustine Pichu-Foulon :** sœur de Marius Foulon, mère de Gustave Pichu, grand-mère de Maurice.

**Josette Pichu :** épouse de Gustave Pichu, mère de Maurice Pichu.

**Gustave Pichu :** fils d'Augustine Pichu, époux de Josette Pichu, cousin de Gaston Foulon, père de Maurice Pichu.

**Bernadette Pichu :** épouse de Maurice Pichu, mère d'Albert et Hector Pichu.

**Maurice Pichu :** époux de Bernadette Pichu, père d'Albert et Hector Pichu, fils de Gustave et Josette Pichu, cousin éloigné de François Foulon.

**Albert et Hector Pichu :** fils de Bernadette et Maurice Pichu, assassinés sur le port de Marseille le 25 juin 1965.

<u>**Famille FOULON**</u> :

**Marius Foulon**, père de Gaston Foulon, grand-père de François Foulon.

**Justine Foulon**, épouse de Gaston Foulon, mère de François Foulon.

**Gaston Foulon :** époux de Justine Foulon, père de François

Foulon.

**François Foulon :** fils de Gaston et Justine Foulon, demi-frère de Rose Suveran.

**__Famille SUVERAN__** :

**Thérèse Botrini-Suveran :** épouse de Jules Suveran, mère de Rose Suveran et maîtresse de Gaston Foulon, père naturel de Rose Suveran.

**Jules Suveran :** époux de Thérèse Botrini-Suveran, père adoptif de Rose Suveran.

**Rose Suveran :** épouse de Cyprien Raspino**,** mère d'Alexandre Raspino.

**Cyprien Raspino :** époux de Rose Suveran, père d'Alexandre Raspino.

**Alexandre Raspino :** fils de Rose et Cyprien Raspino.

**__Famille MAURIN__** :

**Victor Maurin :** époux de Marguerite Maurin, père d'Adélaïde Roussel-Maurin, grand-père de Jacques Roussel.

**Marguerite Maurin :** épouse de Victor Maurin, mère d'Adélaïde Roussel-Maurin, grand-mère de Jacques Roussel.

**Adélaïde Maurin-Roussel :** épouse de Lucien Roussel, fille de Victor et Marguerite Maurin, mère de Jacques Roussel.

**Jacques Roussel :** fils d'Adélaïde et Lucien Roussel, petit-fils de Victor et Marguerite Maurin.

**Antoine Fereng :** fils de Victor Maurin, demi-frère aîné d'Adélaïde Maurin-Roussel.

**Hélène Fereng :** mère d'Antoine Fereng.

**__Famille ROUSSEL__** :

**Marcel Roussel :** père de Lucien Roussel, beau-père d'Adélaïde Maurin, grand-père de Jacques Roussel. Propriétaire de la boutique « Tout pour la Mer » à Marseille.

**Lucien Roussel :** époux d'Adélaïde Maurin, fils de Marcel Roussel.

__**Famille MASSET**__ :

**José Masset :** époux d'Irène Masset, père d'Eliane, Denise et Frank. Père adoptif de Martine Masset.

**Irène Masset-Joubert :** épouse de José Masset, mère adoptive de Martine Masset.

**Eliane Masset :** fille de José Masset, mère de Sophie Pichu-Masset.

**Frank Masset :** fils de José Masset.

**Denise Masset :** fille de José Masset.

**Martine Masset :** fille adoptive d'Irène et José Masset.

**Sophie Masset**, fille d'Eliane Masset et d'Hector Pichu.

__**Famille LAMBERT**__ :

**Louis Lambert :** commissaire de police à Aubagne, père d'Edith Lambert.

**Marie-Louise Lambert :** seconde épouse de Louis Lambert, disparue en 1952.

**Edith Lambert :** fille de Louis Lambert.

__**Famille CIGLIANO**__ :

**Patrick Cigliano :** époux de Geneviève Lambert-Cigliano, père de Brigitte et David Cigliano.

**Geneviève Cigliano-Lambert :** épouse de Patrick Cigliano, mère de Brigitte et David Cigliano, sœur de Louis Lambert.

**Brigitte Cigliano :** fille de Patrick et Geneviève Cigliano.

**David Cigliano :** fils de Patrick et Geneviève Cigliano.

__**LES ACTEURS**__ :

**Pierrot Caillol :** aide ouvrier chez les Rollin, petit ami de Fernande Coste.

**Octavia Caillol :** mère de Pierrot.

**Emile et Juliette Coste :** parents de Fernande Coste. Bouchers, employeurs de Pierrot Caillol.

**Fernande Coste :** fille d'Emile et Juliette Coste, petite amie de Pierrot Caillol.

**Madame Olivier :** la pâtissière.

**Honoré :** le jardinier des Roubaud et Victor Maurin.

**Albertine :** bonne de Victor Maurin.

**Gégé :** le taulard.

**Francis Poli :** le trafiquant de drogue. Ex-compagnon d'Irène Masset.

**Robert Jourdan :** le collectionneur d'Art, ami de Francis Poli et client de Patrick Cigliano.

**Daniel Voulant :** jeune notaire.

**Eugène Pelagio :** ami de Victor Maurin.

**Blog de l'auteure :** http://elisabethroska.com/

**Page facebook :**
https://www.facebook.com/roska.e13/

**Contacter l'auteure :** roska.art@yahoo.com

Printed in Poland
by Amazon Fulfillment
Poland Sp. z o.o., Wrocław

73685159R00228